Ullstein Großdruck

Christine Brückner

Ehe die Spuren verwehen

Roman

Ullstein Großdruck

Ullstein Großdruck
Lektorat: Hild Wollenhaupt
ein Ullstein Buch
Nr. 40011
im Verlag Ullstein GmbH,
Frankfurt / M – Berlin

Ungekürzte Großdruck-
ausgabe von UB 436

Umschlagentwurf:
Hansbernd Lindemann
unter Verwendung eines Aquarells
von Gisela Aulfes-Daeschler

Taschenbuch-Großdruckausgabe
mit Genehmigung der Autorin

Printed in Germany 1986
Gesamtherstellung:
Clausen & Bosse, Leck
ISBN 3 548 40011 6

Oktober 1986

Von derselben Autorin
in der Reihe der
Ullstein Bücher:

Ein Frühling im Tessin (557)
Die Zeit danach (2631)
Letztes Jahr auf Ischia (2734)
Die Zeit der Leoniden
(Der Kokon) (2887)
Wie Sommer und Winter (3010)
Das glückliche Buch der a. p. (3070)
Die Mädchen aus meiner Klasse (3156)
Überlebensgeschichten (3461)
Jauche und Levkojen (20077)
Nirgendwo ist Poenichen (20181)
Fünf Romane in Kassette (20078)
Das eine sein, das andere
lieben (20379)
Mein schwarzes Sofa (20500)
Lachen, um nicht zu weinen (20563)
Wenn du geredet hättest,
Desdemona (20623)

Gemeinsam mit O. H. Kühner:
Erfahren und erwandert (20195)

CIP-Kurztitelaufnahme
der Deutschen Bibliothek

Brückner, Christine:
Ehe die Spuren verwehen: Roman /
Christine Brückner. –
Ungekürzte Großdruckausg. –
Frankfurt/M; Berlin: Ullstein, 1986.
(Ullstein-Buch; Nr. 40011:
Ullstein-Großdruck)
ISBN 3-548-40011-6
NE: GT

Wenn es stimmt, daß ein großes Glück oder auch ein Unglück sich ankündigt, so habe ich die Zeichen nicht verstanden.

Es war ein Tag wie jeder andere. Oder nein. Er unterschied sich von den vorhergegangenen; obwohl nicht in Dingen, die mit dem Ereignis im Zusammenhang stehen können.

Die Kinder hatten seit dem 6. August Schulferien. Während ich sonst Ingrid mit dem Auto bis an die Ecke des Schulplatzes mitnehme, schlief sie am 8. noch, und ich hatte sie vor dem Weggehen nicht gesehen. Jochen hatte mit meiner Frau und mir auf dem Balkon Kaffee getrunken. Ich hatte mich von Hanna mit einem Kuß verabschiedet, und sie sagte: »Ach laß, ich bin so eilig heute morgen!« Dann verließ ich mein Haus und holte den Wagen aus der Garage, ging mit dem Staubwedel über Kühler und Verdeck und beschloß, den Wagen am Abend selbst zu waschen. Ingrid würde mir dabei helfen und vielleicht auch Hanna. Später fiel mir dann ein, daß es Freitag war, der Tag, an dem meine Frau in die Sauna geht. Ich habe den Wagen in den letzten Jahren an meiner Tankstelle waschen lassen, aber früher hat es mir Freude gemacht, ihn mit dem Gartenschlauch abzuspritzen und mit dem triefenden Schwamm über das helle Blau zu gehen. Jetzt habe ich einen grünen Borgward, den neuen, aber ich glaube nicht, daß ich ihn noch länger fahren kann.

Es war schon um acht Uhr sehr warm; es wehte ein leichter Wind, der den Straßenstaub vor sich her blies, so daß ich nicht gut sehen konnte und deshalb noch langsamer fuhr als sonst. Ich bin ein vorsichtiger Fahrer. Hanna hält mich für ängstlich, und ich bin überzeugt, daß mein Sohn mich deshalb verachtet.

Seit etwas mehr als drei Jahren bin ich Leiter der Städtischen Sparkasse und gehöre zu den angesehenen Bürgern unserer Stadt. Aber ich bilde mir nichts darauf ein. Ich war an der Reihe. Als mein Vorgänger sehr plötzlich starb, rückte ich auf seinen Posten. Im Vorjahr haben wir gebaut wie alle großen Banken und Versicherungen. Mein Arbeitszimmer ist groß und neuzeitlich eingerichtet, ebenso mein Vorzimmer und vor allem die Schalterräume. Ich bin stolz darauf, obwohl auch das nicht mein Verdienst ist.

Meine Frau kann nicht verstehen, daß mir meine Arbeit Freude macht. Wahrscheinlich ist es für jeden anderen unbegreiflich, daß man Freude haben kann an Zahlen und daß für mich eine Zahl etwas Lebendiges ist, lebendiger oft als Menschen. Das erzähle ich jedoch niemandem. Ich erkläre meine Arbeitsleidenschaft damit, daß es eine erhabene Beschäftigung sei, »den Groschen des kleinen Sparers zu verwalten und zu mehren«, obwohl das viel zu pathetisch klingt. Ich glaube übrigens nicht, daß mein Vater an den Spargroschen des kleinen Mannes gedacht hat, als er mich auf die Provinzialbank als Sparkassenlehrling schickte. – Manchmal, wenn mir ein Kontoauszug vorgelegt wird, sehe ich hinter den Zahlen von Soll und Haben ein richtiges Menschenleben, ohne alle Beschönigungen. In der Regel habe ich aber dazu keine Zeit. Ich habe viel zu tun. In der Ferienzeit ist es zwar ruhiger, dafür war aber der erste Kassierer in Urlaub, und der Leiter der Giroabteilung sollte in der darauffolgenden Woche gehen.

Der Parkplatz an der Sparkasse war an jenem Tage sehr sonnig, darum fuhr ich meinen Wagen ein Stück weiter, wo einige Kastanien etwas Schatten geben. Mir fiel auf, daß die Blätter schon gelb wurden, und ich beschloß, mit Hanna über die Ferien zu reden. – Zuerst gehe ich an jedem Morgen durch die Schalterräume, in denen noch wenig Verkehr ist um kurz nach halb neun. Ich habe meine Angestellten gebeten, mich nicht mit einem lauten »Guten Morgen, Herr Direktor!« zu begrüßen; es ist mir peinlich, wenn sich Kunden nach mir umdrehen. Der zweite Kassierer, der Herrn Müller vertrat, hielt mir im Vorbeigehen, obwohl ich das nicht schätze, eine Karteikarte hin und fragte mit auffälliger Diskretion, ob es möglich sei, das Konto eines Kunden noch einmal zu überziehen. Ich achte peinlich darauf, daß ich mein Wissen um die privaten Verhältnisse unserer Kunden nicht mit Angelegenheiten der Kasse verquicke, glaubte jedoch hier eine Ausnahme machen zu können, da ich den Betreffenden als zuverlässig einschätze. – Anschließend diktierte ich Fräulein Junghans, das ist meine Sekretärin, einige Briefe und sah die eingegangene Post durch. Zum Frühstück ließ ich mir durch den Botenjungen ein Pfund Pfirsiche mitbringen, da Hanna beschlossen hat, daß ich abnehmen muß, und mir kein zweites Frühstück mitgibt. Sie weiß, daß ich mir Obst besorgen lasse. Ich habe keine Geheimnisse vor meiner Frau.

An die Stunde vor Tisch kann ich mich nicht besinnen. Vermutlich hat mich Herr Wagner aus der Revisionsabteilung wieder mit einer Reihe von Fragen aufgehalten. Ich war jedenfalls ungeduldig, als mich Hanna anrief und fragte, ob ich nicht Jochen an die Bahn bringen könnte. Der Schülertransport ginge nicht, wie sie angenommen habe, erst am Abend, sondern schon um 14.15 Uhr, und ich müsse dem Jungen doch auf Wiedersehn sagen. Am Freitag fahre ich mittags nicht nach Hause, sondern esse zusammen mit ein paar Herren aus der Stadtverwaltung im Ratskeller. Hanna hat ihren Putztag, und sie hält es für heilsam, wenn ein Mann zwischendurch einmal im Gasthaus ißt, weil er dann um so eher das häusliche Essen zu schätzen weiß.

Es war mir nicht recht, nach Hause fahren zu müssen; ich liebe es nicht, wenn etwas meinen Tageslauf stört. Aber natürlich mußte ich Jochen auf Wiedersehn sagen und ihm gute Ermahnungen mitgeben. Er fuhr nun schon das dritte Mal an die See, mit der gleichen Gruppe. Im Grunde brauchte ich nur zu wiederholen, was ich in den früheren Jahren gesagt hatte. Er kannte das schon und hörte gehorsam und ungeduldig zu. Manchmal denke ich, daß ich genauso gehorsam und ungeduldig bin wie er.

Ich ließ mich durch Fräulein Junghans im Ratskeller entschuldigen und fuhr nach Hause; den Wagen ließ ich vor der Haustür stehen. Ingrid war zum Schwimmen und wollte später zum Bahnhof kommen. Meine Frau hatte uns den Tisch wieder auf dem Balkon gedeckt, obwohl ich nicht gern draußen esse; das Frühstück ausgenommen. Im Freien verlieren die Speisen an Geschmack, man selbst wird durch eine Vielzahl von Gerüchen abgelenkt, außerdem ist es mir unangenehm, wenn uns Frau Degenhardt von gegenüber zusieht, und das tut sie. Im Eßzimmer machte Frau Neugebauer noch sauber. In der Diele standen Jochens Rucksack und seine Schultasche. Zum ersten Male wollte er sein Segelschiff nicht mitnehmen. Meine Frau war nervös. Ein paarmal sprang sie vom Tisch auf und sah nach, ob das, was ihr eben einfiel, auch wirklich in Jochens Rucksack war. Sie kam zurück und entschuldigte sich, wobei sie immer ein wenig lächelt, aber ich zog sie nicht auf mit ihrer Vergeßlichkeit und Flüchtigkeit, wie ich es sonst wohl tue. Wir aßen Rührei und Tomatensalat und jeder eine Flasche Joghurt. Übrigens glaube ich nicht, daß mein Magen Joghurt gut verträgt.

Meine Frau drängte, Jochen hielt uns zurück. Er sagte das zwar nicht, aber ich glaube, daß er gern ein bißchen mit Vaters neuem Wagen protzen wollte und deshalb erst in letzter Minute ankommen, wenn alle schon da waren. Sicherlich hätte ich als Kind auch so gedacht, und bis zu dem Tage war auch ich immer stolz auf meinen Wagen gewesen. Ich hielt auf dem Wege zur Bahn noch einmal an und kaufte Jochen den Luftring zum Aufblasen, den er sich schon lange wünschte. Ich hebe mir meine Überraschungen gern so lange auf, bis der andere nicht mehr mit der Erfüllung rechnet.

Auf dem Bahnsteig weinte Hanna ein bißchen, Jochen erschien noch einmal am Abteilfenster, und ich sagte ihm, daß er nicht erhitzt ins Wasser gehen solle und nicht mehr als zweimal täglich schwimmen, daß er ordentlich essen und dreimal in der Woche schreiben müßte. Ich lachte ihm kameradschaftlich zu, als ich ihm die Hand schüttelte, und war im Herzen traurig, daß ich noch nie mit meinem Jungen zusammen an der See war. Hanna fährt lieber in die Berge,

Seeluft macht sie nervös. Es ist nicht jedermanns Sache, stundenlang am Strand zu liegen und den Sand durch die Finger rinnen zu lassen. – Meine Frau traf die Mutter von Jochens Freund, und ich fuhr sie nach Hause. Meine Frau versuchte zwar, mich zu entschuldigen, weil sie weiß, wie ungern ich den Chauffeur ihrer Bekannten spiele, aber es ließ sich nicht vermeiden, da Herr Sander ebenfalls im Stadtrat sitzt.

Es mochte gegen drei Uhr sein, als ich wieder in meinem Arbeitszimmer saß. Obwohl der Ventilator seit Stunden lief, war es sehr heiß. Mein Zimmer liegt nach Westen. Morgensonne würde mich noch mehr bei der Arbeit stören. Ich ging mit Fräulein Wellm ein paar Wertpapiere durch. Sie machte einen abgespannten Eindruck, deshalb beurlaubte ich sie für den nächsten Tag. Sie schien dankbar dafür zu sein. Ich müßte mich wohl mehr um das Privatleben meiner Angestellten kümmern. Sie schien ernste Sorgen zu haben. Aber ich fühle mich immer gehemmt, da ich fürchten muß, daß ich die wirkliche Leistung, die allein entscheiden darf, beeinflußt sähe und meine Objektivität verlieren würde.

Um 17.30 Uhr ist Dienstschluß. Ich beschäftigte mich noch etwa eine halbe Stunde mit dem Fall Siebert, einer schwierigen Beleihungssache, dann ging ich durch den hinteren Ausgang, schloß ab und reichte den Schlüssel in die Pförtnerwohnung. Es war sehr sonnig, und ich bedauerte, kein Kabriolett gekauft zu haben; trotz der Klimaanlage empfinde ich im Sommer die Luft im Auto stickig. Ich wäre gern zu Fuß gegangen, aber ich konnte den Wagen nicht stehenlassen, und ihn erst am Abend holen mochte ich auch nicht. Als ich die Hauptstraße kreuzte, beschloß ich, abzubiegen und zum Fluß zu fahren. Ich wollte noch eine Stunde den Anglern zusehen und vielleicht im »Wiesengrund« ein Bier trinken. Hanna würde nicht vor acht Uhr zu Hause sein, und Ingrid war gewiß bei ihrer Freundin.

An der Georgstraße hielt ich an und kaufte bei meinem Tabakhändler ein Kistchen Zigarillos. Der Arzt hat mir geraten, die Zigarre durch ein leichtes Zigarillo zu ersetzen. Mein Tabakhändler will im September nach Spanien fahren und deshalb den Kurs wissen. Ich bin froh, kein Arzt oder Jurist zu sein und Sprechstunden auf der Straße abhalten zu müssen. Auch ich werde oft genug privat mit Bankangelegenheiten belästigt. – Ich steckte mir gleich im Laden ein Zigarillo an. Wir bestätigten uns, daß es ein sehr heißer August sei, nachdem es im Juli sehr kühl und naß war, und dann stieg ich wieder in den Wagen.

Ich habe lange darüber nachgedacht, warum ich gerade heute zum Fluß fahren mußte, warum ich ausgerechnet diesmal nicht gleich durch die Albrechtstraße nach Hause gefahren bin, warum ich Zigarillos kaufte, obwohl ich noch zwei Zigarren im Etui hatte. Ich rauche abends nie mehr als zwei Zigarren. Ich bin nach rechts in die Uferstraße eingebogen, und dort ist es passiert. – Ich fuhr höchstens dreißig, wahrscheinlich sogar weniger, die Polizei hat die Bremsspuren geprüft.

Ich weiß eigentlich nichts.

Ich muß aber etwas bemerkt haben, sonst hätte ich ja nicht gebremst. Das erste, was ich hörte, war ein Schrei, aber der kann nicht von ihr gekommen sein.

Ich hatte noch nie einen Unfall gehabt. Seit fünf Jahren fahre ich ein Auto, und im Krieg habe ich vorübergehend einen Lastzug gefahren. Einmal hat mich ein Auto von hinten gerammt, aber da traf mich keinerlei Schuld.

Als ich den Schrei hörte, hielt ich an. Ich saß mehrere Sekunden wie gelähmt, als ob mich eine Hand festhielte. Dann stieg ich schwerfällig aus. Fünf, vielleicht auch zehn Schritte hinter meinem Auto lag rechts, nicht weit vom Bordstein, eine Frau. Ich konnte sie höchstens angestoßen haben, bestimmt hatte ich sie nicht überfahren. Sie würde gleich aufstehen. Die Straße war fast leer. Eine ältere Frau stand schon dabei, sie mußte es gewesen sein, die geschrien hatte, dann kamen noch zwei Männer und mehrere Kinder dazu.

Die Frau war jung. Sie hatte den Arm voll Blumen, die über sie ausgestreut lagen. Die Augen waren weit geöffnet. Sie mußte ohnmächtig sein. Ich weiß nicht, ob man in einer Ohnmacht die Augen schließt. Einer der Männer lief fort, um die Polizei zu benachrichtigen und einen Arzt zu holen. Ich zog mein Jackett aus und faltete es zusammen, dann schob ich es ihr unter den Kopf, weil ich einmal gehört habe, daß man Ohnmächtigen den Kopf hoch legen soll. Ich lief zurück zum Wagen und holte aus der Tasche ein Fläschchen Lavendel, das Hanna dort verwahrt, und hielt es der Frau unter die Nase. Inzwischen waren noch mehr Leute gekommen und redeten auf mich ein, was man tun müßte. Ich versuchte, alle von ihr fernzuhalten. Die Frau, die geschrien hatte, war die einzige, die den Unfall gesehen hatte. Sie erzählte es immer wieder: »Die ist ja einfach drauflos, nicht rechts und nicht links hat sie gesehen, und gesungen hat sie auch noch. Der Autofahrer kann nichts dafür, der fuhr langsam, die ist ganz plötzlich umgebogen und vom Trottoir runter und –«

Das Unfallkommando hupte, fast gleichzeitig kam der Arzt.

Sie war tot. Der Arzt suchte den Puls, horchte, schob das untere Augenlid herab, sah zu mir hoch und zog die Lider über die toten Augen.

Es war ganz still, als sie die Frau auf die Bahre hoben und mit ihr fortfuhren. Ich selbst habe die Blumen aufgesammelt und neben sie gelegt. Ein Polizist ist mit in mein Auto gestiegen, zwei andere sind am Unfallort geblieben. Ich habe eine Reihe Fragen beantwortet. Die Beamten kannten mich. Man weiß, daß ich ein vorsichtiger Fahrer bin. Ich bin auf der Wache noch einmal vernommen worden, man hat auch eine Blutprobe gemacht.

Man sagt, ich sei schuldlos.

Ich habe den Wagen bei der Polizei stehenlassen und bin zu Fuß nach Hause gegangen. Man schien sich darüber zu verwundern.

Es blieb mir noch eine Stunde, in der ich allein sein konnte, dann würde Hanna kommen. Ich schloß die Korridortür auf. Es roch nach Bohnerwachs. Ich ging in die Wohnstube und setzte mich in meinen Sessel und dachte nach.

Ich hatte einen Menschen getötet. Nicht absichtlich, nicht fahrlässig, aber getötet. Das machte keinen Unterschied, tot bleibt tot. Es half mir auch nichts, zu wissen, daß vierzig Menschen täglich in unserem Land durch Verkehrsunfälle ums Leben kommen. Diesmal war ich dran. Ganz allein. Ich hatte auch im Kriege getötet, aber das war etwas anderes. Ich hatte niemals zuvor einen Menschen gesehen, den ich getötet hatte. Eine Frau.

Sie hat glücklich ausgesehen. Nicht einmal ein Erschrecken war bis in ihr Gesicht vorgedrungen, so rasch war der Tod, mein Tod, gekommen. Sie hatte am Straßenrand gelegen, wie eine aufgebahrte Tote mit Blumen geschmückt, unverletzt. Jetzt weiß ich auch, daß ich sofort wußte, sie war tot; das muß an den Blumen gelegen haben. Blaue, rosa und silberne Blumen und gelbe. Ich versuchte mir vorzustellen, was das für Blumen gewesen sein konnten. Meine

Eltern haben einen großen Garten gehabt, ich kenne mich mit Blumen aus. Es müssen Rittersporn, Tausendgüldenkraut, Phlox und Silberdisteln gewesen sein.

Man hat in ihrer Handtasche einen Reisepaß gefunden. Sie hieß Gabriele Feldcamp.

Ich hatte mir eine Zigarre angesteckt. Aber dann mußte ich aufstehen, zum Telefon gehen und, ohne es mir überlegt zu haben, anrufen. Das Unfallkommando. Daß ich sofort hinkommen würde und die Angelegenheit soweit wie möglich selbst regeln.

Ich schrieb auf den Block, der immer auf dem Tisch in der Diele liegt, ein paar Worte für meine Frau, daß ich noch etwas zu tun hätte und spät zurückkommen würde. Ich nahm den Omnibus und fuhr bis zum Marktplatz. Wieder war ich überrascht, daß die Beamten auf der Wache mich nicht wie einen Mörder behandelten, sondern wie den Direktor der Städtischen Sparkasse. – Die Frau lag in einem Nebenraum. Ein Polizist hatte die Blumen in einen Wassereimer gestellt. Ich mußte immer hinsehen. Ich bin nicht nach nebenan gegangen.

Inzwischen hatte man auf dem Einwohnermeldeamt, das schon geschlossen war, festgestellt, wo die Frau wohnte. Im Geiger 82. Angehörige des gleichen Namens gab es nicht. Handtasche und Einkaufsnetz lagen auf dem Schreibtisch des diensttuenden Beamten. Der Arzt hatte den Totenschein ausgestellt, der auf »Gehirnschlag infolge eines

Unfalles« lautete. Der Schein lag neben dem Inhalt der Handtasche: Eine Puderdose, ein Taschentuch mit ihren Initialen, der Reisepaß, der nicht in unserer Stadt ausgestellt war, ein Notizblock, ein Füllhalter, das war schon alles. Eine sehr ordentliche Handtasche. Ich dachte, daß in der Tasche meiner Frau immer ein Durcheinander von Zetteln und alten Fahrscheinen, Briefschaften, Lippenstift, Streichhölzern ist, und dachte, wenn sie einmal überfahren würde ... Was für ein entsetzlicher Gedanke: meine Frau! Tot in der Wachstube des Unfallkommandos ...

Der Beamte war gerade dabei, den Inhalt des Netzes auszupacken: vier Paprikaschoten, eine Tüte Pfirsiche, ein Bündel Küchenkräuter, Gehacktes in Cellophanpapier, eine Schachtel Kekse, eine Packung Weinbrandkirschen, eine Dose Ananas, eine Flasche Asbach Uralt.

Ich fragte, ob man schon etwas unternommen habe, die Angehörigen festzustellen. Das hatte man nicht, da sie über das Einwohnermeldeamt nicht zu ermitteln waren. Man pflegt abzuwarten, bis sich jemand auf Grund der Zeitungsnotiz meldet. Ich erkundigte mich, was man mit der Frau nun tun würde.

»Der Leiche?« fragte der Beamte.

Ich zuckte zusammen.

»Die kommt morgen in die Leichenhalle, heute nacht bleibt sie hier stehen, wenn sich niemand meldet.«

Ich sagte: »Solange kein anderer da ist, betrachten

Sie mich als den nächsten Angehörigen. Darf ich das Notizbuch an mich nehmen?« Das lehnte der Beamte ab, weil er damit seine Befugnisse überschreiten würde. Ich notierte mir die Adresse und fragte den Beamten, wo die Straße liege, da ich sie nie gehört hatte.

Ich mußte durch die gleiche Straße gehen, in der es passiert ist. Es war ein Weg von einer halben Stunde, aber ich wollte nicht fahren, weil ich fürchtete, Bekannten im Omnibus zu begegnen. Gewiß wußten es schon die meisten. Es war fast dunkel, als ich vor dem Haus Nummer 82 stand. Ich fand den Namen Feldcamp nicht und klingelte im Erdgeschoß. »Das Fräulein wohnt im Gartenhaus, da müssen Sie um das Haus gehen.«

Ich ging um das Haus herum. Ich fand einen Klingelzug. Eine rothaarige Frau öffnete. »Ja. Fräulein Feldcamp wohnt hier. Aber ich habe sie heute abend noch nicht gehört, wird wohl bald kommen.«

Ich habe es ihr gesagt. Es schien sie nicht zu rühren. Die Tote hat nicht lange hier gewohnt, das Haus ist noch neu. Nein, von Angehörigen wußte sie nichts. Ob ich hinaufgehen wollte, einen Schlüssel hätte sie. In eine fremde Wohnung? Ich sagte danke nein und verabschiedete mich.

Draußen blieb ich noch einen Augenblick stehen. Hier hatte sie also gewohnt, bis heute.

Dann ging ich nach Hause. Unterwegs rief ich noch einmal bei der Polizei an, daß ich am nächsten

Morgen um acht Uhr wiederkommen würde und daß man mich verständigen sollte, wenn man etwas Neues über die Tote erführe.

Hanna stand unter der Haustür, als ich kam. Sie wußte es schon. Woher, weiß ich nicht. Sie sah mir an, daß ich sehr verstört war. Das war mir nicht recht. Ich wollte mich zusammennehmen. Ich wollte auch nicht mit ihr darüber sprechen. Sie fing immer wieder davon an. Sie sagte: »Du hast doch keine Schuld, Rudolf! Nimm es dir doch nicht so zu Herzen. Heute muß jeder auf sich selbst aufpassen! Du fährst doch immer so vorsichtig.« – Sie machte mir Butterbrote. Ingrid lag schon im Bett. Sie kam noch einmal in die Küche und stand mit neugierigen Augen an der Tür. Ich schickte sie in barschem Ton zu Bett. Gleich darauf tat sie mir leid. Ich ging in ihr Zimmer und sagte ihr gute Nacht. Sie schlang mir die Arme um den Hals und schluchzte: »O Vati, bist du nun ein Mörder, Vati?« – Ich strich ihr über das Haar und ging in unser Schlafzimmer.

Ich vermute, daß ich eingeschlafen bin, weil ich fürchtete, daß meine Frau mit mir wach bleiben wollte und mich die ganze Nacht trösten.

Ich bemühte mich, mich genauso zu verhalten wie an allen anderen Tagen, darum wartete ich, bis der Wecker klingelte, und stand dann erst auf. Im Badezimmer sang ich beim Waschen, obwohl mir der Hals wie zugeschnürt war und ich mich gewaltsam an die Lieder erinnern mußte, die ich sonst zu singen pflege. Als ich in die Küche kam, goß meine Frau den Tee auf und sah mich aus unsicheren Augen an. Ich sagte mit munterer Stimme: »Guten Morgen, Hanna! Wird wieder ein heißer Tag werden, na, für den Jungen freut es mich«, und rieb mir die Hände. Hanna ging in das Badezimmer, um sich zu kämmen, während der Zeit trug ich die Teekanne und die Brötchen auf den Balkon und griff nach der Zeitung. Gerade als Hanna zurückkam, las ich unter den Meldungen aus unserer Stadt:

»Wer kennt Gabriele Feldcamp?

In den Abendstunden des gestrigen Tages ereignete sich in der Uferstraße ein tragischer Verkehrsunfall. Ein Personenwagen streifte eine Fußgängerin, die unachtsam die Fahrbahn kreuzte. Der Tod trat sofort durch Hirnschlag ein. Den Fahrer des Autos trifft keine Schuld. Angehörige der Toten mögen sich umgehend bei der Unfallstelle, Am Markt Nr. 21, melden.«

Ich faltete die Zeitung zusammen, goß mir Tee ein, trank ihn hastig und stand auf, bevor Hanna sich gesetzt hatte. Sie schien etwas sagen zu wollen. Sie hatte sich gewiß auf die Frühstücksstunde gefreut. Wenn die Kinder nicht zur Schule müssen, trinken wir allein und in Ruhe unseren Tee, und ich fahre eine Viertelstunde später ab. Sie konnte gewiß nichts dafür, aber ihre ratlosen Augen machten alles nur noch schlimmer. Ich murmelte:

»Entschuldige, aber der Wagen ist noch bei der

Polizei, ich muß zu Fuß gehen, es wird zu spät.« Ich küßte sie diesmal nicht beim Weggehen, und obwohl ich wußte, daß sie mir vom Balkon aus nachsah, drehte ich mich nicht um. Ich mußte jetzt allein sein. In einer Ehe ist man nie allein.

Der Bäcker, bei dem meine Frau immer kauft, stand unter der Ladentür und grüßte mich in einer unangenehm teilnahmsvollen Art. An den Bordsteinen standen die übervollen Mülleimer, und von vorn kam der Müllwagen, der sie entleerte, und verbreitete einen widerlichen, kotigen Gestank. Am schlimmsten aber war das Geräusch, mit dem die Männer die Tonnen wieder und wieder in die Öffnungen des Wagens stießen, um den Unrat, der sich festgeklemmt hatte, loszurütteln. Dieses stinkende Geklapper bereitete mir eine derartiges Unbehagen, daß ich in eine Seitenstraße einbiegen mußte und einen Umweg von fast zehn Minuten hatte.

Auf der Wache war ein Junge von etwa siebzehn Jahren, blond, lang aufgeschossen, sehr braungebrannt, mit einem Paar verzweifelter Augen in dem verweinten Gesicht. Ich wußte gleich, daß es mich anging. Der Beamte wies auf mich, da drehte er sich mir zu und starrte mich an; es sollte Haß sein, war aber Verzweiflung, und dann weinte er wieder.

Später hat er ausgesagt, daß sie in der Gärtnerei gearbeitet hat, wo er als Eleve ist. Sein Großvater ist der Gartenmeister. Wolfgang heißt er, Wolfgang Greve. Die Gärtnerei liegt in Lindenthal, ich hatte den Namen schon gehört. Bekannte meiner Frau hatten sich ihren Garten von der Firma anlegen lassen. Vielleicht hatte sie dabei mitgearbeitet? –

Man hatte sie früh schon in die Leichenhalle auf den Friedhof gebracht. Sie sollte dort aufgebahrt werden. Ich hatte veranlaßt, daß die Beerdigung nicht vor Dienstag stattfände, bis dahin würden sich die Angehörigen gemeldet oder ich sie aufgefunden haben.

Der Leiter der Unfallstelle war ein ruhiger, verständiger Mann. Ich habe ihm vorgeschlagen, daß ich für die Beerdigung aufkommen und den Nachlaß verwalten würde, solange niemand anderes dafür da war, weil ich mich verantwortlich fühlte. Ich war überrascht, daß das keinerlei juristische Schwierigkeiten machte. Geschäftsführung ohne Auftrag nennt man das. – Er ließ mir die Handtasche und das Netz aushändigen und beschaffte mir einen Schein, mit dem ich Zutritt zu ihrer Wohnung hatte.

Am Sonnabend haben wir keine Schalterstunden, aber es wird gearbeitet. Ich ging durch den hinteren Eingang. Die Handtasche hatte ich in meine Aktentasche getan, das Netz ließ ich im Wagen liegen. Wenn ich mich nicht lächerlich machen wollte, mußte ich den Wagen von der Polizei wegfahren, man würde dort sonst glauben, daß ich mich schuldig fühlte. Das tat ich auch. Ich fing an, an meiner Zurechnungsfähigkeit zu zweifeln. Wieso wußte ich nichts von den Minuten, in denen ich an der Uferstraße entlanggefahren war? Hatte mich der Schrei nicht aufgeweckt? Hatte ich denn geschlafen, geträumt? War ich nicht schon am Nachmittag sehr müde? Hätte ich die Frau nicht bemerken müssen? Ich sah mich sonst doch um, wenn eine solche Frau über die Straße ging. Die Blumen hätten mir auffallen müssen.

Fräulein Junghans legte mir die Post hin. Sie druckste, sie wollte wohl sagen, wie leid ihr das tue. Wir stehen gut miteinander, hie und da fällt auch einmal ein privates Wort.

»Es ist gut«, sagte ich, »ich weiß schon, lassen Sie mich jetzt allein, ich möchte eine Stunde nicht gestört werden.«

In dem Notizbuch standen ein paar Adressen und auf der vorletzten Seite vier Telefonnummern. Bemerkungen standen kaum darin. Manchmal unter einem Datum eine Uhrzeit, die keinen Aufschluß gab, dreimal las ich Namen, vermutlich handelte es sich um Geburtstage, Klaus, Marianne, Karin. Unter dem 8. August stand: »Felix zurück!« – Das war gestern.

Ich blätterte weiter zu den Telefonnummern. Es mußten Nummern der Stadt sein, ein Ort war nicht angegeben. Ich drückte auf den Summer und bat Fräulein Junghans, den Apparat umzustellen. Ich wählte die erste Nummer 5371. Es meldeten sich die Städtischen Krankenanstalten. Ich nannte meinen Namen:

»Ist Ihnen ein Fräulein Gabriele Feldcamp bekannt?« – »Seit wann soll sie bei uns liegen? – Sie liegt nicht bei uns? Handelt es sich um eine Neuaufnahme? – Wie? Sie ist schon tot –?«

Ich hängte ein. So ging es nicht. Mir stand der Schweiß auf der Stirn. Vielleicht war sie krank gewesen und hatte sich gelegentlich untersuchen lassen? Oder kannte sie einen der Ärzte? Oder eine der Schwestern? Vielleicht auch nur einen Kranken, der vor langer Zeit im Krankenhaus gelegen hatte? – Das führte zu nichts. Ich wählte die Nummer 4612. Es dauerte diesmal länger.

»Städtische Sparkasse, Wagner.«

Peinlich. Ich hatte unsere Nummer nicht erkannt! Was sollte ich sagen? Ich murmelte »falsch verbunden«, ärgerte mich, legte den Hörer auf und wischte mir mit dem Taschentuch die Stirn ab. Es war entsetzlich drückend. Ich rief Fräulein Junghans und fragte, warum der Ventilator nicht in Betrieb sei, sie sagte: »Sofort, Herr Direktor!«, gleich darauf summte er, ärger als zehn ausgewachsene Hummeln im Zimmer. – Natürlich spürte man keinerlei Abkühlung.

Wieso stand in dem Notizbuch unsere Nummer? Wieso hatte da eine Verbindung bestanden, von der ich nichts wußte? Hatte sie ein Konto bei uns gehabt? Natürlich kannte ich nicht alle Namen unserer Kunden. Vielleicht war sie in jeder Woche in der Kasse gewesen? Hatte ich sie etwa schon gesehen und nur nicht beachtet? Ich zögerte, ob ich mir ihre Kontokarte suchen lassen sollte. Aber dann ließ ich es, sicher sprachen sie draußen sowieso darüber und hatten sich schon verständigt, »daß der Chef gereizt sei«.

Ich wählte die dritte Nummer. Diesmal hielt ich den Hörer so, daß ich ihn sofort wieder auflegen konnte. Es meldete sich eine Frauenstimme. Ich glaube, daß sie »Seiffert« sagte. Ich nannte meinen Namen und fragte sie, ob sie Fräulein Feldcamp gekannt habe.

»Aber ja! Sie meinen Gabriele Feldcamp? Sie ist meine Freundin. Warum fragen Sie? – Wie? Tot? –«

Sie schrie schrill auf. »Überfahren? O Gott, wer sind Sie denn?«

Ich sagte, daß ich das Auto gefahren hätte. Sie schrie wieder ganz hoch: »Iiih«, dann war es still. Ich dachte schon, sie hätte eingehängt, aber es tutete nicht. Nach einer Weile fragte ich mit möglichst ruhiger Stimme, ob sie etwas über die Angehörigen wisse, bisher hätte sich niemand gemeldet.

»Angehörige?« Sie schien sich zu besinnen. »Sie hatte einen Bruder, der ist gefallen. Er war verheiratet, ich glaube, daß er Kinder hatte. Wo? Oh, das weiß ich nicht. Sie sprach nie davon. Wir kannten uns noch nicht lange. Ein Onkel von ihr lebt in – Brasilien oder irgendwo in Südamerika, das muß ein Bruder ihrer Mutter sein. Sie kriegte Pakete von ihm, vielleicht können Sie seine Adresse am Zollamt erfahren. Sie hat auch einmal von einem Vetter gesprochen. Aber wie der heißt? – Ob sie Freunde hatte in der Stadt? Ich wüßte nicht. Sie wohnte noch nicht lange hier. Haben Sie einmal in der Gärtnerei angerufen?«

Ich habe ihr gesagt, daß die Beerdigung am Dienstag sein würde. Sie versprach zu kommen.

Auf der vierten Nummer meldete sich niemand. Ich versuchte es in Abständen von einer Viertelstunde dreimal. Ich hätte die Auskunft anrufen können, wer die Nummer hat. Aber ich wollte es lieber am nächsten Tag noch einmal versuchen. – Später habe ich es dann vergessen.

Fräulein Junghans wollte wissen, ob ich noch Post mitzugeben hätte, der Bote ginge jetzt. Ich schob hastig die Notizen, die ich mir gemacht hatte, unter den Briefordner. Sie entschuldigte sich, und ich sagte, daß ich sie nicht mehr brauche. Den Brief an den Verwalter des Hauses, in dem sie bis zum Vorjahr gewohnt hatte, wollte ich nachher selbst zum Kasten bringen. Eilboten. Vielleicht erhielt ich vor der Beerdigung eine Nachricht von dort. Anschließend habe ich meinen Autohändler angerufen und gebeten, daß er meinen Wagen abholen und nachsehen läßt. Er sollte ihn sofort holen lassen. »Eilig? Nein, vorläufig brauche ich den Wagen nicht.« Er fragte, was nicht in Ordnung sei. Ich sagte, »die Bremsen«, dann fiel mir ein, daß man daraus schließen könne, meine Bremsen hätten bei dem Unfall versagt. Ich verbesserte mich hastig, daß es viel eher die Kupplung sein könnte, und war verärgert, weil mir schien, daß sein »selbstverständlich, Herr Direktor!« nachsichtig und verwundert klang.

Ich war nervös. Ich mußte mich zusammennehmen. Ich griff nach dem Fall Siebert, mit dem ich am Vortag nicht fertig geworden war, und machte mir ein paar Auszüge. Es klopfte. Herr Stickels von der Giroabteilung bat, sich verabschieden zu dürfen. Ich ärgerte mich schon wieder. Warum entschuldigte er sich dreimal? Ich wünsche, daß sich meine Herren verabschieden, bevor sie in Urlaub gehen, nichts weiter. Ich zwang mich zu einigen interessierten Fragen. Wohin es gehen sollte, ob die Kinder mitkämen, wie alt der Älteste jetzt sei. »In der Abteilung alles in Ordnung? Fräulein Claudius wird es schaffen? Also gut! Erholen Sie sich, kommen Sie mit frischen Kräften zurück!«

Ich brachte ihn zur Tür. Was über das übliche Maß an Verbindlichkeit hinausging.

Um halb eins rief meine Frau an. Ob ich pünktlich zu Tisch käme? Ich fragte gereizt: »Warum denn nicht? Ingrid will ins Strandbad? Seit wann richten sich die Tischzeiten nach den Kindern?«

Noch einmal nahm ich mir den Fall Siebert vor. Dann klopfte es, und Fräulein Junghans sah zur Tür herein. War ich denn ein Tyrann? Warum blieb sie eingeschüchtert an der Tür stehen? »Was gibt's denn schon wieder! Ich habe zu arbeiten!«

»Der Monteur ist da, der den Wagen abholen will. Würden Sie mir bitte den Autoschlüssel geben?«

Ich machte ihn vom Schlüsselbund los und brach mir dabei den Daumennagel ab.

Nach drei Minuten klopfte es wieder. Fräulein Junghans stand da und hatte ihr Netz in der Hand: »Soll ich das Netz …?«

»Geben Sie's her.« Sie legte es auf die Schreibtischkante und sagte noch: »Auf Wiedersehn, Herr Direktor, ich kann wohl gehen?« Ich antwortete gereizt: »Bitte, bitte!« Dann besann ich mich: »Entschuldigen Sie, ich bin abgespannt. Schönen Sonntag!«

»Danke schön, Herr Direktor, gleichfalls!«

Draußen war es jetzt still. Sie geht immer als letzte. Ich bin sehr zufrieden mit ihr. Sie ist entgegenkommend und diskret, fleißig und begreift schnell. Vor allem erwartet sie keine Zudringlichkeiten von mir wie ihre Vorgängerin.

Auf meinem Schreibtisch lag das Netz. Die Paprikaschoten leuchteten saftig grün, aus der Pfirsichtüte tropfte es, das Bündel Kräuter – übrigens waren es Vogelmieren, die ich nicht kannte – hing welk durch die Maschen, und aus dem Cellophanpapier stieg ein scharfer, übler Geruch. Ich legte das Netz auf die Fensterbank. Es war mir unangenehm, es anzufassen.

Ich ging in den Schalterraum, der halbdunkel war, weil übers Wochenende die Jalousien heruntergelassen werden; nur durch die Glastür am Eingang fiel ein breiter Streifen Sonnenlicht. Wir haben zwei Karteien, die eine ist namentlich angelegt, die andere nach Kontonummern. Ich fand ihre Karte schnell. Feldcamp, Gabriele, Gärtnerin. Die Adresse. Sie hat die Kontonummer 5252, sie muß eine frei gewordene Nummer bekommen haben, wir haben wesentlich mehr Kunden, als es der Nummer nach scheinen könnte. Sie hatte nur ein laufendes Konto. Spareinlagen hatte sie nicht bei uns. Ihr Gehalt betrug 346,12 DM netto, es wurde an jedem 15. zu uns überwiesen. Sie hatte einen ständigen Überweisungsauftrag über 12,50 DM für Konto 3618 und einen Auftrag über 150,– DM auf ein Postscheckkonto laufen. Es standen im Augenblick 75,08 DM. 3618 war das Konto einer privaten Krankenkasse. Ich machte mir eine Notiz, ich mußte dort anrufen, vielleicht hatte sie eine Sterbeversicherung abgeschlossen. Den Inhaber des anderen Kontos konnte ich so schnell nicht feststellen. Eine sehr hohe Summe, 150,– DM, bei einem so niedrigen Einkommen. Ich habe angenommen, Gärtnerinnen verdienten mehr. So jung war sie nicht mehr. Aber ich hatte noch nie mit einer Gärtnerin zu tun.

Ich ordnete die Kontokarte wieder ein und ging zurück in mein Zimmer. Es war jetzt halb zwei. Dann bin ich sonst schon zu Hause. Ich steckte die Handtasche wieder in meine Aktentasche. Was sollte ich mit dem Netz tun? Wenn ich es mit nach

Hause nahm, mußte ich es Hanna erklären und am nächsten Mittag diese Paprikaschoten essen und diese Pfirsiche. Das war mir unmöglich. Ich konnte das Netz aber auch nicht in den Papierkorb werfen. Am Montag würde es wieder auf meinem Schreibtisch liegen. Außerdem kann man Lebensmittel nicht fortwerfen.

Das Telefon klingelte. Ich hob den Hörer nicht ab. Es war Hanna. Wenn sie keinen Anschluß bekam, würde sie denken, daß ich schon unterwegs war. Ich nahm den Hut, die Aktentasche und das Netz und ging. Als ich den Schlüssel beim Pförtner abgab, sah ich seine Frau, die das Treppenhaus wischte.

»Ach«, sagte ich, »Frau Regensburg. Ich habe da ein Netz mit ein paar Eßwaren. Sehen Sie mal nach, ob Sie Verwendung dafür haben. Und schönen Sonntag.«

»Aber, Herr Direktor!« Ich winkte ab und ging, ohne mich weiter um sie zu kümmern. Ich nahm den Omnibus, um nicht noch später nach Hause zu kommen.

Meine Frau winkte mir vom Balkon aus zu. Ich erzählte ihr, bevor sie noch fragen konnte, daß etwas an der Kupplung nicht gestimmt hätte und der Wagen in der Werkstatt sei. Sie war enttäuscht. Sie hatte gedacht, daß wir am Sonntag ein Stück hinausführen. Ich fragte zerstreut: »Am Sonntag? Wieso? Ach ja, morgen ist Sonntag.« – Nein, das ging nicht. Ob ich etwas anderes vorhätte? »Nein, oder doch. Ich weiß noch nicht.«

Hanna ging in die Küche, um das Essen anzurichten. Ingrid war im Badezimmer und packte die Badesachen zusammen. Als ich die Tür aufmachte, um mir die Hände zu waschen, hängte sie sich gleich an meinen Hals: »Vati? Vati, weißt du schon, wer es war? Alle sagen, sie wäre so schön gewesen! War sie das? Bist du nun sehr traurig, Vati?«

»Ja, ich bin sehr traurig, mein Kleines.« Merkwürdig, daß ich es dem Kinde gegenüber eingestehen konnte: ich war sehr traurig. Ich weiß nicht, ob ich jemals im Leben so traurig gewesen bin. Sie drängte sich an mich, und ihre Nähe tat mir gut. Wir setzten uns an den Tisch. Meine Frau kam mit dem Tablett; ich steckte mir die Serviette in den Jackenausschnitt, da erst sah ich auf. Mein Blick fiel auf die Fleischplatte: Gefüllte Paprikaschoten mit geschmorten Tomaten.

Mir wurde heiß, ich merkte, wie sich auf meiner Stirn Schweiß ansammelte: »Entschuldigt«, sagte ich und stand auf, »ich kann nichts essen, mir ist nicht gut.«

Ich verließ das Zimmer und trank im Badezimmer einen Schluck Wasser. Hanna kam mir nach. Sie sah bestürzt aus: »Aber Rudolf! Was ist denn mit dir? Bist du krank?«

Ich winkte ab.

»Nimm eine von meinen Tabletten, leg dich aufs

Bett. Ich wollte dir eine Freude machen, ich weiß doch, daß du Paprika so gern ißt. Ich hebe dir welche auf. Heute abend ist dir gewiß schon besser. Das macht die Hitze. Du mußt bald Ferien machen. Wir müssen einmal überlegen, wohin wir fahren.«

Sie sprach sehr schnell und strich dabei fortwährend mit der Hand über meinen Jackenärmel. Ich bemühte mich, ihren Augen nicht zu begegnen. Ich wußtc selbsl nicht, warum ich ihre Nähe so schwer ertragen konnte. Sie folgte mir, als ich in das Schlafzimmer ging und mich auf das Bett warf. Sie redete noch immer mit rascher, begütigender Stimme auf mich ein. Dann ging sie. Aber nur, um mit einer Tasse kaltem Tee wiederzukommen. Sie setzte sich auf den Bettrand. Ich fuhr hoch:

»Ich bin nicht krank, und ich bin auch nicht schwachsinnig! Ist es denn nicht möglich, daß ihr mich fünf Minuten in Ruhe laßt? Das kann ich doch wohl verlangen!«

Ich warf mich auf die Seite, aber ich sah doch noch, daß sie nasse Augen hatte, als sie aufstand. Daß Frauen immer gleich weinen müssen.

Ich zog den Rock aus, knöpfte den Kragen auf und zog die Gardinen vor. Meine Frau sorgt immer dafür, daß die Wohnung kühl bleibt und keine Fliegen da sind. Ich trank von dem Tee, den sie aus dem Kühlschrank geholt hatte, und es tat mir leid, daß ich nicht einmal danke gesagt hatte. Sicher saßen die beiden jetzt drüben und würgten schweigend an ihrem Essen. Die Kleine ist schon genauso empfindlich wie meine Frau. –

Jetzt war sie bald vierundzwanzig Stunden tot. Ich war noch nie in einer Leichenhalle. Als mein Vater gestorben ist, hat meine Mutter alles erledigt. Wir haben ihn nur noch einmal gesehen; er lag im Wohnzimmer, und der Mann von der Beerdigungsgesellschaft war schon da, der den Sarg zunageln sollte. – Ich würde eine Beerdigungsgesellschaft verständigen müssen. Und bei der Krankenkasse anrufen, besser noch, gleich den Totenschein hinschicken. Ich wußte gar nicht, was man in einem Sterbefall zu tun hat. Man müßte sich darüber unterrichten, vorher. Jetzt war das sehr schwierig. Ich glaubte mich zu entsinnen, daß auf meinem Weg zur Kasse ein solches Institut liegt. »Heimkehr« mußte es heißen oder »Heimweh«. Aber vermutlich »Heimkehr«. Dummes Wort. Ob sie katholisch war? Die meisten waren hier katholisch, aber sie war ja nicht von hier. Im Reisepaß steht das nicht. Man müßte am Kirchensteueramt anrufen. Aber es war Samstag, dann war dort keiner. Bis Montag warten? Dienstag sollte die Beerdigung sein. Wie lange brauchte ein Pfarrer für eine Predigt? Ich mußte einen Platz kaufen auf dem Friedhof. Wieso ich? – aber wer sonst? –

Was wollte ich sagen, in welcher Eigenschaft ich käme? Die meisten würden mich kennen. Aber wer war ich für sie? – Ich hörte deutlich Ingrids ängstliche, kleine Stimme: Bist du nun ein Mörder, Vati –?

Aus der Küche kam das Klappern von Geschirr. Ich stand leise auf und holte mir die Aktentasche in das Schlafzimmer und sah in dem Paß nach. Nein, über die Konfession stand nichts darin. Aber das Geburtsdatum: 12. Dezember 1920, ich dachte, sie sei noch jünger gewesen. Haarfarbe braun, Augen schwarz, Größe 1,68. Besondere Kennzeichen keine.

Ich hörte Schritte auf der Diele und steckte den Paß rasch in die Tasche und beides in meine Aktentasche. Die Korridortür klappte, das mußte Ingrid sein.

Wenn ich alle die Wege noch erledigen wollte, konnte ich nicht länger liegenbleiben. Ich zog mir den dunkelgrauen Anzug an und eine einfarbig graue Krawatte und hoffte, daß Hanna mich nicht nach der Ursache fragen würde. Sie steckte den Kopf durch den Türspalt, weil sie mich gehört hatte, und fragte: »Besser?«

Ich sagte: »Ja, es geht wieder, koch uns einen ordentlichen Kaffee. Ich muß nachher noch einmal weg.« Als ich in das Wohnzimmer kam, hatte sie den Tisch schon gedeckt und einen Strauß Wicken hingestellt und den Sonntagskuchen angeschnitten. Einen Kirschstrudel, den ich besonders gern esse. Sie schneidet den Kuchen sonst nie vor Sonntag an. Sie wollte es mir so gern recht machen. Ich bin immer ganz bestürzt, wenn sie meine Unfreundlichkeit so beantwortet; sie tut es nicht, um mich zu beschämen, das weiß ich. Sie leidet unter jedem Mißklang. Ich legte darum den Arm um sie und sagte ihr, wie schön das sei, daß wir nun ein Stündchen für uns hätten. Sie stellte meine Zigarillos nebenan auf das Rauchtischchen und holte einen Aschenbecher herbei, und dann sprachen wir davon, daß der Junge diesmal schönes Wetter hatte bei der Ankunft und daß sein Asthma vermutlich besser würde, wenn er aus dem Wachstum heraus sei. Sie meinte, daß Ingrid gut zwei oder drei Wochen zu Tante Lilly aufs Gut fahren könnte, dort würde sie etwas zunehmen. Sie wächst jetzt sehr. Sogar mir war schon aufgefallen, wie spitz ihr Gesicht geworden ist.

Damit war alles über die Kinder gesagt. Jetzt gab es nur noch ein Thema. Aber ich konnte nicht harmlos bei einer Tasse Kaffee darüber plaudern. Es wäre nur natürlich gewesen, wenn ich es mit Hanna besprochen hätte. Meine Frau ist in vielen Dingen praktischer als ich, obwohl ich fast zehn Jahre älter bin. Aber sie hatte fünf jüngere Geschwister, und sie hatten nie viel Geld. Sie würde das wissen mit der Beerdigungsanstalt und dem Pfarrer, dem Friedhof, der Krankenkasse, den Blumen. –

Sie griff nach der Illustrierten, die sie samstags immer mitbringt, wenn sie zum Markt geht. Sie wollte mich nicht stören. Ich blies Ringe. Sie gelangen mir ungewöhnlich gut, aber es freute mich nicht. Sie sah auf:

»Hör mal, dein Horoskop: Sie stehen vor einer

großen Entscheidung. Hüten Sie sich vor unüberlegten Entschlüssen. Sie sollten darüber Ihr Privatleben nicht vergessen. Sie haben auch noch eine Familie!« Sie lachte und sah mich mit ihren hellen Augen freundlich an.

Ich nahm ihr die Zeitung ab. Ich lese sonst nie Horoskope. Ich verachte sie, aber Hanna liest sie mir manchmal am Sonnabend vor, und dann lachen wir beide darüber. Ich sah unter dem 12. Dezember nach. Sternbild Schütze. »Das seelische Hoch hält an. Lassen Sie sich durch nichts beirren, das Glück ist stärker als die Widerstände. Aber achten Sie auf Ihre Gesundheit!«

Ich lachte auf. Hanna fragte: »Was gibt's?« Ich sagte: »Oh, nichts.« Ich stand auf und sagte: »Entschuldige, ich muß noch eine Reihe von Wegen erledigen, es kann spät werden, warte nicht mit dem Essen.«

Wir sagen sonst genau, wohin wir gehen. Ich schätze keine Geheimnistuerei und keine Ungenauigkeit. Wenn man weiß, wohin man geht, weiß man auch, wann man wiederkommt. In der Tür drehte ich mich noch einmal um: »Es hängt mit dem – Unfall gestern zusammen. Ich muß mich drum kümmern.«

Zuerst ging ich zu dieser Anstalt. Sie hieß tatsächlich »Heimkehr«. Ich wunderte mich, daß dort gearbeitet wurde. Aber natürlich sterben auch am Wochenende Menschen. – Ich mußte alles ganz genau angeben: Welches Holz der Sarg haben sollte, welche Beschläge, wie die Innenausstattung sein sollte, ob Sterbehemd gewünscht würde, Papier oder Stoff, mit Blumen, Träger – man fragte sehr diskret, man tat alles, um meine Gefühle nicht zu verletzen. Sachlicher wäre es mir lieber gewesen. Man stellte die Kosten zusammen. Wer sie trägt? Ich gab meinen Namen an. »Jawohl, Herr Direktor. Es wird alles zu Ihrer Zufriedenheit erledigt.«

Natürlich war es lästig, daß ich meinen Wagen nicht hatte. Alle diese Wege kosteten mich viel Zeit. – Ich wußte, daß es unsinnig war, aber ich fühlte mich dauernd teilnehmend beobachtet. Schließlich rief ich meinen Autohändler an und forderte ein Taxi. Ich wollte nicht selbst fahren, er sollte den Monteur schicken. Man kannte dort meine Abneigung gegen fremde Wagen. Natürlich hieß es nun, daß man mein Auto doch sofort hätte nachsehen können, wenn ich es gewünscht hätte. Diese Beflissenheit ist mir zuwider!

Ich ließ mich zu der Friedhofsverwaltung fahren. Dort saß ein älterer Beamter in Hemdsärmeln. Ich sagte ihm, daß das junge Mädchen, das gestern überfahren – er wußte schon Bescheid –, am Dienstag beerdigt werden sollte und daß ich einen Platz aussuchen wollte. Er fragte nach meinen Wünschen und wie hoch der Platzpreis sein dürfte. Ich hatte nicht gedacht, daß Sterben so teuer sei. Er gab mir einen Gehilfen mit, und wir gingen eine Weile durch die Gräberreihen. Wir haben niemanden auf dem Friedhof liegen, ich war deshalb auch nie dort. Man sollte öfters über einen Friedhof gehen. Ich werde es wohl auch tun. Ich konnte nur hie und da im Vorübergehen einen Grabspruch lesen und einen Namen. Der Mann ging schnell. Ich würde auch einen Grabspruch wählen müssen und einen Stein – aber das hatte noch Zeit.

Ganz am Ende des Friedhofes, in der Reihe an der Hecke, habe ich ihr einen Platz ausgesucht. Ich hätte gern den Eckplatz gehabt, aber der war noch nicht dran. Es war wie damals, als ich mit Hanna den Bauplatz aussuchte. Ich mag nicht in einer Reihe wohnen. Dies war ein sehr kleiner Bauplatz. Er lag im Schatten einer Silberbuche. Ich glaubte, daß ihr das gefallen würde. Merkwürdiger Gedanke: das wird ihr gefallen. Ich fange an, darüber nachzudenken, was sie mag, und was zu ihr paßt.

Der Mann ging, und ich setzte mich eine Weile auf die Bank, die rund um den dicken Baumstamm läuft. Es war lange niemand gestorben in unserer Stadt. Die Kränze auf dem letzten Grab waren welk und die Schleifen verregnet. Ich beschloß, mehrere Kränze zu bestellen. Ich wollte nicht, daß ihr Grab kahl aussähe. Wer wohl einen Kranz schicken würde? Die Gärtnerei? Doch sicher. Die Freundin, die Frau aus dem Haus – vielleicht auch nicht. Ich könnte anregen, daß die Sparkasse einen besorgt. Überhaupt wäre zu überlegen, ob wir das nicht immer tun sollten bei unseren Kunden. Das wäre eine

Aufmerksamkeit gegenüber dem Toten und außerdem – nein, ich wollte jetzt nicht daran denken, daß sich damit eine gewisse dezente Reklame verbinden ließe.

Die Schrift auf den Schleifen hatte der Regen noch nicht ausgelöscht: »In unvergänglicher Liebe von Deinen Kindern«. Was sollte ich auf eine Schleife schreiben lassen? Mir fiel ein, daß ihr Tod in der Zeitung angezeigt werden mußte.

Als eine junge Frau mit zwei Kindern an der Hand kam, ging ich weg. Ich konnte den Weg zwischen den Hecken nicht gleich wiederfinden, ich merkte, daß ich im Kreise ging, und mußte erst fragen, bis ich das Verwaltungsgebäude zwischen den Bäumen erkannte. Es war bald sechs Uhr, als ich wieder bei dem Beamten eintraf. Bei ihm erfuhr ich, daß ich den Platz auf dem Rathaus, Zimmer 18, kaufen müßte. Für dreißig Jahre. – Er fragte, welcher Pfarrer die Beerdigung hielte. Ich sagte, daß ich das noch nicht wisse; er meinte, daß es Pfarrer Folkesand sehr schön machen würde und daß der an der Friedenskirche sei. – Der Totengräber mußte im voraus bezahlt werden, die Kosten für den Platz erst nach Ablauf eines Vierteljahres.

Der Monteur saß auf der Friedhofsmauer. Ich hatte ihn völlig vergessen. Wenn er die normale Taxe berechnete, würde das eine Menge kosten. Ich bin sparsam, das bringt mein Beruf mit sich. Wir haben es deshalb auch zu etwas gebracht. –

Ich ließ mich zu der Gärtnerei nach Lindenthal fahren. Das liegt am anderen Ende der Stadt, ich komme selten in diese Gegend. Diesmal schickte ich das Auto in die Stadt zurück.

Mein Vater ist manchmal mit mir in eine Gärtnerei gegangen, er suchte sich die Setzlinge und Dahlienknollen, Obstbaumreiser und Rosenstöcke gern selbst aus. Er hatte nicht weit vom Stellwerk ein großes Stück Land gpachtet. – Im August ist es in einer Gärtnerei am schönsten. Dann wird nicht mehr gehackt und gejätet, dann wird nur noch geerntet.

Es handelte sich um eine Gartenbaugesellschaft; man schien sich vornehmlich mit Neuanlagen zu beschäftigen, allerdings war auch eine Samenzüchterei und eine Baumschule angeschlossen. Das ersah ich aus der Tafel am Eingang. Es war ein ausgedehnter Besitz. Ich klingelte. Als niemand kam, klinkte ich die Tür auf und ging auf die Glasdächer des Treibhauses zu. Dort würde ich jemanden finden. Es roch gut. Ein wenig scharf, das mußte vom Kraut der Stangenbohnen kommen und von den Frühkartoffeln, deren Strünke bereits gelb wurden. Ich hörte das Rieseln einer automatischen Bewässerungsanlage, dann kam ich an die Dahlienfelder, die verschwenderisch blühten; dort fand ich mich einem alten Manne gegenüber, in dem ich sofort den Großvater von dem Jungen erkannte. Ich grüßte und sagte, daß ich Fräulein Feldcamp gestern überfahren hätte und nun zu ihm käme, weil ich annähme, daß – –

Er sah mich unverwandt an und horchte jedem meiner Worte nach. Ich wurde unsicher, konnte den Satz nicht vollenden und sah weg.

»Sie waren es also.« Mehr sagte er nicht. Wir standen eine Weile so, während er mich weiter beobachtete. Dann sagte er: »Es hätte auch ein anderer sein können.« Und so seltsam das klingen mag: ich empfand es als Anerkennung und fühlte mich leichter.

Er ging vorweg und brachte mich in den Vorraum des Treibhauses, ich weiß nicht, wie man den nennt, dort, wo die Bündel mit Bast hängen, Kästen mit Erde stehen und Stapel neuer Blumentöpfe, Regale mit rosa und grünen Manschetten und Bündel von weißem Seidenpapier. – Der Junge saß auf einem Hocker und schnitt von einem großen Busch Lebensbaum kleine Zweige. Es häufte sich schon ein Berg zu seinen Füßen auf dem Lehmboden. In einer flachen Rohrkiepe lagen kurzstielige Dahlien, in einer anderen Gladiolen.

Der alte Gärtner wischte mit seiner Schürze über einen zweiten Hocker und schob ihn mir hin. Ich setzte mich und ließ die Arme zwischen den Beinen hinunterhängen und drehte den Hut in den Händen. Er strich Pech mit einem Holzstab auf einen gebogenen Draht, griff nach der Rolle, schob mit dem Fuß die Körbe zurecht, und bevor er anfing mit dem Kranzbinden, sah er mich noch einmal mit seinen blassen, durchscheinenden Augen an: »Nun wollen Sie von mir wissen, wer sie war.« – Er nahm mir den

Hut aus den Händen, zeigte auf die kleinen Büsche Lebensbaum und sagte – und sprach es sehr bedächtig: »Dann wollen wir beide ihr mal einen Kranz binden. Sie hatte Lebensbaum gern. Manchen Menschen riecht er zu sehr nach Friedhof, daran werden sie nicht gern erinnert. Sie arbeitete viel auf Friedhöfen, wir ließen sie immer die Grabanlagen machen. Ja. – Den Lebensbaum pflanzt man auf den Friedhof, darüber wundern sich die Menschen –.« Er sprach nicht weiter. Ich reichte ihm die Zweige zu, der Junge saß wortlos und hatte schon wieder blanke Augen. Er war schmaler als Jochen, aber sonst sind sie sich ähnlich. Ich wünschte, mein Junge hätte mit siebzehn solche Augen.

»Ich wollte, ich könnte Ihnen jetzt sagen: es ist nicht schade um sie. Aber sie brauchte nicht erst zu sterben, damit wir erkennen, was wir an ihr hatten. – Es gibt nicht viele gute Gärtnerinnen. Ich meine auch, Frauen sollten die Hände davon lassen. Ein paar Topfblumen, gut, vielleicht noch ein paar Küchenkräuter, aber die meisten können nicht einmal Blumen in eine Vase stellen. – Sie hatte Hände, unter denen die Pflanzen gediehen, und sie hatte einen gesunden Rücken. Einen hellen Kopf. Und was am wichtigsten ist, ein demütiges Herz. Sie sprach nicht viel. Aber sie sang oft. Der Junge kann Ihnen die Lieder sagen. Er hat immer mit ihr zusammen gearbeitet. Sie hatte die Samenzüchterei, und der Junge macht gerade seine Lehre durch. In der Baumschule war er schon, die Neuanlagen macht der Chef selbst, der ist gerade in England. Im August kann er weg, da läuft hier alles von selbst. Er hatte große Pläne mit ihr. Sie ist erst im vorigen Herbst gekommen, aber er tut nichts mehr, ohne sie zu fragen. Sie hatte ein paar Diplome, für Samenzucht und auch als Gartenarchitektin, aber sie nannte sich immer nur eine Gärtnerin.

Mittags hat sie für uns drei gekocht. Die anderen gehen nach Hause. Aber der Junge hat keine Mutter mehr; wir beide hausen hier zusammen. Die Arbeit ging ihr von der Hand. Um zwölf nahm sie den Spankorb an den Arm und ging einmal durch den Gemüsegarten, dann spülte sie alles in der Regentonne ab, und ein paar Minuten später roch es nach gebratenem Speck. Da tat sie das junge Gemüse dran, zum Schluß eine Handvoll gehackte Petersilie. Bei gutem Wetter setzten wir uns draußen um den runden Steintisch, sonst saßen wir hier, so wie wir jetzt sitzen. Sie aß wenig, aber sie trank gern etwas Gutes. Manchmal mußte der Junge gehen und uns eine Flasche Wein holen. Mitten in der Woche. Die spendierte sie. Und dann ließ sie mich erzählen. Sie hörte meinen Geschichten gern zu. Auch wenn ich sie zwei- und dreimal erzählte. Sie hätte Ihnen von mir mehr erzählen können als ich von ihr. Sie legte sich da unter den Kirschbaum ins Gras, schlief eine Viertelstunde, dann sprang sie auf und ging wieder an die Arbeit. Seit sie bei uns war, wurde mehr gelacht und mehr gesungen, aber auch mehr getan.

Sie hat die Ergebnisse von ihren Zuchtversuchen nun nicht erlebt. Sie war niemand, der große Pläne hat. Sie arbeitete im kleinen. Schritt für Schritt. Große Wunder können wir nicht vollbringen, das kann nur der da oben. – Sie wollte eine frostfeste Tomate züchten. Bei uns kommt der Herbst früh, oft sind dann eben die ersten Früchte rot geworden. Und mit dem Phlox hatte sie etwas vor. Wenn ich abends noch einmal zu den Bienen ging, kam sie immer mit, und einmal sagte sie: ›Wissen Sie, Opa Greve‹ – so sagen hier alle zu mir –, ›ich möchte diesen Phlox ganz niedrig herausbekommen, viel zierlicher. So, daß man ein Beet damit einfassen oder mitten in eine Rasenfläche kleine rosa Beete tupfen kann. Er wäre dann schön für den Kirchhof.‹ Sie war nicht von hier. Sie sagte immer Kirchhof. Sie hat als Kind immer auf einem Dorffriedhof gespielt.«

Der Junge, der ab und zu gegangen war, stand jetzt in der Tür zum Gewächshaus: »Laß mich das versuchen, Großvater! Ich weiß, wie sie es machen wollte.«

Der alte Mann nickte ein paarmal: »Ja, ja. Das wirst du nun weitermachen. Es kommt immer einer, der unsere Arbeit weitermacht, wenn sie uns aus der Hand genommen wird. Vielleicht steht einmal auf den Samentütchen ihr Name –.«

Er schüttelte die Zweige von der Hose, strich sich die harzigen Hände an einem alten Sack ab und legte den Kranz beiseite. »Jetzt wollen die Leute Kränze haben aus Dahlien und Gladiolen. Sie sehen reich und fröhlich aus, aber nur, solange das Grab auf ist. Wenn das Grab zugeworfen wird, sind die Blumen schon welk. Aber die Leute sehen sie dann ja nicht mehr, und die Schleifen zeigen, was das für ein teurer Kranz war. – Wir machen sie, wie sie verlangt werden. Und wenn Sie so einen bunten Kranz für sie haben wollen, brauchen Sie es nur zu sagen –.« Er sah zornig aus. Er richtete sich auf: »Geh schon voraus«, sagte er zu dem Jungen, »fang schon an, Blumen zu schneiden. Du weißt ja, was sie gern hat. Du kannst das Rad nehmen und auf den Friedhof fahren. Sie sollen ihr die Blumen in den Sarg tun.«

Er ging neben mir her am Gewächshaus vorbei. Den Hut hatte er weit ins Genick geschoben, und sein eher graues als braunes Gesicht sah im Licht der untergehenden Sonne sehr alt aus mit dem eingesunkenen Mund.

Ich habe eine leutselige Art mit einfachen Menschen umzugehen. Das hatte ich schon als junger Kassierer. Wenn jemand kam, vom Lande, oder ein einfacher Arbeiter, der mit Geldgeschichten nicht so Bescheid wußte, wurde immer ich an die Schalter geschickt. Ich bekam rasch heraus, was er wollte, und wußte mich mit ihm zu unterhalten. Sie kamen immer gern zu mir, weil sie sich verstanden fühlten. Ich tat, als ob ich einer von ihnen sei. Das war so mein Rezept, dem ich auch meinen Aufstieg verdanke. –

Diesen alten Mann wußte ich nicht zu behandeln. Dafür behandelte er mich. Wie einen bedauernswerten Menschen. Man kann nicht sagen, daß ich das gewohnt war. Da war etwas in mir, was sich dagegen wehrte. Aber im Grunde fühlte ich mich genauso: wie ein armer, bedauernswerter Mensch. Ich konnte nur hoffen, daß man es mir nicht anmerkte.

»Gestern bin ich noch hier mit ihr so hergegangen. Sie trug mir den Eimer. Ich wollte die Bienenwaben ausnehmen und abends schleudern. Der Lindenhonig ist durch, aber bevor die Heide blüht, hole ich die Waben noch einmal heraus und setze frische ein. Sie sagte noch: ›Opa Greve, von dem Honig kriege ich ein Glas. Der ist von meinem Phlox. Sie sollen mal sehen, der schmeckt besonders gut.‹ Sie hat sich dann noch was an Obst gepflückt und Gemüse. Das tat sie sonst nicht, sie nahm immer nur Blumen mit. Wir schreiben auf, was wir uns nehmen, das wird dann am Ende des Monats abgerechnet, der Chef ist genau. – Sie sang gestern den ganzen Tag. Irgend so eins ihrer leichtfertigen Lieder, von einer Phyllis, die sich in den Garten schlich, und sagte, daß ein besonders schöner Tag sei. Sie hatte wohl am Abend etwas vor. Sie schnitt von dem hohen, hellblauen Rittersporn, den wir sonst für die Frau vom Chef stehenlassen, und den Silberdisteln.« Ich sagte: »und Tausendgüldenkraut und rosa Phlox . . .«

»Ja«, wiederholte er, »Tausendgüldenkraut und rosa Phlox. Sie konnte über die Blumen kaum weggucken, als sie mir ›Gute Nacht‹ zurief. Und noch etwas hat sie gesagt: ›Denken Sie heute abend an mich, Opa Greve‹; dann drehte sie sich um und ging mit ihren raschen Beinen weg. Der Junge hat sie an der Gartentür abgepaßt und gefragt, ob er sie nach Hause bringen dürfte und die Blumen tragen. Das tat er oft. Aber diesmal kam er niedergeschlagen den Weg herunter und hat mir bei den Bienen geholfen.

Sie haben es sicher schon gemerkt, er hat für sie geschwärmt. Er hat außer mir niemanden, keine Mutter und keine Schwester, und sie war immer nett zu ihm, legte ihm den Arm um die Schulter und behandelte ihn wie einen großen Jungen. Aber sie nahm ihn dabei ernst wie einen Mann. Er brauchte wohl Zärtlichkeit. Und sie war zärtlich. Es gibt nicht viele Frauen, die das sind. Sie war es. Zu den Blumen und den Tieren und zu uns. Sie hätte heiraten sollen. Ich habe es ihr auch gesagt, und Kinder hätte sie haben sollen. Aber da hat sie nur gelacht und an mir vorbeigesehen. ›Die Blumen sind meine Kinder, Opa Greve, und sie sind viel dankbarer als Kinder. Das sollten Sie doch am besten wissen.‹ – Ja, das ist meine wunde Stelle. Seitdem habe ich darüber nicht mehr mit ihr gesprochen und sie nicht mit mir. Meine Tochter ist nach dem Kriege mit einem Fremdarbeiter, der zwei Monate bei uns gearbeitet hat, auf und davon. Den Jungen hat sie mir hiergelassen. Sie hat nicht mehr geschrieben. Sie war immer wild, wie ihre Mutter. Damals, kurz vor dem Krieg, da passierte das mit dem Soldaten, der hier in Garnison war. Er hat den Wolfgang nicht mal als sein Kind anerkannt. Aber der ist auch so groß geworden. Und wenn man das erlebt hat, dann kann man verstehen, wenn jemand sagt, ›die Blumen sind meine Kinder‹. – Ich weiß nicht, ob Sie welche haben. Aber wenn Sie einen Sohn haben, dann wünsche ich Ihnen und ihm, daß er sich in so eine Frau verliebt. Die Mädchen können ihm nachher nichts mehr anhaben –.«

Er schob die Hand in den Rücken und stützte das Kreuz: »Es wird wohl bald Regen kommen, ich spüre ihn schon. Das Rheuma. Das beugt einen jedes Jahr ein Stück der Erde näher.« – Er war stehengeblieben. Wir waren jetzt an dem Feld mit dem Phlox angekommen. Ich hatte den Duft von Phlox vergessen. Er ist eigentümlich süß und sanft, ich weiß das nicht zu beschreiben, ich meinte, er legte sich zärtlich um mich. Aber das konnte auch an dem liegen, was der alte Mann mir erzählt hatte von ihr.

Am Bienenhaus schwirrten die Bienen unruhig um die Klappen ihrer Kästen herum. Er sagte, daß auch sie spürten, daß ein Gewitter in der Luft sei. Er holte eine Pfeife aus der Tasche und stopfte Tabak hinein, zündete sie umständlich mit einem altmodischen Feuerzeug an und drehte sich zu mir um.

»Dann will ich mal zu meinen Bienen gehen. – Ja. – Nun ist sie tot. Man wird Ihnen viel von ihr erzählen. Man muß sie mit einem anderen Maß messen. Ich weiß nicht viel von ihr. Aber sie war ein guter Mensch. Guten Abend.«

Er gab mir nicht die Hand. Ich zog meine verlegen zurück und schob sie in die Jackentasche, als er sich umdrehte und hinter seinem Bienenhaus verschwand.

Die Sonne war untergegangen und hatte einen blassen, gelben Streifen am Himmel zurückgelassen. Die Blumen verloren schnell ihre Farbe. Es wurde spürbar kühler, ohne daß es weniger drückend war. Es roch plötzlich nach Herbst.

Ich wischte mir mit dem Taschentuch den Hals, an dem der Hemdkragen feucht klebte. – Durch das Zwergobst der Baumschule konnte ich die Autostraße sehen. Ich suchte mir einen Streckweg und fand den Ausgang bald. Der Junge wartete dort mit dem Fahrrad. Er wurde rot, als er mich sah. Ich fragte ihn, ob er mich bis zur Haltestelle begleiten wollte, obwohl ich lieber allein gewesen wäre. Er stellte den Korb mit Blumen auf das Eisengestell an seinem Fahrrad und ging neben mir her. Ich dachte, er hätte mir etwas zu sagen, aber er schwieg. Ich war nicht in der Stimmung dazu, ihn zum Sprechen zu bringen. Manchmal sah er mich von der Seite an. An der Haltestelle blieb er stehen und griff in den Blumenkorb. Er zog ein grünes Bündelchen heraus. »Wenn Sie nachher zu ihr gehen. Sie hat zwei Vögel, ein Dompfaffpärchen, denen hat sie jeden Abend

Vogelmiere mitgenommen«, sagte er hastig und wurde wieder sehr rot. Ich drückte ihm die Hand, und er schwang sich auf das Rad und fuhr schnell die Straße hinunter.

Ich wäre nicht darauf gekommen, daß man den Sarg mit Blumen füllen könnte. Aber es war schön so. – Ich dachte in der Zeit, in der ich auf den Omnibus wartete, daß sie jeden Tag diesen Weg gegangen war und daß sie wahrscheinlich den gleichen Omnibus genommen hatte. Daß der Fahrer sie gekannt hat und sie sich zugenickt haben und daß er jetzt schon allen erzählt hatte, daß das Fräulein aus der Gärtnerei tot war. Wenn ich am Marktplatz ausgestiegen sein würde, hieß es dann: »der war es, aber er hat nichts dafür gekonnt.«

Zum Essen bin ich nach Hause gefahren. Es wäre mir unangenehm gewesen, in der Stadt zu essen. Ich hätte Hanna ein paar Blumen mitbringen sollen aus der Gärtnerei. Aber ich hatte den ganzen Tag kaum an sie gedacht. Das passiert sehr selten. Ich denke bei vielen Dingen, die ich im Laufe eines Tages tue, was sie dazu sagen würde, wie sie es machen würde. Wir waren uns immer eng verbunden. Ich weiß, daß sie das gleiche fühlt. Manchmal, wenn wir abends zusammensaßen und jeder las und ich sie plötzlich fragte, fuhr sie zusammen und sagte ganz bestürzt: »O Rudi! Ich hatte dich ganz vergessen!« Dann kam sie gleich zu mir, setzte sich auf die Sessellehne und legte mir die Arme um den Hals und sah mit in mein Buch. –

Nach dem Abendessen, das wie immer verlief, nahm sie mich beiseite, damit Ingrid sie nicht hörte, und erzählte mir, daß gegen sechs Uhr jemand von dem Bestattungsinstitut »Heimkehr« angerufen hätte. Der Angestellte habe sich entschuldigt, aber er hatte nicht notiert, ob das Totenhemd aus Papier oder aus Seide gewünscht würde. Der Kostenunterschied betrüge 12,– DM. »Ich habe ihm gesagt, daß er das Bessere nehmen soll, das war doch in deinem Sinne?«

Ich wollte nicht, daß meine Frau etwas damit zu tun hatte! Ich verlor einen Augenblick die Beherrschung und fuhr sie an: »Was geht dich das denn an!« Ich entschuldigte mich. Sie konnte nichts dafür, und sagen mußte sie es mir.

Im Badezimmer fand ich noch ein paar Migränetabletten von meiner Frau. Ich schluckte gleich drei auf einmal. Ich leide sonst nicht unter Kopfschmerzen und muß sagen, daß es etwas sehr Unangenehmes ist. Ich konnte mich nur schwer konzentrieren und kaum beherrschen.

An jenem Abend war Hanna es, die tat, als ob alles sei wie sonst. Sie stellte das Radio an und drehte, bis sie ein Symphoniekonzert fand. Sonst hören wir die heiteren Samstagabendsendungen und Tanzmusik. Das schien sie für nicht passend zu halten. Sie nahm ihre Näharbeit, nachdem sie die Fensterläden auf halbdicht geschlossen und alle Fenster weit geöffnet hatte. Ingrid hatte »Gute Nacht« gesagt, und ich hatte ihr versprochen, sie einmal mit in die Gärtnerei zu nehmen. Ich rauchte meine Zigarre zu Ende. Dann stand ich auf, holte mir aus dem Schlafzimmer den leichten Rock. Hanna sah auf: »Ja, entschuldige, ich muß noch einmal fort. Sie hat ein Paar Vögel, die kann ich nicht verhungern lassen. Ich muß auch noch nachsehen, ob ich Papiere finde. Bisher hat sich niemand gemeldet, der das alles übernehmen könnte.«

Vielleicht hat sie gedacht, daß ich sie auffordern würde, mitzukommen. Vielleicht wäre ich beim ersten Male noch froh gewesen, sie dabei zu haben. Beim zweiten Male wäre es schon undenkbar gewesen.

Der Himmel hatte sich bezogen. Es war windstill. Ich ging wieder durch die Uferstraße. Ich bin wohl fünf Minuten, aber vielleicht erschien es mir auch nur so lange, stehengeblieben. Ich habe versucht, mir alles noch einmal zu vergegenwärtigen. Warum hat sie mein Auto nicht gesehen? Es ist doch ein sehr großer, dazu leuchtend grüner Wagen. Hat sie ihn etwa nicht sehen wollen? – Dieser Gedanke tauchte mir damals zum erstenmal auf. – Aber warum ist sie dann auf mein Auto zugegangen? Warum nicht auf einen schnell fahrenden Wagen, wo die Wahrscheinlichkeit viel größer war, daß er nicht zeitig genug bremsen konnte? – Aber hatte nicht der alte Mann gesagt, sie sei fröhlich weggegangen? Sie habe etwas vorgehabt? Ich dachte an das Netz, und daß sie jemanden zum Abendessen erwartet haben müsse. Er mußte vor die verschlossene Tür gekommen sein. Warum hatte er sich nicht gemeldet? Die Frau unten im Haus mußte ihn bemerkt haben. Ich wollte sie fragen.

Merkwürdig, daß ich nicht mehr wußte, wie sie ausgesehen hatte. Was für ein Kleid hatte sie angehabt? War sie groß oder klein? Braunes Haar und dunkle Augen stand im Paß. Die Augen hatte ich nicht gesehen. Entsinnen kann ich mich nur darauf, daß sie einen Zug um den Mund hatte, der, wie soll ich sagen – ich weiß nicht, wie man ein Lächeln nennt, in dem sich Traurigkeit und Glück mischen. Es war ein sanftes, ausgeglichenes Gesicht.

Ich klingelte bei der Frau unten und sagte ihr Bescheid, daß ich es sei, der in die Wohnung ginge. Sie erzählte mir unaufgefordert, daß Fräulein Feldcamp öfter Besuch bekam, der immer erst spät am Abend gekommen sei. Ihr Mann und sie hätten ihn nie zu sehen bekommen und auch nie weggehen hören. »Den Toten soll man ja nichts Böses nachsagen, sonst könnte ich wohl ...«

Ich unterbrach sie kühl: »Dann tun Sie es bitte auch nicht!« Vermutlich würde ich über sie nichts mehr von ihr erfahren, weil ich sie gekränkt hatte. Aber ich mochte diese Frau nicht. Sie hat wirres, rotes Haar, das allein würde schon genügen.

Die Wände des Treppenhauses waren mit grauem Rupfen bespannt, auf den Stufen lagen grüne Kokosläufer. Alles wirkte sehr neu und gepflegt. Neben ihrer Korridortür führte eine kleinere Tür zum Boden. Das Namensschild mußte sie selbst geschrieben haben. Es hatte sich an den Seiten etwas umgebogen. Man müßte an alle vier Ecken einen Reißzweck setzen – wenn man es jetzt nicht entfernen müßte. Das Sicherheitsschloß funktionierte anders als unseres in der Kasse. Ich mußte erst ein paarmal ansetzen, bis die Tür aufging. Das Licht im Treppenhaus war so hell, daß ich den Schalter erkennen und die Lampe anknipsen konnte. Ich stand einem hohen Spiegel gegenüber. Ich fuhr zusammen. Dann nahm ich den Hut ab und legte ihn auf die Metallstäbe über den Garderobenhaken, an denen ein heller Staubmantel und eine schwarze Baskenmütez hingen. Auf der Platte unter dem Spiegel lagen ein Paar schwarze Schweinslederhandschuhe. Ich holte ihre Handtasche hervor und legte sie dazu. Dann öffnete ich die erste Tür rechts und schloß sie rasch. Dort war das WC und eine Duschanlage, wie es schien. Es gab nur noch eine weitere Tür. Ich öffnete sie und fand keinen Schalter. Es gab also keine Deckenbeleuchtung. Man muß sich im Dunkeln zu der Stehlampe hintasten, das verursacht ein unbehagliches Gefühl; es ist unpraktisch. Ich machte die Tür zur Diele weit auf, so daß ich den Raum übersehen und die Wandlampe entdecken konnte.

Im gleichen Augenblick, als ich das Licht angeknipst hatte, hörte ich die Vögel. Sie flatterten an die Käfigstäbe und stießen ein unschönes Kreischen aus. Ein unangenehmes Geräusch! Ohne mich weiter umzusehen, holte ich mein Bündel Vogelmiere hervor und stopfte es zwischen die Stäbe. Aber die Vögel flatterten und schrien weiter, sie sahen struppig aus. Ich hatte noch nie zuvor etwas mit Vögeln zu tun gehabt. Ich besah mir das eine Weile, dann probierte ich, ob ich den Wasserbehälter losbekommen könnte. Das gelang, aber sofort kamen die Vögel, und ich fürchtete, daß sie herausfliegen würden. Bis ich dann den Metallschieber sah, den man vor das Loch tun muß. Ich nahm das Porzellanbecken, in dem nur noch wenig trübes Wasser war, in dem ein paar Federn und braune Samenhülsen schwammen, und ging damit in das WC. Ich kippte das schmutzige Wasser aus, spülte das Näpfchen über dem Waschbecken und sah mich wieder im Spiegel. Ich empfand die Situation als unwirklich und hatte Mühe, mich zu erkennen. Ich füllte Wasser ein, das ich erst eine Weile hatte laufen lassen, und schob das Näpfchen wieder zwischen die Stäbe. Auf einem Brett fand ich neben dem Vogelbauer eine Tüte mit Vogelfutter. Ich machte auch das zweite Näpfchen sauber und füllte es. – Es dauerte eine Weile, bis die Vögel sich beruhigten. Ich setzte mich in einen Sessel, der unter der Lampe stand, und sah ihnen zu. Dann nahm ich die Decke, die hinter dem Bauer hing, und deckte sie darüber.

Es war ein eigentümlicher Geruch in dem Zimmer. Damals vermochte ich noch nicht festzustellen, woher er rührte. Ich wollte ein Fenster öffnen. Da erst stellte ich fest, daß es kein Fenster gab, nur eine breite Türöffnung, durch die man in eine Art Veranda trat. Dort konnte man die beiden Seitenwände, die ganz aus Glas waren, hochschieben. Ich tat es. Die Blumen, die auf dem Mauervorsprung standen, hingen welk herunter. Es war Kapuzinerkresse. Ich wußte, daß sie große Hitze und auch Trockenheit aushält. Sie würde sich wieder erholen. Eine Gießkanne fand ich nicht, wohl aber einen Glaskrug, der auf einem Tisch in der Veranda stand. Ich holte mehrere Male Wasser. Erst als ich hörte, wie es auf die Blätter im Vorgarten tropfte, hörte ich auf zu gießen. In der einen Ecke stand ein Holzkübel, in dem Efeu wuchs, der sich an Bambusstäben bis fast unter die Decke rankte. Ich goß auch da einen Krug Wasser hinein, ging in das erste Zimmer und gab der Monatsrose Wasser, die ihre rosafarbenen Blütendolden matt herunterhängen ließ. In einer Tonvase standen Sonnenblumen. Ich goß das abgestandene Wasser aus und füllte frisches ein, ordnete die Stengel neu und gab dabei acht, daß alles genauso stand wie zuvor.

Erst auf dem Nachhauseweg ist mir aufgefallen, als ich unter der Normaluhr am Marktplatz herging, wie lange ich in der Wohnung gewesen bin. Ich entsinne mich nur, daß ich einige Zeit zwischen den beiden Räumen an der Wand lehnte und den kühlen Luftzug über mich streichen ließ, der mir sehr wohltat. Ich muß gedankenlos gewesen sein, wie damals so oft.

Ich weiß nicht, wie lange eine Wohnung die Atmosphäre ihres Besitzers behält, wenn der fort ist. Ich war auch nie zuvor in Räumen, die so getränkt waren von einem Menschen. Mochte sein, daß ich auch noch niemals so aufgeschlossen gewesen war wie in jenen Tagen. Man kommt im allgemeinen nicht allein in die Wohnung von Fremden. Wenn sie anwesend sind, wird man durch sie abgelenkt, die Menschen sind einem interessanter als die Dinge, mit denen sie sich umgeben. Trotzdem muß ich sagen, daß man viele Aufschlüsse erhält – nur war ich gar nicht gewöhnt zu beobachten und Rückschlüsse zu ziehen.

Ich mußte mich dazu aufraffen, nach den Papieren zu suchen, derentwegen ich gekommen war. An der Wand des ersten Zimmers stand ein hoher, aber zierlicher Sekretär, dessen Schreiblade verschlossen war. Der Schlüssel steckte. Ich klappte die Lade herunter. Die kleinen Schubfächer brauchte man nur aufzuziehen. Ich entnahm dem unteren rechten eine flache Dose, in der ich zwei Hunderter und einen Fünfzigmarkschein fand. In der Handtasche war ein

Portemonnaie. Ich konnte mich nicht entsinnen, ob der Beamte den Inhalt kontrolliert hatte. Ich holte das Portemonnaie und nahm einen Bogen Schreibpapier, auf dem in dünner Antiqua Gabriele Feldcamp stand, und legte einen sauberen Kassenbestand an. Die gewohnte Beschäftigung – heute würden so etwas allerdings meine Angestellten machen –, ich meine, der Umgang mit Zahlen war mir vertraut und beruhigte mich. Ich unterstrich die Endsumme von 322,50 DM mit einem Lineal und setzte das Datum des 9. August darunter und meine volle Unterschrift, zuzüglich des G. o. A. Dann legte ich Geld und Zettel zurück in die Lade, beschloß aber, den Betrag an einem der nächsten Tage auf ihr Konto einzuzahlen. Ich halte es nicht für richtig, größere Summen im Hause aufzubewahren. Eine der wenigen Prinzipien, von denen ich meine Frau nur schwer habe überzeugen können.

In einer weiteren Schublade fand ich eine Reihe von Briefen, in einer anderen eine Handvoll Fotografien. Aber es widerstrebte mir, sie durchzusehen. Ich fand ein Familienstammbuch, in dem als vorletzte Eintragung ihre Geburt stand. Ihr Vater ist Pfarrer gewesen –. Außer der Heiratsurkunde der Eltern war nur die Todesurkunde des Vaters, der im dritten Kriegsjahr gestorben ist, in dem Buch enthalten. Trotzdem glaubte ich nicht, daß die Mutter noch lebte. Weiter hinten fand ich einen Vermerk, daß der Bruder 1943 bei Stalingrad gefallen war. Er war drei

Jahre älter als sie. In der unteren, rechten Schublade lagen ein paar Etuis mit Schmuck, deren Inhalt ich ebenfalls auf einem Blatt notierte. Von dem Wert verstand ich nichts. Unsere Sparkasse hat weder Safes noch offene Depots, sonst wüßte ich mehr darüber. Es handelte sich durchweg um altertümliche Broschen und Anhänger, die sie von der Mutter geerbt haben mochte. Ein Hinweis mehr, daß die Mutter tot war.

Ich war sehr bestürzt, als ich die nächste Schublade aufzog. Es lag ein Revolver darin. Kein neues Modell; es mußte, soweit ich mich da auskenne, aus den zwanziger Jahren stammen. – Meine Annahme, irgendein Heft mit Adressen, wie es jeder Mensch führt oder führen sollte, zu finden, wurde enttäuscht. Sie hatte entweder eine spärliche Korrespondenz gepflegt oder ein vorzügliches Gedächtnis besessen.

Wenn ich es als meine Aufgabe erachtete, nach ihren Angehörigen zu forschen, mußte ich nun die Briefe nachsehen. Die Stempel trugen durchweg ein Datum, das lange zurücklag. Ich fand darunter Namen und Anschrift einer Edith Feldcamp. Beides notierte ich mir. Es mußte sich um die Schwägerin handeln, ihr mußte ich telegrafieren. Ich fand weiter einen Brief aus Pernambuco. Auch er war mehr als zwei Jahre alt. Ich beschloß, dem Onkel mit Luftpost von ihrem Tode zu schreiben. Ein Brief kam aus ihrem Geburtsort und trug die ungelenken Schriftzüge eines Kindes namens Riekchen. Es blieben vier Briefe, von denen ich, aus einem mir selbst nicht recht klaren Grunde, annahm, daß es sich um alte Liebesbriefe handelte. Plötzlich war ich das alles leid. Was ging sie mich an! Das alles kostete mich nur Zeit und viel Geld. Dabei war ich nicht einmal schuld! – Den ganzen Tag hatte ich nichts Ordentliches gegessen. Dazu dieses unerträglich schwüle Wetter. Ich bekam wieder mein Sausen in den Ohren, eine Folge meines hohen Blutdruckes. –

Ich schloß den Sekretär wieder ab und nahm den Schlüssel an mich. Oben auf dem Schränkchen stand eine Reihe Bücher. Ich griff nach einem schmalen Lederband. Ich wußte gar nicht, daß ich so etwas wie einen sechsten Sinn habe. Meine Frau behauptet immer, daß sie noch nie einen so instinktlosen Menschen wie mich gesehen hat. Ich hätte statt dessen Prinzipien. – Das Buch war eine Bibel. Auf der ersten Seite stand in einer zierlichen, unmännlichen Schrift: »Wir wissen aber, daß denen, die Gott lieben, alle Dinge zum besten dienen«, Römer 8,28 – Dein Vater, am 12. Dezember 1920. – Ich blätterte. Sie muß oft darin gelesen haben. Manchmal fand ich Bleistiftstriche am Rand und gelegentlich einen Zettel, auf den sie ein paar Worte geschrieben hatte. Ihre Schrift ist der des Vaters ähnlich. Aufgeschlagen, mit dem Rücken nach oben, lag bei den Büchern ein Losungsbuch der Brüdergemeine. Ich kenne es von zu Hause. Meine Mutter hatte es auch.

Ich schlug die Losung des 8. August auf: »Des Menschen Geist muß davon, und er muß wieder zu Erde werden; alsdann sind verloren alle seine Anschläge.« – Ich bemühte mich vergeblich, einen Sinn dahinter zu finden. Ich bin keiner, der zweifelt. Ich mache mir keine Gedanken um das Warum. Im Krieg hat man das getan, aber jetzt, wo alles seinen ordentlichen Gang wieder geht, komme ich gar nicht dazu, über so etwas nachzudenken. Es wird schon richtig sein. Aber daß ich ausgerechnet eine fromme Pfarrerstochter – –, es muß noch einen anderen Sinn geben als den, den man auf den ersten Blick erkennt.

Ich sah schon von weitem, daß Hanna noch Licht hatte. Aber als ich in die Diele kam, schimmerte kein Strahl unter der Schlafzimmertür hervor. Sie weiß, daß ich nicht will, daß sie wach bleibt, wenn ich spät komme. Ihr Licht wirkt wie ein Vorwurf. Sie macht jetzt immer dunkel, wenn ich die Korridortür aufschließe. Das ist einer der Kompromisse, die wir geschlossen haben und die unser Zusammenleben so angenehm machen.

Beim Frühstück am Sonntagmorgen, zu dem wir zu dritt um den Balkontisch saßen, sagte ich zu meiner Frau, daß ich in die Kirche gehen würde. Sie sah mich überrascht an, fragte aber nicht. Ich erklärte ihr trotzdem, daß ich mit dem Pfarrer sprechen müßte, wegen der Beerdigung am Dienstag. Auch sie wußte nicht, ob die Kirche um halb oder um zehn Uhr anfängt. Wir mußten Ingrid zu den Leuten im Haus nebenan schicken, die regelmäßig gehen. Das war peinlich, aber wie sollte ich es sonst erfahren? Die katholischen Kirchen läuten am Sonntagmorgen so häufig, daß man die Glocken der Friedenskirche nicht heraushören kann.

Hanna hatte mein Gesangbuch hervorgeholt, und Ingrid fragte, ob sie mit dürfte. Bisher sind wir nur Weihnachten mit den Kindern zur Kirche gegangen; zum Totenfest und Karfreitag gehe ich allein. Hanna gehört zur Christengemeinschaft. Wir haben ausgemacht, daß die Kinder evangelisch getauft und konfirmiert werden sollen. Wenn sie sich später für die anthroposophische Glaubenslehre entscheiden sollten, würde ich ihnen nichts in den Weg legen. Jochen ist im Vorjahr konfirmiert; nicht von diesem Pfarrer. Ich glaube nicht, daß es ein einschneidendes Ereignis in seinem Leben war, aber ich hätte einmal mit ihm darüber reden sollen. Es widerstrebt mir, die Kinder zum Kirchgang zu zwingen, wie es mein Vater getan hat. Ich bin aber nicht sicher, ob meine liberale Einstellung richtiger ist als seine.

Ingrid nahm das Gesangbuch, und ich war froh, daß ich mir nicht die Taschen meines guten Anzugs damit ausbeuteln mußte. Ich hatte den Eindruck, daß man uns aus den Fenstern der Nachbarhäuser unseres Vorortes, in dem wir gut bekannt sind, nachsah und nun besprach, daß »der Herr Direktor mit seiner kleinen Tochter in die Kirche ging«.

Wir setzten uns in das Mittelschiff. Ich habe gern den Altar vor mir und will den Pfarrer während der Predigt sehen können. Unsere Kirche ist erst im vorigen Jahr wiederaufgebaut. Zur Einweihung war ich dort, wie alle Protestanten unserer Stadt, die etwas auf sich halten. Mir ist die Kirche zu nüchtern, zu hell und zu weiß. Ich habe gern, wenn man zwischen Säulen und Pfeilern einen dämmrigen Raum findet, in dem sich die Augen ausruhen können und die Gedanken eine Zuflucht haben, in der sie sich einnisten können. Die flache Holzdecke mit den hellen Kassetten, ich glaube, daß man das so bezeichnet, gefällt mir schon besser, auch die schlichten Halbkugeln aus Bronze, die man statt der alten Messingleuchter aufgehängt hat. Eine Orgel haben wir noch nicht. Der Organist sitzt an einem Harmonium auf der Empore links. Zum Eingang spielte ein Posaunenchor. »Wie schön leuchtet der Morgenstern«. Das ist mein Lieblingschoral. Ingrid schlug die Nummer auf und hielt mir das Gesangbuch hin, aber ich winkte ab. Ich konnte die Strophen auswendig und war stolz, daß ich auch in der Kirche ihr Vorbild war. Sie sah bewundernd zu mir auf. – Der Pfarrer verlas die Ankündigungen und sagte, daß die Sammlung am Ausgang für die Innenausstattung unserer Kirche bestimmt sei. Zunächst sollte für eine neue Orgel gesammelt und gespart werden. Ich beschloß, einen größeren Betrag zu geben. Ich weiß gern, wofür ich geben soll. Eine Orgel ist notwendig für eine Kirche. Wenn die Kollekte für irgendwelche verschwommen genannten Missionszwecke bestimmt ist oder für in Not geratene Gemeinden, deren Namen ich nicht einmal kenne, gebe ich prinzipiell nichts.

Ingrid flüsterte leise, was Trinitatis sei, und ich flüsterte zurück »nachher«, und während ich nachdachte, wie man einem Kind das Wort erklären könnte, und überlegte, welche Bedeutung dem Feste der Dreieinigkeit Gottes in unserer Kirche zukommt, hatte ich das Textwort nicht gehört und den ersten Teil der Predigt verpaßt.

Der neue Pfarrer schien aus dem Osten zu kommen. Vermutlich ein Balte. Das sind durchweg gute Redner. Sie sprechen überzeugend, und ihre Stimme ist voll und warm. Er war ein Mann von etwa Sechzig mit kurz geschnittenem, weißem Haar. – Ingrid saß unruhig. Ich mußte sie ein paarmal ermahnen.

Nach der Predigt verlas der Pfarrer die Namen der Verlobten, die – wie er sagte – »die Fürbitte der Gemeinde erbitten«. Ich überlegte, ob Hanna und ich wohl auch der »Fürbitte einer Gemeinde« empfohlen worden waren. Ich wußte es nicht mehr. Damals waren andere Zeiten. Da legte man der kirchlichen Trauung keinen großen Wert bei. Das war gerade, als die Sache mit der Tschechoslowakei war und ich fürchten mußte, eingezogen zu werden. – Dann war der Pfarrer schon bei den Kindern, die getauft wur-

den. Ich hätte nicht gedacht, daß im August so viele Kinder geboren würden. Dann erhob sich die Gemeinde. Der Pfarrer sagte:
»Es hat dem Herrn über Leben und Tod gefallen, folgende Glieder unserer Gemeinde zu sich in sein himmlisches Reich zu rufen:

> Oscar Ladage, 73 Jahre alt,
> Friederike Siebert, 81 Jahre,
> Wilhelm Abend, 67 Jahre, und
> Gabriele Feldcamp, 32 Jahre alt.«

Ingrid schrie leise auf. Ich faßte sie schnell beim Arm und preßte sie eng an mich. Sie zitterte. Der Pfarrer sagte: »Ein Mensch ist in seinem Leben wie Gras, er blühet wie eine Blume auf dem Felde; wenn der Wind darüber geht, so ist sie nimmer da, und ihre Stätte kennet sie nicht mehr. Die Gnade aber des Herrn währet von Ewigkeit zu Ewigkeit.«

Wir setzten uns wieder. Wir sangen dann noch ein Lied. Der Pfarrer trat wieder vor den Altar und sprach das Vaterunser. Wir sagen es jetzt nicht mehr gemeinsam wie im Kriege und der Nachkriegszeit, sondern singen zusammen den Schluß, wie wir es zu Hause taten, das »Dein ist das Reich«.

Aber ich sang es nicht mit.

Ich habe Ingrid vor die Kirchentür gebracht und ihr gesagt, daß sie auf mich warten könnte, aber wenn es zu lange dauerte, sollte sie schon nach Hause gehen.

Als sich das Kirchenschiff geleert hatte, ging ich zur Tür der Sakristei, vor der eine junge Frau wartete. Sie schien mich zu kennen, denn sie sagte, ich könnte vor ihr hinein, sie habe es nicht eilig. Ich nahm es an. Ich wollte das gern hinter mir haben.

Der Pfarrer hatte den Talar schon abgelegt. Er kam mir ein paar Schritte entgegen. Ich nannte meinen Namen. Er sagte, daß er schon gestern auf mich gewartet hätte. Ich brauchte ihm nichts zu erklären. Er hat sie gekannt. Sie hat im Kirchenchor mitgesungen. Er sagte, daß sie eine wunderbare Stimme gehabt hätte. Einen Alt, wie man ihn selten fände. Er wollte mit dem Vikar sprechen, der den Chor leitet, vielleicht könnte er in der Kapelle ein Quartett singen lassen. Ob mir das recht sei? Ich hatte keinerlei Vorstellung davon, wie so etwas geschieht. Ich stimmte allem zu. Er sah in einem Kalender nach und legte den Zeitpunkt auf Dienstag halb drei Uhr fest. Bei der Beerdigung, der ich vor Jahren einmal beigewohnt hatte – ein älterer Kollege starb an einer Lungenentzündung –, gab der Pfarrer einen Abriß seines Lebens. Ich sagte ihm, daß ich nicht viel wisse, aber ihr Vater sei Pfarrer gewesen und der einzige Bruder gefallen, die Eltern beide tot.

»Sonst wissen Sie nichts?« Er sah mich fragend an. »Sie hat ein schweres Schicksal aufgebürdet bekommen. Sie trug es, so gut sie konnte. Lassen Sie sie in Frieden.«

Ich wollte ihn fragen, was er damit meinte, aber

er wehrte ab: »Es gibt auch in unserer Kirche ein Beichtgeheimnis – beten sollten Sie für sie.«

Es war eine peinliche Situation. Man spricht nicht vom Beten. Natürlich mußte einen ein Pfarrer dazu auffordern, aber er kannte mich doch gar nicht! Ich ging früher auch an die Betten der Kinder und sagte: »Nun betet mal schön«, aber schließlich war das etwas anderes. Unter Erwachsenen! Er hingegen schien es nicht peinlich zu finden. Er sah mich abwartend an, aber nicht ungeduldig. Ich mußte nach einem Schlußsatz suchen. Meine Gedanken gingen wirr durcheinander. Mir fiel ein, daß ich ihm das mit der Bibel sagen wollte. Er notierte es sich. Römer 8, Vers 28. –

Ingrid wartete noch an der Ecke. Sie hatte das mit Trinitatis längst vergessen. Sie hängte sich in meinen Arm und schwatzte. Mir fiel ein, daß ich die Decke von dem Vogelbauer hätte abnehmen sollen. Die Vögel saßen den ganzen Tag im Dunkeln. Ich schickte Ingrid allein nach Hause und fuhr mit dem Omnibus zu ihr.

Bisher war ich nur zweimal bei Dunkelheit dort. Es ist ein hübsches Viertel. Helle Wohnblocks, dazwischen Grünanlagen. Das kleine Haus, in dem Gabriele gewohnt hat, schien das einzige seiner Art zu sein. Es glich eher einer Villa als einem Mietshaus, ohne allerdings die vornehme Zurückhaltung einer Villa zu besitzen. Es mußte von einem dieser modernen Architekten stammen, die vornehmlich

Glas verwenden und alle Wände und Fenster verschieben, um eine Unregelmäßigkeit zu erzielen, die mein Auge verletzt. Auch das Dach war weder ein Walm- noch ein Giebeldach, es fiel zur Straße hin sacht ab und hatte seinen First an der Gartenseite. Das Haus war weiß getüncht und hatte Fenster- und Türrahmen aus dunkelgebeiztem Holz. Farblich war nichts dagegen einzuwenden, im ganzen sagt mir diese Bauweise nicht zu, sie mag originell sein, einleuchtend ist sie nicht. Warum lag der Kamin nicht im Hausinnern, er speichert doch Wärme? Was sollte es für einen Sinn haben, ihn an die Nordecke zu setzen? – Ich müßte mich einmal erkundigen, wer diese Häuser entworfen hat. Vielleicht fand ich einmal Gelegenheit, mit dem Architekten zu sprechen. Wenn ich die Wohnung kündigen würde –. Vorerst war davon nicht die Rede. Erst mußten die Erben ausfindig gemacht werden. Die Miete für August würde sie bezahlt haben. Sicher persönlich an den Verwalter, obwohl kein Mietquittungsbuch im Sekretär lag. Ich begreife nicht, daß Frauen in solchen Dingen so nachlässig sein können. Hier bewies sich meine Anschauung über diese Dinge einmal wieder.

Inzwischen war ich im Treppenhaus angekommen. Aus der unteren Wohnung roch es nach Sauerbraten. Das könnte Hanna auch einmal wieder machen, sie hielt uns jetzt wirklich sehr knapp mit Fleisch. Ich war zu nachgiebig. Ich sollte mir nicht alle Ernährungsumstellungen, wie sie das nannte, gefallen lassen. Nächstens würde sie mir Müsli vorsetzen!

Die Wohnung mußte einen hohen Mietzins haben. Ich schätze auf mindestens 150,– Mark, vermutlich mit Heizung noch mehr. Sie war vorzüglich ausgestattet, hatte alle die kleinen Finessen, die wir uns vor vier Jahren, als wir bauten, noch nicht leisten konnten. Meine Frau würde entzückt sein!

Von dem Duschraum ging eine weitere Tür ab, die ich bisher noch nicht bemerkt hatte. Dahinter war eine Nische mit einem eingebauten Kühlschrank und einem elektrischen Herd. Ein Luftschacht führte den Schwaden ab. Es schien an alles gedacht zu sein. Es gab sogar einen Abfallschacht, den ich bisher nur aus Zeitschriften kannte.

Diesmal konnte ich mir alles in Ruhe ansehen. Die Heizung speichert die Wärme nicht in den üblichen Röhren, sondern strömt sie aus kleinen siebartigen Platten aus, die in den Steinholzboden eingelassen sind. Ich hatte das früher nur in Kirchen gesehen. Es kostet mehr als Koks, ist aber angenehm, vorausgesetzt, daß es den großen Raum ausreichend heizt.

Der Enkel des Gärtners sagte, es seien Dompfaffen. Der größere hat einen leuchtend roten Brustlatz und einen dicken, kurzen Schnabel, vermutlich ist das das Männchen; der kleinere ist weniger hübsch. Sie hatten sich dick aufgeplustert, aber sobald ich in die Nähe kam, flatterten sie ängstlich. Ich erneuerte das Wasser. Sie sollten ein Badehaus haben. In den

Vogelhandlungen waren immer große Badehäuser an den Käfigen. Das Tütchen mit dem Futter war fast leer, ich mußte neues besorgen. Das Bauer müßte saubergemacht werden, die Stangen waren verschmutzt, auch der Sand, der auf das Blech gestreut war. Ich notierte mir auf meinem Block: »Vogelfutter, Vogelsand, Badehaus?« Ich würde nach dem Preis fragen, es hatte natürlich keinen Sinn, große Anschaffungen zu machen.

Ich sah im Kühlschrank nach. Es war ein neues Modell, der Boden tief ausgebuchtet zum Kühlen der Flaschen. Es lag eine angebrochene Flasche Asbach Uralt darin. Ich schaltete auf zwei, er brauchte jetzt nicht auf Hochtouren zu laufen. Ich mußte mir überlegen, was mit den Vorräten geschehen sollte. Von einem der drei Sommeräpfel schnitt ich ein Viertel heraus und brachte es den Vögeln. Sie fingen sofort an, sich darum zu streiten. Ich holte ein zweites Viertel. So schienen sie es gewohnt zu sein; übrigens machten sie keinen Versuch, zu singen. Vielleicht singen gezähmte Dompfaffen nicht?

Es gefiel mir, so hin und her zu gehen. Die Anspannung der letzten beiden Tage wich zum ersten Male von mir. Ich ließ die Türen offen. In der Veranda hatte ich das Fenster zum Bleichplatz hin hochgeschoben. Man sah eine Gruppe hoher Bäume, keine Häuser. Eine beneidenswert schöne Aussicht. – Die Blumenkästen waren noch feucht.

Ich suchte mir in der Vitrine ein Glas und ging damit zum Kühlschrank. Sie würde nichts dagegen haben, wenn ich mir einen Weinbrand eingoß. Ich fühlte mich als ihr Gast. Ich goß das bauchige Glas halb voll und setzte mich damit in den Ohrensessel, der in dem vorderen Zimmer stand. Dort war es kühl und fast dämmrig. Ich holte meine Zigarren hervor und suchte nach einem Aschenbecher. Sie schien nicht geraucht zu haben, ich fand nur einen kleinen Satz Messingschälchen, wie man sie für Besuch benutzt. – Übrigens habe ich die Zigarren wieder eingesteckt, ich mochte diesen merkwürdigen, mir so sympathischen Duft in der Wohnung nicht zerstören. Ich trank in langsamen, großen Schlucken, er war vorzüglich.

Sie mußte die Möbel von den Eltern geerbt haben. Es war ein richtiges Biedermeierzimmer. Mein Bruder hat sich im vorigen Jahr eines auf Auktionen zusammengekauft. Er hat Tausende dafür ausgegeben. Ich halte das für stillos. So etwas erbt man, aber kauft man nicht. Am besten gefiel mir der kleine Eckschrank mit den Glasfenstern und das Sofa mit dem rosagrau gestreiften Seidenbezug. Der Teppich war einfarbig blau; alles war sehr gedämpft, sehr altmodisch, aber es sprach mich an. Bis zu den Monatsrosen und dem Vogelkäfig stimmte alles in das Bild, auch daß eine dünne Staubschicht auf dem polierten Holz lag. – Irgendwann müßte saubergemacht werden. Ich würde eine Putzfrau bestellen müssen. Vielleicht konnte meine Frau mit Frau Neugebauer sprechen, die war sehr zuverlässig.

Ich ging von Wand zu Wand, alles, was sie besessen hatte, schien mir bedeutungsvoll. Eines der Bilder kannte ich, es war eine Madonna des Simone Martini, eines Malers der frühen italienischen Renaissance. Es freut mich immer, wenn ich auf so abgelegenen Gebieten einige Kenntnisse habe. Eine gute Wiedergabe. In einem breiten, vergoldeten Rahmen ein Ölbild, ein altes Fachwerkhaus, von einem hohen Walnußbaum überschattet, der von einer Kirche eben noch das Portal erkennen ließ, zu dem ein Steinplattenweg führte. Hinter einer hohen Mauer schien ein Garten zu sein. Ein recht lauschiger Winkel, den der Maler mit mehr gutem Willen als Talent festgehalten hatte. – Ein anderes Bild war von einem Maler namens Blechen, ich hatte den Namen nie gehört, und das letzte der Bilder stammte von einem Utrillo, das gefiel mir schon besser, es schien modern zu sein.

In der Veranda war es sehr sonnig. Ich schloß die Fenster und zog die Vorhänge zu. Sie reichten bis zur Erde und veränderten die Beleuchtung des Raumes. Die Veranda war wie das Haus von außen: sehr ausgefallen und modern; aber ich glaubte, daß ich mich daran gewöhnen könnte. Eine breite, niedrige Couch, leuchtend gelb bespannt, und Kissen in Grün und Blau und Schwarz; dahinter hing eine Matte aus Reisstroh. Der Schafwollteppich bedeckte fast den ganzen Fußboden. Vor dem Fenster der Längsseite stand ein Schaukelstuhl, aber nicht so einer wie im

Haus meiner Großeltern. Er war aus einem einzigen Schwung, in den Rückenlehne, Sitz und Kufen einbezogen waren; aus Stahlrohr gebogen, das stellte ich fest, als ich ihn anfaßte, er war schwarz lackiert. Die Bespannung war aus dem gleichen Rot, das auch in den weißgestreiften Gardinen wiederkehrte. Ich hatte noch nie einen so farbigen Raum gesehen, er wirkte aber nicht bunt, nur sehr heiter oder lebensfroh, wenn man das von einem Raum sagen kann. – Unter dem Holzkasten des Efeus hatte sich eine Pfütze gebildet. In dem Wandschrank im WC fand ich ein Putztuch. Das Reiben nutzte schon nichts mehr, die helle Stelle blieb. Dieses Steinholz ist unpraktisch, aber Frauen halten es nun mal für modern.

Vor dem Schaukelstuhl stand ein kleiner Tisch. Es lag ein aufgeschlagenes Buch darauf. Ich war unachtsam genug, es fortzuräumen, ohne auf den Titel zu achten. Später konnte ich es aus den anderen Büchern nicht herausfinden. Es wäre interessant gewesen zu wissen, was sie als letztes gelesen hatte.

Eine flache Truhe, die ich am Vortag für einen Tisch angesehen hatte, auf der ein paar Krüge standen und die Vase mit den Sonnenblumen, das war die ganze Einrichtung des Raumes, außerdem ein Plattenspieler.

Es war mir rätselhaft, wie sie die Anschaffungen hatte machen können bei ihrem kleinen Gehalt. Oder sollten die 150,– DM auf unserem Konto eine laufende Abzahlung sein? Aber auch das dürfte kaum reichen, schließlich weiß man, was diese Dinge kosten. Ob sie Wertpapiere besessen hatte? Auch darüber müßten Belege existieren. Wenn sie größere Schulden hinterließ, konnte ich natürlich nicht dafür aufkommen. Man würde eventuell die Einrichtung verkaufen müssen, obwohl es schade darum war.

Als ich zu Tisch erschien, war es bereits halb zwei. Sonntags essen wir um zwölf, damit meine Frau sich eine Stunde hinlegen kann, wenn sie die Küche fertig hat. Sie kocht auf Gas, das ist in unserer Stadt billiger als Strom. Aber man kann das Essen schlecht warm halten. Sie hat mir das oft genug gesagt. Aber ich brauche nur Vorhaltungen zu wittern, dann werde ich schon gereizt. Ich bin mir dessen bewußt, kann es aber nicht ändern, und das macht mich noch ungeduldiger.

Wir setzten uns schweigend zu Tisch. Nicht einmal Ingrid sagte etwas. Jetzt, wo sie größer ist, habe ich nichts mehr dagegen, wenn sie sich bei Tisch mit unterhält. Nur als sie klein waren, wünschte ich nicht, daß die Kinder dazwischen redeten, wenn meine Frau und ich miteinander sprachen. Oft bleibt uns wirklich nur die Viertelstunde bei Tisch für ein Gespräch.

Wie konnte sie nur bei dem heißen Wetter Hammelfleisch nehmen! Aber sicher galt das als leichtverdaulich. Das Fett war mir zuwider! Auch Bohnen esse ich nicht gern, obwohl mir der Weinbrand Appetit gemacht hatte.

Hanna mußte an meinem Atem bemerkt haben, daß ich etwas getrunken hatte, aber sie sagte nichts dazu. Früher brach sie in einem solchen Falle an der Haustür sichtbarlich zusammen und lamentierte ein über das andere Mal: »Oh, was bin ich für eine unglückliche, beklagenswerte Frau. Mein Mann kommt betrunken nach Hause und nicht nur das! Er mißhandelt mich, er schlägt die Kinder, er . . .«, dann nahm ich sie lachend beim Kragen und legte sie im Scherz über das Knie. Wir waren oft sehr ausgelassen; aber jetzt sind wir ruhiger geworden, das kommt ganz von selbst. Ich mußte unter diesen Gedanken wohl vor mich hingeschmunzelt haben, denn meine Frau blickte auf und lächelte zurück. Da sagte ich in ihrem Tonfall: »Was bist du doch für eine unglückliche, beklagenswerte Frau!«

Dann lachten wir beide herzlich, ich legte meine Hand auf ihre, und unser gutes Einvernehmen war noch einmal wiederhergestellt. Ich aß den Hammelbraten und die Bohnen mit besserem Appetit. Hinterher gab es eine Buttermilchspeise, die ihr immer besonders gut gerät.

Ingrid quälte so lange, bis wir einwilligten, nachmittags ein Stück mit dem Dampfer flußaufwärts zu fahren. Das Kind hatte noch nichts von seinen Ferien gehabt, man mußte ihr die Freude gönnen. Es würde ein ziemlicher Trubel sein, aber schließlich würde man einen Tag ertragen können, was andere täglich mußten.

Es wurde netter, als wir angenommen hatten. Wir trafen eine befreundete Familie, die ihre beiden Kinder mit hatte, so daß für Ingrids Unterhaltung gesorgt war. Sie hatten von meinem Unfall gehört, aber sie schienen dem weiter keine Bedeutung beizumessen. Er sagte, daß er mal bei einem Verkehrsunfall zugegen gewesen sei, allerdings hätte er nicht selbst gefahren, wo eine vierköpfige Familie ...

Abends gingen wir zu Fuß zurück. Es war ein schöner Weg. Ein Gewitter zog auf, aber so zögernd, daß wir unseren ruhigen Gang beibehalten konnten. Hanna schob ihre Hand in meine, Ingrid lief mal vor, mal hinterher und pflückte Feldblumen. Alle paar hundert Meter kam sie mit einer Blume an, die sie nicht kannte, einmal war es Natterkopf, einmal Teufelszwirn, mal Leinkraut. Ich nannte ihr die Namen und die Familien und Gattungen, zu denen sie gehörten, und wenn es Heilkräuter waren, auch ihre Wirkung. Ich erklärte ihr das, obwohl ich mir darüber im klaren war, daß sie es nicht behalten würde. Ich unterhielt mich auch mit Hanna darüber. Wenn ich Jochen die Namen der Blumen und Bäume sage oder auch andere Dinge, die wir bei unseren Autofahrten entdeckten, die Wolkenbildung etwa oder eine Wasserscheide, dann hört er zu, und ich weiß, daß er es behält. Ingrid vergißt es, noch während sie zuhört; wissen will sie es auch. Genau das gleiche habe ich bei meiner Schwester beobachtet. Mein Vater hat uns alle drei mitgenommen, wenn er spazierenging. Sie hat nichts von dem behalten, was er uns erklärt hat. Auch meine Frau, die eine weit bessere Schulbildung hat als ich, weiß über ganz einfache Dinge aus der Flora und Fauna, Sachen, die in den alten Realienbüchern unserer Großeltern standen, nicht Bescheid. Die Kinder fragen darum mich. Wir folgerten, daß alle Kinder immer die Väter fragen, obwohl die Eltern heute oft das gleiche Wissen haben müßten. Wo bleibt es bei den Frauen? – Übrigens stammt meine Kenntnis von Feldblumen, Getreidearten, Sternbildern von meinem Vater, der ein einfacher Bahnbeamter war, und nicht aus dem Schulunterricht. Ich habe nur Volksschulbildung.

In anderen Fragen, wenn es um Bücher, Bilder oder um Musik geht, wenden sich die Kinder an meine Frau, dafür ist sie zuständig, und ich finde, das ist eine gute Verteilung der Kompetenzen.

Mir ist bei den Kindern immer wieder aufgefallen, daß sie von dem vorgesetzten Wissen sich nur das zu eigen machen, was auf ein wirkliches Interesse, es braucht nicht einmal eine Begabung zu sein, stößt. Alles übrige ist vertan, bleibt im besten Falle Schulwissen, mit dem ein gutes Gedächtnis in einer Unterhaltung etwas anfangen kann, es aber niemals zu nutzen weiß, für sich erarbeiten und umsetzen kann in ein wirklich echtes Wissen.

Die gleiche Beobachtung habe ich bei mir selbst gemacht. Da ich in der Schule strebsam war – ich besuchte später eine Abendschule –, lernte ich die Grammatik ebenso gewissenhaft wie die Vokabeln, trotzdem war und bin ich niemals imstande gewesen, einer Unterhaltung zu folgen, die nicht in meiner Sprache geführt wurde, wieviel weniger, daß ich mich hätte daran beteiligen können, obwohl ich noch etwa den gleichen Vokabelschatz habe wie mit sechzehn. Es befällt mich allein beim Hören einer fremden Sprache eine geradezu körperliche Unsicherheit – sogar bei durchaus gebräuchlichen Fremdwörtern –, die ich oft nur mit Anstrengung verbergen kann. Aus diesem Grunde habe ich niemals das Bedürfnis verspürt, eine Auslandsreise zu unternehmen, wozu sich schon manches Mal eine Gelegenheit ergeben hätte. – Im Kriege reiste man unter anderen Aspekten, trotzdem litt ich auch damals unter meiner Unfähigkeit, mich in einer anderen Sprache ausdrücken zu können. Ich scheue mich, mir eine Blöße zu geben. – Mir fehlt jene Nonchalance, die man braucht, wenn man sich in einer ungeübten Sprache verständigen will, auch auf anderen Gebieten. Ich habe es nie verstanden, leichten Tones über Dinge zu plaudern, von denen ich nichts oder nur wenig weiß. Das hat mich immer zu einem ungewandten Gesellschafter gemacht. Hanna hingegen versteht es glänzend, mit wirklicher Grazie über alle Untiefen und Tiefen hinwegzuschweben oder gar mutig zu springen, die mich heute noch in Erstaunen setzt, wenn ich mich auch immer ein wenig schäme für sie.

Seitdem ich zu unterscheiden vermag, wo jemand brilliert mit ein paar angelesenen Ausdrücken und wo hinter einer kurzen Bemerkung ein wirklicher Bestand an Wissen ist, leide ich weniger unter der eigenen Ungewandtheit, habe sogar ein gewisses Vergnügen daran, mir vorzustellen, wie leicht es sein würde, die glitzernde Fassade eines Schwätzers herunterzureißen, allein mit meinem eigenen, dürftigen Wissen. Aber ich belasse es bei der Möglichkeit. Überlegenheit, die man zeigt, verliert ihren Wert.

Ich war lange nicht mehr diesen Weg gegangen. Man fährt immer weit weg, wenn man ein Auto hat, und vergißt darüber die alten, vertrauten Wege. Meine Frau sprach von früher, und ihr Gesicht war dabei so frisch und jung, daß ich dachte, sie sei noch ganz das junge Mädchen, das ich einmal so sehr bewundert habe. Sie erzählte, daß ich ihr in jenem November, als wir uns kennenlernten, den ganzen Sternenhimmel erklärt hätte und wie sie sich zum Schein bemüht hätte, nicht jeden Abend aufs neue Kassiopeia und Kapella zu verwechseln. Ich gestand ihr, daß ich es nur tat, um zu sehen, wie sich die Sterne in ihren Augen spiegelten, wenn sie den

Kopf an meinen Arm lehnte und ich mit der Hand in den Himmel wies.

Meine Frau hat bis zu unserer Hochzeit in der Redaktion einer Frauenzeitschrift als Sekretärin gearbeitet. Damals hatte sie schon gelegentlich kleine Artikel verfaßt. Im Krieg, als ich draußen war, hat sie das beibehalten, hat zeitweise hauptberuflich an einer Kundenzeitschrift mitgemacht. Ich wollte das eigentlich nicht. Eine Frau gehört in die Familie. Aber wenn die Familie sich so sichtbarlich auflöste? Ich kam vierzehn Tage im Jahr nach Hause, der Junge hatte damals schon sein Asthma und mußte mindestens ein halbes Jahr an der See zubringen. Sie hat den Haushalt auch nie vernachlässigt und erst recht nicht die Kinder. Auch wenn sie oft flüchtig ist, bemüht sie sich doch, gewissenhaft und pünktlich zu sein. Jetzt schreibt sie für eine Zeitschrift regelmäßig die Ecke »Frau Elisabeth rät Ihnen«. Da beantwortet sie die Fragen aus dem Leserkreis. So heißt es wenigstens. In Wirklichkeit erfindet sie meist auch die Fragen, die dann interessanter sind als die der Leser. Oft sind es Probleme, die aus unserer Familie stammen. Natürlich störte mich das am Anfang. Aber sie hat es mir so mundgerecht gemacht, daß ich einwilligte, außerdem schmeichelt es mir, eine Frau zu haben, die nicht nur Hausfrau ist und trotzdem nicht berufstätig; letzteres halte ich für eine undurchführbare und unerträgliche Situation für eine Familie.

Im Laufe der Jahre hat sich die Ecke »Frau Elisabeth rät Ihnen« so entwickelt, daß ich sie die »Schule des Ehemannes« nenne. Ich erfahre dort, was meine Frau an mir auszusetzen hat. Ich bekomme das Belegexemplar gewöhnlich abends auf meinen Platz gelegt, und Hanna sitzt mit ihrem harmlosesten Gesicht dabei und näht. Sie hält sich für kompetent in allen Ehekrisen und Erziehungsfragen, und sicher ist, daß sie eine geschickte Art hat, mit mir umzugehen. Auch damals, als diese Geschichte mit Ruth war, benahm sie sich großartig. Ein halbes Jahr später las ich ihre »Methode« unter den Ratschlägen, und da konnten wir schon zusammen darüber lachen. – Übrigens verdient sie sich damit ein hübsches Taschengeld. Das ist ausschließlich für ihre Extrawünsche bestimmt, die sie damit erfüllt, daß ich plötzlich an meiner Kamera einen Weitwinkel finde oder die Kinder eine Schaukel in den Garten bekommen. Sie ist aber auch ungewöhnlich geschickt mit den Händen, für die Kinder näht sie alles selbst. Sie kleidet sich sehr modisch, dabei hat sie so einen gewissen eigenen Stil, der ihre Zierlichkeit betont. Leider ist sie nicht ganz gesund. Wir könnten uns durchaus ein Mädchen leisten, aber nachdem sie ein paarmal Ärger damit gehabt hat, ist bei diesen Versuchen nur eine Artikelserie »Umgang mit meiner Hausangestellten« herausgekommen, und es ist dabei geblieben, daß die Aufwartung zweimal in der Woche kommt und die gröberen Arbeiten macht. Ihre

Hauptkrankheit ist ihre Unruhe. Sie kann nie untätig sein, eine Näharbeit hat sie zumindest in der Hand, meist liest sie gleichzeitig und beaufsichtigt dazu die Schularbeiten der Kinder. Ein wenig Muße ist es, die ihr fehlt. Vermutlich bin ich ihr zu ruhig. In ihrem Elternhaus war ein stetes Kommen und Gehen von geladenen und ungeladenen Gästen. Wir laden nur drei- oder viermal im Jahre eine Reihe von Bekannten ein, denen gegenüber wir gesellschaftliche Verpflichtungen haben. Gelegentlich gehen wir sonntags auswärts essen, und manchmal fahre ich mit meiner Frau in ein Restaurant, das etwa eine Autostunde vor der Stadt liegt; dort trinken wir eine Flasche Wein und tanzen ein wenig – beides Dinge, auf die sie mich in ihrer zarten, schriftlichen Weise aufmerksam gemacht hat –, Verpflichtungen, die ein Mann seiner Frau gegenüber hat.

In den ersten Jahren hat es mich oft amüsiert, die Gedanken und Erfahrungen meiner Frau zu lesen, die ich so gut kannte, und Redewendungen von mir oder den Kindern wiederzuerkennen; in der letzten Zeit war ich manches Mal überrascht und befremdet, wenn ich Artikel las über Dinge, die wir nie besprochen hatten, Erfahrungen, die sie nicht aus dem Zusammenleben mit mir und den Kindern haben konnte und aus denen sie Schlüsse zog, die mir eine neue Art Bewunderung für meine Frau einflößten. Ich habe sie schon manches Mal fragen mögen: »Woher hast du das, Hanna?«, aber dann war ich wohl immer zu müde, die Kinder waren dabei; oder es kam etwas anderes dazwischen. Sie hat sich auch einmal beschwert, ich nähme zuwenig Anteil an ihrer Arbeit; sie faßt es als eine Arbeit auf, ich sehe mehr eine nette kleine Nebenbeschäftigung darin. Es amüsiert mich immer ein wenig, wenn sie auf meine Frage antwortet: »Ich habe für mich gearbeitet.« –

Im Urlaub fahren wir allein fort, und die Kinder verbringen ihre Ferien bei den Verwandten meiner Frau oder in Heimen, denn Mann und Frau brauchen einmal ein paar Wochen für sich. Sie hat großartige Theorien, die sich vorzüglich bewähren. Ich bin stolz auf meine Frau. Es ist mir angenehm, wenn wir in einem Kreis von Fremden sind und sie sich an einem politischen oder wissenschaftlichen Gespräch beteiligen kann, wenn die anderen Frauen hübsche, gelangweilte Gesichter aufsetzen.

Gerade an diesem Abend wurde mir noch einmal bewußt, wie gut Hanna zu mir paßte, wie angenehm es mir auch nach sechzehnjähriger Ehe noch war, mit ihr durch den Abend zu gehen, und daß wir uns immer noch viel zu sagen hatten. Ich hoffte, daß sie genauso mit mir zufrieden war, wie ich mit ihr. Aber Frauen sind im ganzen leichter zufriedenzustellen als wir.

Das letzte Stück fuhren wir mit dem Omnibus. Das Gewitter kam doch noch näher, und ich wollte nicht, daß mein Anzug naß wurde. Der Bus fuhr durch die Uferstraße, und das bedeutete, daß die Gedanken alle wieder *dort* hängenblieben und wieder ihren Kreislauf mit mir begannen: Wieso hatte ich sie nicht bemerkt? Wieso hat man nicht einmal Druckstellen an ihr gefunden? War ich mit dem Kühler an sie gestoßen oder mit dem Rad? War sie nicht doch absichtlich ...

Bis in die Morgenstunden schleppte sich das Gewitter unter ständigem Grollen noch hin. Der Fluß macht bei unserer Stadt eine Schleife. Wasser scheint ein Gewitter anzuziehen. Vermutlich sind da irgendwelche physikalischen Kräfte im Spiele. Ich verstehe zuwenig davon. – Wir kamen kaum zum Schlafen. Ich war wie zerschlagen, als ich aufstehen mußte. Es regnete, der tief herabhängende Himmel machte alles noch drückender. Die Hitze nistete in den Straßen, es war dumpfig und roch nach nassem Staub.

Auf dem Wege zur Kasse ging ich bei meinem Tabakhändler vorbei. Er mußte natürlich darüber sprechen. »Wenn man denkt, daß Sie gerade vorher hier standen, Herr Direktor! Wenn ich Sie nicht noch belästigt hätte mit den Kursen, wäre *sie* womöglich noch am Leben. Ich habe mir schon solche Vorwürfe gemacht!«

Fräulein Junghans machte mich als erstes darauf aufmerksam, daß die Reklame im Kino in dieser Woche ablief und daß wir einen neuen Werbetext an den Graphiker geben müßten. Auch wenn im August – das hängt mit der Reisezeit zusammen – weniger Einlagen erfolgen, darf man mit der Werbung nicht nachlassen. Ich mußte es meiner Frau sagen, der fiel manchmal ein zugkräftiger Text ein. Vielleicht konnten wir am gleichen Abend noch darüber sprechen.

Ich diktierte die paar Briefe. Ich hatte mir ein Schema ausgedacht, das sich für alle Adressen, die ich mir bei ihr notiert hatte, abwandeln ließ. Fräulein Junghans ist so gewandt, daß sie so etwas selbständig machen kann. Ich sagte etwa so: »Sehr verehrte gnädige Frau ...! Ich sehe mich vor die traurige Aufgabe gestellt, Sie von dem plötzlichen Tode Ihrer ... unterrichten zu müssen. Am vergangenen Freitag, dem 8. August, wurde sie beim Überqueren des Fahrdammes von einem Personenwagen erfaßt und zu Boden geschleudert; sie fiel so unglücklich, daß sie sofort tot war. – Ich habe in dem Notizbuch von Fräulein Feldcamp Ihre Adresse gelesen. Da sich bisher keine Angehörigen gemeldet haben, hat mich die Polizei mit der Angelegenheit der Beerdigung betraut. Sollten Sie auf Grund irgendwelcher mündlicher oder schriftlicher Äußerungen der Toten einen Anspruch auf das Erbe erheben oder auch Mitteilungen machen können, die zur Erreichung der Angehörigen führen könnten, darf ich Sie bitten, Ihre Post zunächst an meine Adresse gehen zu lassen, so lange, bis ein amtlicher Nachlaßverwalter bestimmt ist. – Lassen Sie mich Ihnen, sehr verehrte ..., auf das herzlichste meine Teilnahme zu dem Verlust aussprechen, den ich um so bedauernswerter empfinden muß, da ich selbst es war, der den Wagen steuerte, und somit die unschuldige Ursache ihres Todes bin. – Die Beerdigung findet am Dienstag, dem 12. August, auf dem hiesigen Friedhof statt. Seien Sie überzeugt, daß ich alles tun werde, daß die Tote auf würdige Weise bestattet wird. – Mit dem Ausdruck meiner vorzüglichen Hochachtung …«

Während ich mit dem Sachbearbeiter der Effektenabteilung einen Weiterverkauf einer Anleihe besprach, brachte Fräulein Junghans ein Paket herein, das soeben abgegeben worden war. Es kam von dem Bestattungsinstitut. Ich begreife nicht, wie ein solches Institut eine derartige Geschmacklosigkeit begehen kann, mir *ihre* Kleider in mein Büro zu schikken! Ich war durchaus gewillt, ihnen das am Telefon zu sagen, aber ich konnte die Unterredung nicht unterbrechen und ließ das Paket im Schrank verschließen.

Sie hatte eine Sterbeversicherung abgeschlossen in Höhe von 300,– DM. Die Unkosten lagen schon weit höher, aber ich wollte, daß sie ein ordentliches Begräbnis hatte. Übrigens hatte der Vertrag eine Klausel, die besagte, daß die Versicherung bei Selbstmord den Betrag nicht auszuzahlen brauchte. Ich war mir nicht darüber im klaren, ob eine solche Klausel überhaupt statthaft ist. Ich würde mit einem Bekannten, einem Versicherungsfachmann, darüber am Freitag im Ratskeller sprechen müssen. Es war auch wohl nur so eine fixe Idee von mir, das mit dem Selbstmord, mit der ich den Rest von Schuld von mir schieben wollte, denn außer mir schien niemand auf diesen Gedanken gekommen zu sein.

Beim Mittagessen sagte ich meiner Frau, daß sie sich so einrichten möchte, am nächsten Tag mit zu der Beerdigung zu gehen. Ich hielt das für passender, als wenn ich allein ging. Außerdem wäre es mir unangenehm gewesen, einsam an dem Grab zu stehen, wer konnte wissen, wer außer mir kommen würde.

Nach Dienstschluß holte ich mir meinen Wagen. Ich dachte jetzt sachlicher. Das Auto war völlig in Ordnung, man hatte nichts gefunden. Es würde nur Anlaß zu Gerede gegeben haben, wenn ich plötzlich mit den öffentlichen Verkehrsmitteln fuhr. Überhaupt! Wenn jeder Fahrer, der in einen Verkehrsunfall mit tödlichem Ausgang verwickelt war, nie wieder fahren würde. Das waren nichts als Skrupel, die aus meiner Überreiztheit entstanden waren.

Ich schaltete, und dann bog ich weder in die Straße ein, die zu mir nach Hause führte, noch in die zu Gabrieles Wohnung. Plötzlich hatte ich das Gefühl, ich müßte *sie* noch einmal sehen. – Man rechnete noch immer damit, daß Verwandte eintreffen würden, deshalb war der Sarg noch nicht zugenagelt. Es war kühl in der Halle und roch genauso, wie ich es mir vorgestellt hatte, nach Desinfektionsmitteln, Lebensbaum und Blumen. Ich vermutete, daß der Junge noch einmal frische Blumen gebracht hatte.

Sie hatten ihr das Haar glattgescheitelt. Das Lächeln, das ich in Erinnerung hatte, war fort. Die braune Haut wurde schon fahl, alles Lebendige war verschwunden. Es war ein schreckliches, ein totes Menschengesicht –.

Ich ging wieder aus der Halle, nachdem ich mit unbeholfenen Händen den Deckel wieder aufgelegt hatte, und sagte dem Beamten, daß alles in Ordnung sei und er nun den Sarg schließen lassen könnte.

Den Totengräber schienen sie vom Theater entliehen zu haben. Er sah aus wie der eine der Totengräber aus Hamlet, oder umgekehrt, die leihen sich einen echten vom Friedhof. Er führte die gleichen doppelzüngigen Reden. Er erzählte mir, daß er gern Gräber aushebt, wenn es geregnet hat, wie schön dann die Erde auf dem Sarg aufklingt, viel schöner als staubigtrockene Erde, und daß man im Herbst sterben sollte, dann käme man in den Himmel, denn im Herbst sähen die Menschen auf den Himmel, aber im Frühling auf die Erde. Ein Junge wäre dagewesen, als er eben erst angefangen hätte zu graben, der hätte am liebsten wieder zugeworfen, was ich eben ausgeschaufelt hatte. Zu manchen Frauen kommen die Männer noch, wenn sie schon im Grabe liegen. – Da hatte ich genug und ging.

An jenem Abend bin ich nicht in ihre Wohnung

gefahren. Statt dessen setzte ich mich mit meiner Frau zusammen, und wir machten einen neuen Werbetext. Zum Spartag brauchten wir schon wieder einen neuen. Es fiel uns nichts Besonderes ein. Aber für das Augustkinopublikum würde es schon reichen. Ich dachte an einen überlebensgroßen Groschen in der Mitte des Bildes und darunter nur:

»Die Oma tat ihn in die Tasse,
du aber trag ihn hin zur Kasse.«

Ich hatte mir überlegt, daß ich die Kosten der Beerdigung von meinem Postscheckkonto begleichen müßte. Man brauchte es in der Stadt nicht zu erfahren. Man würde falsche Rückschlüsse daraus ziehen. – Ich habe nur einen Teil der Wertpapiere, die ich im Laufe der Jahre gekauft habe, in meiner Kasse liegen, es ist nicht ratsam, daß meine Angestellten über meine Geldverhältnisse orientiert sind, das macht zu leicht böses Blut.

Abends im Bett gingen mir die Worte des Pfarrers durch den Kopf. Was hatte er gemeint: Sie trug es, so gut sie eben konnte? Als er von ihrem schweren Schicksal sprach? Mischte sich da nicht ein gehöriges Maß Mißbilligung unter die Anerkennung? Klang es nicht wie: schlecht und recht? Warum sprach er von einem schweren Schicksal? War sie nicht jung, gesund und heiter gewesen? Alles, was ich von ihr hörte und mit eigenen Augen gesehen hatte, klang nach einem glücklichen Leben bis zur letzten Minute. Ihre Wohnung war reich und harmonisch, Armut schien sie nicht zu kennen, sie sang viel, sie hatte einen Beruf, den sie liebte und der sie ausfüllte, und trotzdem hatten der Pfarrer, der alte Gärtner und auch die Nachbarin Andeutungen gemacht, die sich nicht in das anmutige Bild, das sich in mir von dieser Gabriele Feldcamp gebildet hatte, einfügen wollten.

»Sie trug es, so gut sie eben konnte.« Jetzt fiel mir auch ein, warum mich diese Worte so berührt hatten. Es ist im Grunde mein eigener Wahlspruch, den übrigens nicht einmal meine Frau kennt. Ich sage wohl einmal bei mir: so korrekt wie möglich. Das besagt für mich die Einhaltung einer klaren und geraden Linie, läßt aber die Möglichkeit einer geringen, gelegentlichen Abweichung offen.

Ich bin mir meiner Wirkung in der Öffentlichkeit durchaus bewußt. Man wird mich allgemein mit »ein korrekter Mann« bezeichnen, das gilt ebenso meinem Haarschnitt, meiner Krawatte, meiner Gangart wie meiner gesamten Lebensführung. Diese Korrektheit ist es, die mir das notwendige Selbstbewußtsein gibt. Ich weiß, daß ich mich auf mich verlassen kann. Oder ich hatte es doch gewußt, bis vor drei Tagen. Vermutlich hat es mich deshalb so getroffen. Es war eine Unkorrektheit, oder genauer: ich hatte mich für Sekunden nicht unter Kontrolle gehabt. Es war eine Abweichung von der geraden, korrekten Linie. – Es hat auch früher in seltenen Fällen Abweichungen gegeben; aber ich habe sie, wenn auch nicht vorsätzlich, so doch in vollem Bewußtsein begangen, ich habe sie geschehen lassen. Aber es war nicht so, daß es mir geschah. Ich denke dabei etwa an den Abend, an dem ich in einer Spielbank war und einen Einsatz riskierte, der weit über das hinausging, was ich verantworten konnte. Ich habe damals übrigens gewonnen, einen klaren Kopf behalten und am nächsten Tag mit dem Geld einen Bausparvertrag abgeschlossen. Oder auch meine Beförderung zum Stabszahlmeister. Mein direkter Vorgesetzter und ich waren während der Besatzungszeit in Frankreich beide an einer jungen Französin interessiert. Sie bevorzugte mich, was mir sehr schmeichelte, denn ich entsprach durchaus nicht dem Typ der Französinnen, dafür bin ich zu schwerfällig. Ich trat sie ihm ab, und er schlug mich statt dessen zur Beförderung vor; welchen Grund er angab, weiß ich heute nicht mehr.

Frauengeschichten hat es bei mir kaum gegeben, weder vor meiner Ehe noch in ihr. Die einzige war jene Ruth. Meine Frau sagt, ich sei treu aus Bequemlichkeit. Bis zu einem gewissen Grade hat sie damit recht. Körperliche Reize üben auf mich kaum eine Wirkung aus. Die inneren Vorzüge einer Frau zu erkennen, gebe ich mir keine Mühe. Eine der Thesen meiner Frau ist, daß die Ehefrau so bezaubernd zu sein habe, daß jede andere von vornherein entmutigt sei, die Konkurrenz aufzunehmen, die unter so ungleich günstigeren Bedingungen für die Ehefrau geführt wird.

Am 12. August haben wir sie beerdigt. Es war ein trüber Tag, aber es regnete nicht. Meine Frau, die in solchen Dingen zu nuancieren weiß, hatte ihr schwarzes Kostüm angezogen mit der dazu passenden Federkappe. Sie trug eine hochgeschlossene, weiße Spitzenbluse und helle Strümpfe. Darum zog auch ich nicht den schwarzen, sondern nur den grauen Anzug an, band zwar eine schwarze Krawatte um, nahm aber nicht den Zylinder. Hanna hatte einen großen Strauß weißer Gladiolen besorgt, die sie auf das Grab legen wollte.

Wir kamen zeitig auf dem Friedhof an und gingen darum wohl noch zehn Minuten zwischen den Grabreihen auf und ab. Ich war sehr erregt. Ich hätte meiner Frau gern von *ihr* erzählt, wie sie wohnte, wie sie ausgesehen hatte, was man mir erzählt hatte von ihr, aber ich konnte den Anfang nicht finden. Hanna schien auch ganz in die Grabsprüche vertieft zu sein, manche las sie mir laut vor, und ich hörte, wie sie sich darüber lustig machte und wie unglaubwürdig sie das fand, »die Liebe höret nimmer auf« –. Ich wollte, ich wäre allein gegangen. Sie entsprach so gar nicht meiner augenblicklichen Verfassung, weder in dem, was sie sagte, noch in dem, was sie tat. Alles an ihr schien mir auf einmal nicht passend zu sein, das Spitzenblüschen nicht und nicht die Handtasche aus Lackleder und nicht die weißen Blumen. Sie sah aus, als ginge sie zum Standesamt. Es mochte passend sein für unsere Stadt – aber nicht für *sie*.

Als ich von weitem den Opa Greve sah, in seinem glänzenden Gehrock, der lose über den runden Rükken hing, und dem Zylinder, der viel zu groß war für das klein gewordene Gesicht, schämte ich mich, nicht auch den schwarzen Anzug anzuhaben und den Zylinder. Der Junge war nicht bei ihm.

Hanna ging und legte ihren Strauß zu den anderen Kränzen auf den Sarg, der mitten in der Kapelle stand. Wir setzten uns in eine der hinteren Reihen. Es waren etwa zehn Leute da, sie drehten sich um, als wir eintraten. Hannas hohe Absätze hallten sehr laut auf dem Steinboden.

Wir saßen kaum, da setzte sich ein jüngerer Mann, von dem ich vermutete, daß es der Vikar war, an das Harmonium und spielte. Als der Pfarrer eintrat, stellten sich zwei junge Männer und zwei Mädchen neben das Harmonium und sangen vierstimmig einen Choral. Ich kannte ihn nicht. Aber ich habe inzwischen in ihrem Gesangbuch nachgesehen. Er heißt: »Wie wohl ist mir, o Freund der Seelen, wenn ich in Deiner Liebe ruh.« Wahrscheinlich war es eines ihrer Lieblingslieder. Was wußte er noch von ihr?

Ich mußte immer das Mädchen ansehen, das *ihre* Partie sang, den Alt.

Der Pfarrer trat vor den Altar und sagte, daß die Verstorbene eine alte Bibel besessen habe, in die ihr Vater das Wort aus dem Römerbrief geschrieben hätte: Denen, die Gott lieben, werden alle Dinge zum besten dienen. – Ich glaube, er ging davon aus, wie schwer es sei, in einem solchen Tod zu erkennen, daß er »zum besten diene«. Später führte er aus, daß es viele Menschen gäbe, die sehr wohl glaubten, daß ihnen »alle Dinge zum besten dienten«, aber dieser zweite Teil bedeute nicht immer, daß der erste stimme, daß sie auch wirklich Gott geliebt hätten.

Meine Gedanken sind dann abgeirrt. Er schloß, daß wir uns dareinzufinden hätten, daß es gut für sie sei, Einlaß gefunden zu haben in ihre himmlische Heimat, auf der Erde sei sie allein gewesen, ohne Eltern und ohne Geschwister, ohne einen Mann, der sie umsorgt hätte, und ohne Kinder, ungeborgen, und dennoch, so schloß er, »wird auch dieses Leben Spuren hinterlassen in den Herzen derer, die sie geliebt hat«.

Wir sind aufgestanden und haben für sie gebetet. Nein. Er hat gebetet. Vielleicht auch der alte Gärtner. Wir anderen hatten die Hände zusammengelegt und standen dabei. Ich wollte, ich hätte hingehen können und Kerzen für sie kaufen und anzünden, irgend etwas noch für sie tun, damit sie dort, wo sie nun hinging, es gut hatte. Aber in unserer Kirche gibt es keine Kerzen, da betet man nur – wenn man beten kann.

Der Vikar setzte sich wieder an die Orgel. Wir sangen zusammen: »Ich hab' von ferne, Herr, deinen Thron erblickt und hätte gern mein Herz vorausgeschickt«. Ich war froh, singen zu können. Ich hörte die anderen gar nicht, nur meine eigene Stimme »und hätte gern mein müdes Leben, Schöpfer der Geister, dir hingegeben –«.

Die Träger kamen und griffen nach der Bahre. Diesmal waren es vier, und es stand ein geschmückter Sarg darauf. Als ich *sie* das erstemal sah, trugen sie zwei Männer auf einer Bahre in das Auto des Unfallkommandos. Damals war ich erschrocken, und jetzt –?

Hanna stieß mich an, wir mußten als erste dem Sarg folgen, vorher ging der Pfarrer, und hinter uns schlossen sich die anderen an. Dann ging alles sehr schnell. Wir stellten uns um das offene Grab. An der Hecke sah ich für einen Augenblick das Gesicht des Jungen aus der Gärtnerei. Der Pfarrer sprach ein kurzes Gebet, dann sangen wir zusammen die erste Strophe von »Befiehl du deine Wege«. Ich wollte, er hätte uns das ganze Lied singen lassen! Es klang dünn unter dem freien Himmel, ich konnte meine Stimme nicht von den anderen unterscheiden. Wir haben zusammen das Vaterunser gesprochen, währenddessen haben sie den Sarg hinuntergelassen. Einen Augenblick kam die Sonne durch. Der Pfarrer reichte mir die Schaufel, und ich habe sie dreimal mit Erde gefüllt und über ihrem Grab geleert. Mein Gott! Ich hatte sie getötet und begraben. Ein christliches Begräbnis. Ich hatte einen bitteren Geschmack im Mund. Der Pfarrer ging von einem zum anderen und drückte allen die Hand, zuerst meiner Frau und mir.

Ich hatte gehofft, daß jemand da sein würde, der sie geliebt hat. Aber es ist niemand gekommen. Niemand, dem sie mehr bedeutet hätte als dem alten Manne, dem Jungen, der Bekannten – und mir. Wir haben ein paar Worte mit dieser Frau gesprochen. Sie war nett, nichts weiter, eine wirkliche Freundschaft kann nicht bestanden haben. Auch die Frau, die bei dem Unfall so geschrien hatte, war da, aus Neugierde.

Ich wäre gern geblieben und hätte dem Totengräber bei der Arbeit zugesehen und selbst die Kränze auf den Hügel gelegt, die jetzt noch um das Grab verstreut waren. Aber ich habe mit den anderen den Friedhof verlassen und meine Frau nach Hause gefahren. Sie hat mich ein paarmal von der Seite angesehen, gesagt hat sie nichts. Sie wollte uns einen Kaffee kochen, aber ich bin nicht geblieben. Ich bin auch nicht zur Kasse gefahren, ich habe mich nicht einmal entschuldigt. Ich bin zu ihr gefahren. Ich habe mich an ihren Schreibtisch gesetzt und nachgedacht, derweil es draußen dunkelte. Jetzt würde er das Grab geschlossen haben über ihr, und schon welkten die Blumen in den Kränzen. Ich dachte, daß ich später den Sonnenblumen noch einmal frisches Wasser geben und ihre Stiele beschneiden würde. In ein paar Tagen würden auch sie verwelkt sein. Langsam verlöschten die Spuren ...

Ich kam an jenem Dienstag nach der Beerdigung sehr spät nach Hause. Trotzdem war Hanna noch auf. Sie mußte unruhig um mich gewesen sein, wenn sie es sich auch nicht merken ließ. Sie ist zumeist verhalten in ihren Gefühlsäußerungen, sie weiß, daß mir jede Überschwenglichkeit unangenehm ist. – Ich ließ mich in meinen Sessel fallen. Im Radio gaben sie ein Hörspiel. Der Verfasser, ein gewisser Böll, wird in den letzten Jahren häufig genannt. Den Anfang hatte ich verpaßt. Es handelte sich um einen Bankangestellten, der bei einem dienstlichen Gang in die Stadt seine Frau von weitem sieht, zunächst nicht erkennt, überrascht ist von dem stillen, angenehmen Gesicht und ihr nachgeht von Geschäft zu Geschäft. Ich hörte mit halb abgewandten Gedanken hin. Die Beschreibung der Frau paßte auf Hanna, der Mann war ein Bankangestellter, die Beschreibung der Stadt ließ manche Parallele zu. An jedem früheren Abend hätten wir uns angesehen und unser Vergnügen daran gehabt, von einer Ehe zu hören, die unter den gleichen Aspekten so wenig der unseren ähnlich war. Diesmal war es mir lästig. Ich hätte wohl abgedreht, wenn ich nicht hätte fürchten müssen, daß Hanna daraus Schlüsse gezogen hätte, die ich nicht zulassen und nicht wahrhaben wollte.

Ich hatte nicht davon sprechen wollen. Das sollte nun vorbei sein. Auf einmal hörte ich mich reden, es war nichts als ein Lautwerden meiner Gedanken, denn Sprechen wäre von meinem Willen abhängig gewesen.

Hanna sah mich an. Aber mitten im Satz drehte sie den Kopf zu mir und sagte: »Andere versuchen, den Sinn des eigenen Lebens zu erkennen, und du! Du willst gleich den Sinn eines fremden Todes herausfinden?« Sie lachte kurz auf. Dazu klopfte sie mit der Fußspitze auf den Teppich. Dieses unrhythmische Geräusch hat mich von jeher aufgebracht. Ich wollte ihr sagen, daß dies kein »fremder Tod« für mich sei und daß er nicht nur der Abschluß eines fremden Lebens gewesen sein könnte, sondern etwas mit mir –

Ach, ich fühlte nur zu gut, daß sie mich nicht verstand. Das war etwas, das mich ganz allein anging und *sie*.

Ich sah meine Frau an, wie sie da unter der Lampe saß, den sorgfältig frisierten, kleinen Kopf geneigt, die helle Strähne, die sie seit einiger Zeit trägt, schnitt ihren Kopf in zwei ungleichmäßige Hälften – auf einmal war sie mir fremd. Eine völlig fremde Frau. Ich weiß genau, daß die Fremdheit zwischen uns begann, während ich sie betrachtete wie ein fremder Mann eine fremde Frau. Als sie aufstand und zur Schlafzimmertür ging und über die Schulter fragte: »Kommst du auch?«, war ich verwundert, und das peinliche Gefühl verstärkte sich noch, als ich wenig später neben ihr lag. Sie beugte sich über mich. Da ich das Gesicht zur anderen Seite gedreht hatte, stieß sie mit der Nase ungeschickt an meinen Hinterkopf. Sie versuchte, mein Gesicht zu sich zu ziehen, aber da waren mir die fremden Hände an meinem Körper und ihr warmer Atem über meinem Gesicht schon so unangenehm, daß ich mit der rechten Hand die Nachttischlampe wieder anknipste und hervorstieß: »Was ist denn bloß, Hanna?« – Ihr Nachthemd hatte sich verschoben. Die eine Brust sah hervor und war so nackt, so lebendig, daß mich auf einmal ein grenzenloser Ekel erfaßte und ich dieses nackte, lebendige Fleisch haßte, das mir so nahe kam und mich bedrohte.

Sie muß etwas von dem, was in mir vorging, begriffen haben. Ihre Augen veränderten sich. Sie schob mit der einen Hand das Hemd hoch, während sie die andere noch einen Augenblick auf meiner Brust liegen ließ. Sie sagte kein Wort, nahm ihre Hand fort und legte sich zurück in ihr Bett. Sie ist sehr empfindlich. In den ersten Jahren, als wir verheiratet waren, überraschte sie mich mit der Leidenschaftlichkeit, mit der sie sich mir hingab. Wenn ich einmal müde war und sagte: »Komm, laß uns lieber schlafen«, war sie traurig, verzweifelt, gekränkt, weil sie meinte, daß ich sie in jeder Stunde begehren müsse, und sie meine kühlere Art als Zurückweisung empfand. Im Laufe der Jahre haben wir uns auch da aufeinander eingestellt. Ich halte es für richtig, wenn auch in diesen Dingen eine gewisse Ordnung herrscht. Hanna hat sich zuerst dagegen aufgelehnt. Sie nannte das eine wohltemperierte Liebe, aber inzwischen hat sie eingesehen, daß man am besten lebt, wenn der Körper in einem bestimmten, ihm zuträglichen Rhythmus gehalten wird, wie ich uns auch gern alle seelischen Erschütterungen fernhalte.

Es ist ein eigenartiges Gefühl, in einem Bett zu liegen, wenn man in jeder Sekunde an einen Menschen denkt, der seit ein paar Stunden im Grabe liegt.

Es dauerte lange, bis ich an den leisen, gleichmäßigen Atemzügen meiner Frau hörte, daß sie eingeschlafen war. Es war das einzige Geräusch im Zimmer. Im Haus. In der ganzen Stadt – es wurde lauter und lauter, ich meinte, es übertönte alles andere. Ich mußte alle Willenskraft zusammennehmen, um ihr nicht die Hand auf den Mund zu legen, damit es still würde. – Später bin ich eingeschlafen.

Hanna machte am Morgen ihr kühles Gesicht, das sie immer aufsetzt, wenn etwas zwischen uns nicht in Ordnung ist. Sie hat eine Art, mich abwartend und auch, wie soll ich sagen, herablassend anzusehen, die mich gelegentlich aufbringt. In der Regel löst sich aber ein solcher Zustand recht bald in Gelächter auf, denn wir sind beide nicht nachtragend. Ich weiß nicht, woran es lag, ich tat den ersten Schritt nicht, obwohl ich mich im Unrecht wußte. – Es war nicht mehr wichtig.

Ich holte den Wagen aus der Garage und fuhr zur Kasse. Unterwegs hatte ich es schon vergessen. Um neun Uhr hatte ich die Leiter unserer Zweigstellen und meine Abteilungsleiter zu einer Besprechung bestellt, vorher hatte ich mich noch über eine Reihe von Einzelheiten zu informieren. Die Unterredung zog sich in die Länge; wir fuhren anschließend noch auf ein Glas Bier in das »Anglerhaus«. Es blieb mir keine Zeit, zu Tisch zu fahren, ich rief nur an. Hanna hat es wahrscheinlich für eine Ausrede und eine neue Kränkung gehalten. Ich spürte das an ihrer Stimme, aber ich änderte es nicht.

Am Mittwochabend gehe ich regelmäßig zum Rudern. Hanna und ich gehören dem gleichen Sportverein an. Im Winter macht sie Gymnastik mit und jetzt im Sommer Leichtathletik, und ich rudere, wie gesagt. Im Sommer auf dem Fluß und im Winter Trockenrudern in der Halle. Man bleibt dabei gut in Form. Wir finden beide unsportliche Körper unästhetisch. Ich bin kräftig, habe jedoch nirgends wirklichen Fettansatz, obwohl ich so viel sitze.

Ich fuhr nach dem Dienst gleich zum Bootshaus. Wir rudern von sechs bis um halb acht. In dieser einundeinerhalben Stunde kommen wir gerade bis zur Schleuse und wieder zurück. Wir haben ein Viererboot, die anderen Herren sind etwa in meinem Alter. Wir kommen kaum dazu, uns zu unterhalten, höchstens in den paar Minuten während des Umkleidens und wenn wir uns auf dem Rückweg ein Stück treiben lassen. Ich habe meinen Platz als Schlagmann. Ich habe nicht gern einen Rücken so dicht vor mir. Sie riechen leicht nach Schweiß. – Gelegentlich unterhalte ich mich mit dem Mann am Steuer, den ich erst im Club kennengelernt habe. Ein Sonderling, ganz anders als die Männer, die ich sonst kenne. Er ist schmächtig, deshalb rudert er auch nicht, sondern gibt nur die Kommandos und hält das Steuer. Er trägt merkwürdige Hemden mit aufstehenden Kragen, darunter hat er ein weißseidenes Halstuch. Er sähe aus wie ein Dandy, nur ist er dazu zu gescheit. Hanna mochte ihn nicht, sonst hätte ich ihn wohl einmal mit nach Hause gebracht. Er ist der einzige, der nicht mehr im Dienst ist. Er war wohl Studienrat, hat sich zeitig pensionieren lassen und lebt seinen vielfachen Liebhabereien, worunter eine die Mathematik ist, daher unsere Berührungspunkte. Er rudert nur aus Vergnügen, ohne daß er dabei denkt, seinen Körper elastisch zu halten oder abzunehmen wie wir anderen. Als ich ihn einmal fragte, warum er überhaupt mitmacht, verzog er den Mund, was wohl ein Lächeln andeuten sollte: »Vielleicht möchte ich, daß sich vier so gewichtige Herren nach meinem Kommando richten?« So ähnlich sagte er wohl. Man weiß nie, was ihm ernst ist. Manchmal hatte ich schon den Eindruck, daß er an den Rhythmus des Ruderschlags irgendwelche, mir unverständliche Berechnungen knüpfte, denn sein Gesicht ist immer angespannt, dabei aber merkwürdig abwesend. Wahrscheinlich interessiert er mich, weil ich jede Woche eine Stunde lang sein Gesicht nah vor meinem habe. Ich glaube, daß ich kaum ein anderes Gesicht so gut kenne.

Es muß ihm genauso gehen, denn an jenem Abend merkte ich, wie seine Augen mein Gesicht absuchten. Als wir an der Schleuse gewendet hatten und uns die Pullover überzogen und er sein Halstuch sorgfältig in neue Falten legte, weil es auf dem Rückweg kühl wird, war er so weit, daß er mit mir sprechen wollte.

»Ich habe viel in diesen Tagen an Sie denken müssen, Gravenstein« – wir nennen uns mit den Nachnamen im Club –, »ich war neugierig, wie sich das auswirken würde bei Ihnen. Sie nehmen das Leben einfach. Sie haben da so ein Schema, nicht wahr? Da hinein läßt sich alles ordnen. Zum ersten Male sehe ich heute eine Spur von Ratlosigkeit in Ihrem Gesicht. – Hoffentlich spüren Sie, wie großartig das ist! Daß das Leben auch mit fünfzig – oder haben Sie die noch nicht? – noch Fragen aufwirft, für die man keine Antwort parat hat. Eine Chance nennt man so was.« Er sprach leise und rasch und behielt dabei den halb amüsierten, halb traurigen Ausdruck im Gesicht. »In unserem Alter werden die Erlebnisse, die wir noch nicht hatten, rar. Es ist uns alles nicht mehr neu, es gibt nicht mehr viel, das uns nicht schlafen ließe. – Fast könnte ich Sie beneiden um die Gefühle, die jetzt in Ihnen sind. Ich stelle mir vor, wie Sie Besitz ergreifen von der Toten, während die anderen, die die Frau im Leben gekannt haben, sie schon vergessen – so ist es doch? Sie ist schön und fremd.« Er sah mich mit seinen etwas stechenden dunklen Augen an, in deren Blick er gleichzeitig noch einen Teil des Flusses und des Ufers nahm; sein Blickfeld verengt sich nicht. Sein Auge hat etwas Schweifendes, genau wie seine Gedanken. Deshalb sind seine Sätze oft zerfließend und ohne Präzision. – »Merken Sie, wie hintergründig das ist? Sonst nimmt der Tod uns einen Menschen, und Ihnen schenkt er einen neuen, wunderbar fremden Menschen. Mit dem Sie nur die Sekunde des Todes verbindet. Ich spüre, wie Sie sich in die Frau verlieben werden, und Ihre Liebe wächst, je mehr Sie vergessen, daß sie unerfüllbar bleiben wird.

Sie werden einen Schleier nach dem anderen von ihrem Leben entfernen, der sie Ihnen jetzt noch verbirgt. Sie werden ihr mehr und mehr verfallen, weil keine Wirklichkeit Sie je enttäuschen kann – –.«

Ich fühlte mich unter seiner Stimme wie hypnotisiert. Ich vergaß das Boot und die anderen hinter mir. Es ging eine ungeheure Verführung von dieser Stimme aus. Bis die Worte meines Hintermannes dem ein Ende machten:

»Nun mal los, wir müssen nach Hause.«

Als wir ausstiegen, hielt er mich noch einen Augenblick fest: »Eine Gleichung mit einer einzigen Unbekannten. Ich bin neugierig, wie lange Sie brauchen, um sie zu lösen, Sie Zahlenmensch!«

Am Donnerstag bin ich gleich vom Dienst aus in ihre Wohnung gefahren. Ich mußte ihre Kleider endlich loswerden und die Vögel versorgen. Gründe fand ich immer. – Den Wagen parkte ich in einer Nebenstraße, ich wollte kein Aufsehen erregen. Das Paket nahm ich unter den Arm. Ich begegnete niemandem im Treppenhaus. Ich hatte das gleiche Gefühl, das ein Dieb haben mag, wenn er sich in eine fremde Wohnung schleicht, nur mit dem Unterschied, daß ich unbemerkt etwas bringen wollte. –

Im Krieg hat man den Gefallenen die Stiefel ausgezogen und gegen die eigenen alten eingetauscht, im letzten Winter hatten wir das auch mit den Mänteln so gemacht. Sie brauchten sie nicht mehr, und wir froren. Hätten wir anders gedacht, wäre es sentimental gewesen. Was anderes war es mit den Briefen und den paar Andenken, die die Gefallenen bei sich hatten. Auch daran mag sich manch einer bereichert haben und neugierig in der Brieftasche gestöbert und die Bilder angesehen haben, die sie in die Seiten des Soldbuches geschoben hatten. – Aber das war etwas anderes. Es war eben Krieg, eine völlig andere Wirklichkeit als diese hier.

Ich kam mir vor wie ein Leichenfledderer. Ich war mir bewußt, daß ich von nun an in ihrem geheimsten Leben herumstöberte, nicht mehr aus Verantwortungsgefühl wie bisher, um ihren Nachlaß für die Hinterbliebenen zu ordnen, sondern aus einer geheimnisvollen Lust heraus, die viel mehr war als Neugierde – aber was war es sonst? –

Vielleicht waren auch nur die Worte dieses Melchers schuld, daß ich meine Unbefangenheit verloren hatte. Ich hätte dagegen angehen sollen. Aber ich wollte es nicht einmal. Ich tat vor mir selbst, als ob ich *ihr* Gutes tun wollte, und wurde doch das Gefühl nicht los, ihr Böses zu tun. Ich bekämpfte dieses Gefühl, indem ich erst einmal an den Kühlschrank ging und mir den Weinbrand holte und mir einschenkte. Ich stand, während ich trank, vor der Truhe mit den Sonnenblumen. Die schweren Blütenscheiben hingen plump an den dicken Stengeln, und die goldenen Blätter bogen sich bräunlich an ihren Rändern, sie sahen häßlich aus, ungefüge, trostlos. Ich geriet ins Philosophieren und meinte, daß sie ihren Sinn verfehlt hätten, weil sie nicht reifen konnten und ihre Samenkörner den Vögeln auf freiem Felde zur Nahrung bieten. Ich sah nicht ein, daß es der Sinn einer Blume sein sollte, den Menschen ein paar Stunden oder im günstigsten Falle auch Tage zu erfreuen, wahrscheinlich aber von ihm nur beachtet zu werden, wenn sie gekauft, ausgepackt und in eine Vase gestellt wurden; es mußte ein armseliges Leben sein, Blumen zu züchten, die dann in Vasen so endeten –.

Beim zweiten Glas fand ich sie weniger häßlich, beim dritten trug ich sie zum Abfallschacht und ließ sie eine nach der anderen durchrutschen. Das war nicht ganz einfach, weil sie lang und sperrig waren. Aber wenn man sie zuerst ein bißchen dreht und ihnen dann einen raschen Stoß versetzt, rutschen sie glatt durch, und die Blütenränder wischen dabei die Wände des Schachtes wie Lampenputzer. Ich hatte einen Abfallschacht noch nie in Betrieb gesehen, ich möchte wohl wissen, wie er unten funktioniert und wie es kommt, daß es nicht nach Müll riecht, wenn man den Deckel aufmacht.

Ich hatte Sand mitgebracht für die Vögel und auch Futter. Der Händler hatte mir ein anderes Futter empfohlen, in dem mehr von den kleinen, schwarzen Samenkörnern waren, er sagte, das sei für den Dompfaff das Richtige. Die Vögel schienen gewohnt zu sein, frei herumzufliegen. Immer wenn ich die Näpfe abmachte, kamen sie vor die Öffnung und wollten heraus. Ich riskierte es, obwohl ich fürchtete, viel Mühe mit dem Einfangen zu haben. Sie kamen jedoch von selbst zurück, nachdem sie kurze Zeit durch die Veranda geflogen waren und sich dann in der Efeuwand getummelt hatten. – Ich mußte das schmutzige Blech mit den Händen abwaschen, und auch die Stangen konnte ich nur in dem Waschbekken einweichen und dann mit Zeitungspapier säubern. Dazu sollte man eine Bürste nehmen. Ich fand bei ihr nirgends Putzzeug. Das Saubermachen des Käfigs war keine so unappetitliche Beschäftigung, wie ich gedacht hatte; überhaupt war es mir angenehm, etwas zu tun, dessen Ergebnis man nach einer Stunde so deutlich vor Augen hatte. Ich möchte wirklich wissen, warum Frauen ihre Hausarbeit als unbefriedigend ansehen! Wenn man nicht gerade Holz hackt, scheint mir keine Arbeit so rasch ihren Erfolg aufzuweisen wie das Saubermachen. –

Da war noch immer das Paket. Ich löste die Schnur und wickelte sie auf, faltete das Paier sorgfältig zusammen, wie es meine Art ist, nahm einen Bleistift und hakte beim Auspacken jedes Teil auf der beigefügten Aufstellung ab: ein Kleid, ein Unterkleid, ein Schlüpfer, ein Büstenhalter, ein Paar Schuhe, ein Paar Ohrklips, eine Halskette.

Ich muß betrunken gewesen sein. Als ich ihre Wäsche über die Sessellehne hängte, hatte ich das Gefühl, daß *sie* nackt hinter mir stände und sogleich die Arme um mich schlingen müßte. Auch jetzt, da ich dies schreibe, ist mir noch, als wäre ich es gewesen, der sie ausgezogen hat. –

Ich mußte daran denken, daß Hanna immer rosa Unterwäsche trägt und auch, wenn es sehr heiß ist, niemals ohne Strümpfe geht. Ich überlegte auch, ob wohl auch sie im Sommer kein Hemd trägt. – Ich vermute, daß man dazu champagnerfarben sagt; ich sah diese Sorte Wäsche bisher nur im Schaufenster, und ich war auch der Ansicht, daß nur eine gewisse Sorte von Frauen solche leichtfertigen Spitzensachen trüge. – Obwohl ich getrunken hatte und mein Geruchssinn dann nicht so scharf ist, nahm ich einen Duft wahr, der aus den Sachen stieg, der gewiß nicht von den Desinfektionsmitteln des Beerdigungsinstitutes stammen konnte. Es war der gleiche Geruch, der noch immer in der Wohnung hing.

Ich konnte nicht gut ihre Kleider da hängen lassen. Ich mußte sie wegräumen, obwohl gerade die Flüchtigkeit, mit der die Kette auf dem Tisch lag und die Ohrklips abgelegt waren und die Wäsche über der Sessellehne hing, *sie* so gegenwärtig machte und den Raum mit ihrer Gegenwart ganz erfüllte. Es kostete mich eine Anstrengung, dieses flüchtige Bild zu zerstören und den Schmuck zu dem anderen in den Sekretär zu bringen. – Meine Frau würde niemals unechten Schmuck tragen. Ich bin durchaus ihrer Ansicht: wenn man sich keinen echten leisten kann, soll man keinen tragen. Obschon ich zugeben mußte, daß diese weißen Dinger hübsch waren, wie Blütensterne; kleine Mädchen machen sich solche Ketten aus Marienblümchen. Meine Schwester tat das auch. Aus den weißen Sternblumen, die zu Hause im Moor blühten. – Sicher stand ihr das gut. –

Die Wäsche müßte gewaschen werden. Ich hängte sie mir über den Arm. Ich hatte lange nicht mehr diese Dinge in der Hand gehabt; wenn man verheiratet ist, hört das ganz von selbst auf. Ich dachte, sie müßten noch warm sein von ihrer Haut. Aber sie fühlten sich kühl an, und meine Hände schreckten zurück. Im WC stand einer dieser runden Körbe, die Hanna Wäschepuff nennt, da tat ich die Sachen hinein. Er war halb voll. Ich könnte mir vorstellen, daß es einer Frau unangenehm ist, einen Korb mit schmutziger Wäsche zu hinterlassen.

Einen Kleiderschrank hatte ich bis dahin nicht gesehen. Aber in der Diele waren zwei Wandschränke, in denen Schlüssel steckten. Links waren Wäschefächer und rechts hingen die Kleider, oben war ein Fach für Hüte, so haben wir es auch. Aber hier war es ordentlicher als bei uns. So wie es hier war, kannte ich es von meiner Mutter. Nur die Schontücher mit den blaugestickten Rändern fehlten. Ich dachte nach, ob ich den Spruch noch könnte. Ich bekam aber nur ein Bruchstück zustande: »soll glatt und fein geordnet sein, wie's einstens hielt mein Mütterlein«. Wahrscheinlich stand das an den unteren Fächern, und an die oberen konnte ich noch nicht heran. Gut, daß diese Sprüchestickerei aufgehört hat! Ich könnte wohl ein Dutzend aufzählen, die meine Mutter rund um den Herd hängen hatte, auf Staubtuchbehältern, vor den Küchentüchern, auf dem Tischläufer, auf den gehäkelten Einsätzen unserer Kopfkissen. –

Ich hätte nie für möglich gehalten, daß ich einmal vor dem Kleiderschrank einer fremden Frau stehen und einen Kleiderbügel nach dem anderen hervorholen und die Stoffe anfassen würde. Die Kleider hatten eigentümliche Farben, die ich kaum zu benennen weiß. Da war eines aus Leinen, das hatte die Farbe einer Sandblattzigarre, eines war rot, wie welkender Klatschmohn, und das, das ich in den Schrank hängen mußte, das letzte, war apfelgrün. Jedes Kleid hatte seinen eigenen Bügel. Hanna spart damit immer, sie hängt ein Teil über das andere, auch bei meinen Röcken macht sie das. Man sucht deshalb ständig, außerdem zerdrücken sich die Sachen.

Zwischen den Bügeln hingen kleine Leinensäckchen, aus ihnen strömte der Geruch, der ihren Kleidern anhaftete. Es waren getrocknete Quittenschnitzeln darin. Ich konnte es zunächst nicht erkennen, obwohl ich einen so ausgeprägten Geruchssinn habe und Weinsorten schon am Geruch zu unterscheiden vermag. Ein herber, sehr würziger Geruch, altmodisch, möchte ich sagen. – Die Stoffe knisterten angenehm. Sie waren starr, das haben die Hände gern, sie fühlen Widerstand; so sollten Frauenkleider immer sein. –

Es war dunkel, als ich mit dem Wegräumen fertig war. Ich zog die Vorhänge vor und machte Licht. Ich spürte Hunger. Der Gedanke, nach Hause zu fahren, kam mir nicht. Ich ging vielmehr zum Kühlschrank und schnitt mir ein Stück von dem Räucherschinken ab und ein Stück Vollkornbrot und nahm eine Flasche Wein aus dem Seitenfach. Es war wirklich überraschend, wie sehr sich unser Geschmack glich. – Es war ein Nahewein, ein guter Jahrgang. Ich suchte mir ein Holzbrettchen und ein Besteck und trug alles auf einem Tablett in die Veranda auf das kleine Tischchen. Zuerst wollte ich mich in den Schaukelstuhl setzen, aber dann fiel mir ein, daß das *ihr* Platz gewesen war; ich zog mir einen anderen Sessel herbei und setzte mich an den Tisch, ihr gegenüber.

Später räumte ich Besteck und Holzbrett in den Spülschrank und kehrte zu meiner halbgeleerten Flasche zurück. Ich schob den Plattenspieler in die Nähe und zog wahllos eine Schallplatte heraus. Sie hatte eine Reihe Langspielplatten; erst sie machen das Hören angenehm. Es war das erste Brandenburgische Konzert. Nichts für diesen Abend. Auch der Vivaldi war nicht das Richtige. Schließlich entschloß ich mich für das Violinkonzert von Mendelssohn. Sie schien eine Vorliebe für Violinkonzerte zu haben, ich fand alle berühmten fast vollständig, das von Bruch und das Mozartsche in A-Dur und eines von Schumann, das mir unbekannt war. Auch die Impressionisten muß sie geschätzt haben. Ich fand ein paar Stücke von Debussy und Ravel, auch die »Bilder einer Ausstellung«, die jetzt oft im Rundfunk gespielt werden. Sie sind sehr eindringlich. Hanna sagt, sie seien anekdotisch. Sie meint damit wohl, daß man deutlich die Vorstellung des Gehens zwischen den Bilderwänden hat und genau zu wissen glaubt, welches Bild eben jetzt gemeint ist. – Allein aus der Auswahl der Musikstücke hätte ein Kundigerer als ich Rückschlüsse auf sie ziehen können, ebenso wie aus den wenigen Büchern, die auf dem Schreibpult standen.

An diesem Abend, der in mancher Hinsicht der erste war, weil ihm so viele dieser Art noch folgen sollten, hörte ich nur den Mendelssohn und holte mir dazu ein Buch herbei. Es war Stifters Nachsommer. Ich trug ihn nach flüchtigem Blättern zurück. Ich weiß wirklich nicht, warum um dieses Buch ein solches Aufheben gemacht wird! Ich halte es für gefällig herausgeputzte Langeweile. Hanna sagt zwar, daß sie es gern hat. »Der eine angelt, der andere liest den Nachsommer, im Grunde kommt es auf das gleiche heraus.« Nun, mir ist Angeln sympathischer. – Ich lese sehr selten ein Buch. Da sind die Fachzeitschriften, die man verfolgen muß. Die paar Zeitschriften, die Hanna sich hält, überfliege ich nur eben. Die Tageszeitungen lasse ich schon weg und lese nur den Wirtschaftsteil, und damit ist mein Bedarf ziemlich gedeckt. Manchmal empfiehlt mir Hanna ein Buch, von dem gerade viel geredet wird. Gelegentlich liest sie uns auch vor. Ich glaube allerdings, daß sie es nur tut, um unser Familienleben zu pflegen. Ich mache mir nichts daraus, aber meine Ablehnung würde sie kränken. Es kommt auch nicht oft vor. Ich persönlich habe eine ausgeprägte Vorliebe für Gegenwartsliteratur, wohlgemerkt, die in meiner Gegenwart spielt. Ich schätze es, während des Lesens nachzudenken: Herbst 1937? Ach ja, das war, als ich Hanna kennenlernte und wir zusammen in die Berge fuhren. – Ich lese gern von Dingen, an denen ich persönlich in irgendeiner Form teilgehabt habe. Ich weiß nicht, warum sich die Schriftsteller vor der Gegenwart fürchten. Lieber nehmen sie ein jahrelanges Quellenstudium auf sich, um einen milieugerechten, historischen Roman zu schreiben, lieber reisen sie zweimal um die Erde, als daß sie ein Buch von uns hier schreiben. Scheuen sie die Kontrolle? Haben sie Angst, es könnte jemand kommen und sagen: Hören Sie, mein Lieber! Im Sommer 1943 haben die Linden aber im Juni geblüht und nicht im Mai. Oder die ganz Gründlichen, die es immer noch besser wissen wollen und gleich die Stunde sagen können, wann der Feldzug begann, in dessen erster Schlacht der junge Held gefallen ist. Übrigens hätten sie mit dieser Besorgnis recht: ich will die Ereignisse kontrollieren können. Ich will mir nichts vormachen lassen. Wenn ich mich über geschichtliche Ereignisse oder fremde Erdteile orientieren will, lese ich ein wissenschaftliches Buch. Das gleiche gilt für den Film. Ich habe kein Interesse daran, einen Kunsthistoriker stundenlang in einem berühmten Dom seine Freundin suchen zu sehen und dabei zufällig einen Blick auf ein Kapitell erhaschen zu können, sondern ich will Kulturfilme sehen. Da werden mir zu viele Disziplinen vermischt. Ich sehe nicht ein, warum ich die Liebesgeschichte zweier Amerikaner bei einer Nashornjagd am Kilimandscharo erleben soll. Entweder-Oder. Entweder das menschliche Problem oder die Expedition. Wenn eines allein nicht stark genug ist, soll man den Film sein lassen. – Es ist eine meiner unliebenswürdigen Eigenschaften, immer ins Grundsätzliche abzuschweifen.

Ich holte mir ein anderes Buch, dessen Einband mir gefiel. Zuerst schlug ich es mittendrin auf, las ein paar Seiten, der heiter-belanglose Stil sagte mir zu, ich blätterte zurück auf die Titelseite, und da war etwas Merkwürdiges. Da war eine Spur, wie ich das bei mir nannte. Das Buch hieß Berverly Nichols: »Große Liebe zu kleinen Gärten«. Eine Übersetzung aus dem Englischen, das Buch ist schon mehrfach neuaufgelegt, auch in deutscher Sprache. Das Auffällige aber war, daß das »Nichols« kräftig durchgestrichen und in einer großen schwingenden Handschrift darüber gesetzt war: »Salomons«, und daß nun also dastand: »Salomons große Liebe zu kleinen Gärten und dem schönen Fräulein Tulipan«, die letzten fünf Wörter wieder handgeschrieben, und darunter stand noch »im Frühling 1950«.

Widmungen liebe ich gar nicht. Dieses »zur Erinnerung an« und »zum Weihnachtsfest von ...« ärgert mich jedesmal und macht die Bücher für mich wertlos. Am liebsten würde ich die Seite herausreißen. Man kann das Buch nicht weiterverschenken und hat auf diese Weise zeitlebens Bücher in seinem Schrank stehen, mit denen einen nichts verbindet.

Diese Widmung fand ich hingegen originell. Obwohl natürlich nicht allzuviel Einfallsreichtum dazu gehörte, einer Gärtnerin ein Gartenbuch zu schenken. Nur die Titeländerung war hübsch. Es mußte sie demnach einer »Tulipan« genannt haben. Natürlich ein wenig albern. Vermutlich hieß der Mann nicht einmal Salomon, aber man erfindet in gewissen Stadien des Lebens die merkwürdigsten Namen. –

So habe ich dann noch an manchem Abend gesessen: eines ihrer Bücher in der Hand und eine Schallplatte nach der anderen abspielend, bis ich sie alle kannte, aber immer nur zwei, höchstens drei an einem Abend. Der Vorrat an Weinflaschen ging zur Neige, die Vorräte im Kühlschrank hatte ich bereits zweimal erneuert. Ich aß seit jenem Abend immer bei *ihr*, denn Hanna war abgereist.

Ich hatte versäumt, nach der Putzfrau zu fragen, und statt dessen selbst ein Staubtuch genommen und über die polierten Flächen gewischt und auch das Geschirr gelegentlich selbst abgespült. Auf den ersten Blick sah es so aufgeräumt und sauber aus wie am 9. August, als ich diese Wohnung zum ersten Male betreten hatte.

An manchem Abend, wenn ich von meinem Buch aufsah, um auf die Wiederholung eines Themas zu hören, meinte ich, Gabriele in dem Schaukelstuhl sitzen zu sehen in ihrem apfelgrünen Kleid, die weißen Blütensterne schimmerten aus ihrem braunen Haar, sie wippte leise, und hinter vielen Schleiern meinte ich ein Lächeln zu sehen – –.

Ich hatte lange schon nicht mehr so viele Stunden für mich gehabt. Waren bisher die wenigen freien Abende ein Ausruhen gewesen nach der Arbeit, der im Grunde nebensächliche Teil des Tages, den ich in der Familie verbrachte, so verlagerte sich das nun völlig. Ich sah wiederholt im Laufe eines Tages auf die Uhr und konnte schwer erwarten, hierher zu fahren. Ich hatte dabei gar nicht so sehr das Gefühl, zu *ihr* zu fahren, sondern vielmehr zu mir. Ich entdeckte plötzlich mich selbst. Waren früher die Abendstunden mit dem gemeinsamen Abendbrot, dem Erzählen der kleinen Tagesereignisse, dem Überfliegen der Zeitungen und Radiohören ausgefüllt und unruhig und schnell vergangen – ich warf gelegentlich auch einen Blick in die Schularbeiten der Kinder –, so dehnten sie sich jetzt zu langen, wohlgenutzten Stunden, in denen ich allein war.

Ich muß ein tiefes Bedürfnis nach Einsamkeit gehabt haben, sonst hätte ich mir nicht diese erste sich bietende Gelegenheit so rücksichtslos zunutze gemacht. Ich habe niemals das gekannt, was man ein Junggesellenleben nennt, wenn man nicht die in vieler Hinsicht ähnlichen Kriegsjahre dazurechnet, obwohl meine persönliche Freiheit niemals ärger beschnitten war als damals. – Während meiner Ausbildung habe ich bei meinen Eltern gewohnt. Die kurzen Ferien, die ich mir gönnte, benutzte ich zum Besuch von Fortbildungskursen oder Studienfahrten, die ich mit drei Freunden jährlich im Oktober antrat und die in ähnlicher Pünktlichkeit verliefen wie die Arbeitswochen. Seitdem ich verheiratet bin, habe ich – wieder abgesehen vom Kriege – kaum einen Tag von Hanna getrennt gelebt. Ich bin nicht zu Tagungen gefahren, obwohl sie mir in meinem Wunsche vorwärtszukommen gewiß nützlich gewesen wären. Hanna hat eine Art, über die Tagungen der Herren über Fünfzig zu spotten, die eine solche Reise in ein fragwürdiges Licht rücken. Darum vermeide ich es.

Es wäre jedoch unrecht von mir, zu sagen, daß ich meine Familie als eine Last oder auch nur eine Beengung meiner persönlichen Wünsche und Bedürfnisse angesehen hätte. Alle drei behandeln mich schonend und erkennen meine Stellung als Familienoberhaupt durchaus an. Sie wissen, daß ich in den wenigen Stunden, die ich zu Hause verbringe, Ruhe haben muß und will, und respektieren das. Die Kinder vielleicht manchmal etwas widerwillig, und Hanna in ihrer spöttischen Art.

Bis zu diesem Zeitpunkt hatte ich die Wohltat nicht gekannt, ein Fenster öffnen zu können, ohne daß mich meine Mutter oder später Hanna fragte: »Ist es dir zu warm?« Ich hatte mir keinen Pullover überziehen können, ohne gefragt zu werden: »Soll ich auch etwas mehr heizen?« Niemals hatte ich in der Küche an den Vorratsschrank gehen können und mir ein Stück Käse oder Schinken abschneiden, ohne daß es hieß: »Bist du denn nicht satt geworden heute mittag? Willst du nicht warten bis zum Kaffee? Soll ich dir ein Brot fertigmachen? Soll ich Licht machen? Willst du nicht mehr lesen? Worüber denkst du denn so angestrengt nach? Bist du verstimmt? Hast du Ärger gehabt?«

Eine niemals endende Kette von Fragen. Ich habe gar nicht gewußt, wie still es ist, wenn niemand fragt.

Wie schön ist es, durch eine Wohnung gehen zu können und dies und das zu tun, was einem eben einfällt: Musik hören, ein Buch zur Hand nehmen, den Vögeln zusehen, ein Stück Schinken einfach so aus der Hand zu essen – das alles lernte ich erst durch sie kennen. – Mag sein, daß mich ihr Tod in einem Augenblick körperlicher Abspannung und Überreiztheit getroffen hat und daß ich dieser Verlockung widerstanden hätte, wenn ich im Vollbesitz meiner physischen Kräfte gewesen wäre. Daß ich es nicht war, ist mir erst später bewußt geworden, denn ich lebte in jenen Wochen in einer Art Bewußtlosigkeit, wenn man darunter ein Bewußtsein versteht, das sich so verkapselt hält, daß es nur noch den Ereignissen und Gedanken geöffnet ist, die der einen Sache dienen.

Schon als Kind stöberte ich gern. Wenn ich bei den Großeltern zu Besuch war, die ein schmales, dunkles Haus nicht weit vom Hafen besaßen, dessen Speicher und Bodenkammern mit altem Gerümpel vollgepackt waren, verbrachte ich lange Nachmittagsstunden damit, die Schubladen verstaubter Kommoden aufzuziehen und ihren Inhalt zu durchwühlen. Ich las Briefe von Leuten, die ich nicht kannte, an andere, die mir ebenfalls völlig fremd waren. Ich wurde nicht müde, schnörklige, blaß gewordene Buchstaben zu entziffern, und las mit einer Gier, wie ich sie bei einem Brief, der mir selbst galt, später niemals empfunden habe. – Es gab dort auch einige broschierte, zerfledderte Bücher und drei große Bände mit Stahlstichen, die ich jedesmal sorgfältig ansah. Der eine enthielt Illustrationen zu biblischen Geschichten, der zweite Bilder aus der »Neuen Welt«; an eine Seite mit zwei grotesk springenden Indianern kann ich mich heute noch besinnen; und der letzte Band, der mein liebster war, enthielt Allegorien und mythische Darstellungen; Bilder wie »Glaube, Liebe, Hoffnung«, wobei die »Liebe« einen üppigen, entblößten Oberkörper hatte und einen Blütenkranz in der Hand hielt; auch an die Darstellung des »Apfel des Paris« kann ich mich in Einzelheiten besinnen. Vermutlich hatte mein kunstliebender Großvater diese Bände aus seinem Bücherschrank verbannt und vor meiner Neugierde auf dem Speicher in Sicherheit bringen wollen.

Meine frühzeitige Sucht zu kramen war kaum noch mit dem zu vergleichen, was ich in jenen Wochen tat. Obwohl sie die gleiche Wurzel haben mag und der Unterschied vornehmlich darin bestand, daß ich heute kultivierter zu Werke ging und daß der Dachboden im alten Haus am Hafen kaum einen Vergleich mit der Wohnung Gabrieles zuließ. Immerhin zog ich wieder Schubladen in fremden Kommoden auf, blätterte in fremden Büchern, nur tat ich es nicht mehr in der Angst, ertappt zu werden, sondern benahm mich wie ein Mann, der eine einmal übernommene Aufgabe gewissenhaft und auch mit Anteilnahme zu Ende führte. Ich tat auch in unbedachten Augenblicken nichts, was ich nicht hätte verantworten können. Was ich tat, tat ich mit zärtlicher Bedachtsamkeit, denn es waren alles Dinge, die *ihr* gehört hatten und darum kostbar für mich.

Als Kind mußte ich im Spätsommer die grünen Raupen von der Kapuzinerkresse, die wir zu Hause Schäferranken nennen, ablesen. Ich hatte die Blumen gern, ganz besonders ihren scharfen Geruch, aber ich ekelte mich vor den weichen, madenähnlichen Raupen, und diese Stunden, die ich an der langen Steinmauer zubrachte und das glitschige, grüne Getier von den Blattscheiben las und in ein Töpfchen tat, standen mir sofort vor Augen, als ich an einem frühen Abend beim Blumenbegießen die großen, kreisrunden Löcher bemerkte, die die Raupen in die Blätter gefressen hatten. Niemals würde ich es über mich bringen, die Raupen anzufassen! Statt dessen sah ich ihnen zu, wie sie über die Blätter krochen und anhielten, um ihr Zerstörungswerk zu beginnen. Sie schienen mir symbolisch zu sein für das, was hier geschah, sie vernichteten, was einmal ihr gehört hatte. Ich vermochte sie nicht zu hindern. Sie sind wie Glas, ihr Grün ist vom Blattgrün nicht zu unterscheiden. – Schon reiften die Kapern. Meine Mutter legte sie ein in kleinen Gläsern, die sie mit einem Mullappen zuband. Sie tat im Winter immer eine Handvoll an die Fleischklopse. –

Vieles, was ich bei ihr sah, weckte Erinnerungen, die ich längst vergessen glaubte, denen ich endlich einmal Zeit hatte, nachzusinnen.

Da war ein Abend, es war nicht lange, nachdem Hanna und Ingrid fort waren, daß ich in der Veranda bei weit geöffnetem Fenster saß. Es war noch einmal sommerlich warm geworden. Auf dem Bleichplatz nahmen zwei Frauen ihre Wäsche von der Leine; die Rothaarige war dabei, ich meinte, ihre Stimme zu erkennen. Aber ich ging nicht an das Fenster, weil man mich nicht sehen sollte. Die mit der rauhen Stimme sagte: »Wissen Sie, ich sage immer, wo keine kaputte Wäsche ist, ist auch keine heile«, und die Rothaarige sagte: »Meine Mutter sagte, ›lieber ein Flicken als ein Flecken‹«, dann verschwanden die beiden hinter der Hausecke, und es wurde still. Ich dachte darüber nach, daß Gabriele eine dunkle, sehr warme Stimme gehabt haben muß und hoffentlich niemals solche Plattheiten gesagt hat, mit denen Frauen bis an den Rand vollgestopft zu sein scheinen.

An diesem Abend spielte ich Ravels Bolero. Das ist die Musik zu einem Ballett. Beim ersten Anhören hatte ich damit zu tun, auf die Instrumentierung zu achten. Erst wenn ich mir über die Technik klar bin, komme ich dazu, auf das Thema achten zu können, und ganz zuletzt erst wird mir das Wesen eines Musikstückes deutlich. Kaum, daß mich Musik jemals so angesprochen hätte wie dieser Bolero. Nichts hat mir das Wesen Gabrieles so enthüllt wie der Ravel. Sie muß ihn oft gespielt haben. –

Zuweilen war ich abends sehr müde. Ich legte mich wohl für eine oder auch einmal zwei Stunden auf die gelbe Couch, schob mir ein Kissen unter den Kopf und schlief eine mir ganz neue Art von Schlaf, in der ich das Bewußtsein des Raumes und der Stunde nie ganz verlor. Aber über Nacht blieb ich nicht, auch wenn ich mich oft dazu versucht fühlte und mir der Entschluß, nach Hause zu gehen, schwerfiel und ich das Zurückkehren in die eigene Wohnung scheute. Es wäre mir als eine unerlaubte Indiskretion erschienen, bei ihr zu schlafen, und so fuhr ich in der Regel gegen elf Uhr zurück.

Hanna hatte sich, es muß am Ende der ersten Woche gewesen sein, an einem Abend nach meiner Rückkehr zu mir gesetzt und mit etwas unsicherer Stimme, der ich anhörte, daß sie harmlos klingen sollte, gefragt: »Meinst du nicht, lieber Rudolf, daß es dir guttun würde, jetzt eine Zeit allein zu sein? Mir scheint, du bist uns alle herzlich leid, stimmt es? Ich habe heute früh mit Lilly telefoniert. Es ist ihr recht, wenn ich ein paar Wochen mit Ingrid zu ihr komme. Jochen bleibt bis in den Oktober. Du brauchst dich um keinen von uns zu kümmern, kannst Ferien nehmen, wann und wo du willst, und wenn du hierbleibst, wird Frau Neugebauer die Wohnung in Ordnung halten, und zum Essen gehst du in den Ratskeller.«

Hanna wird angenommen haben, daß ich ihr widersprechen würde. Auch wenn sie alles bis in die Einzelheiten vorbereitet hatte, glaubte sie nicht, daß ich ernstlich auf ihren Vorschlag eingehen würde. Aber ich tat es. Ganz sachlich. Ich sagte nur:

»Fahr mit Ingrid, das ist gut!« Ja, ich ging so weit, eine selbstlose Tat daraus zu machen, indem ich hinzufügte: »Dir wird die Landluft auch guttun, du siehst blaß aus, und vielleicht kommst du dort ein wenig zum Schreiben, das wolltest du doch immer schon gern.«

Sie entgegnete nichts.

Am nächsten Morgen packte sie, und schon mittags brachte ich beide an die Bahn. Sie tat aus Klugheit genau das Gegenteil von dem, was sie zu tun wünschte. Damit war sie so beschäftigt, daß es nur zu ein paar flüchtigen Worten zum Abschied kam. Allerdings auch zu der Ermahnung: »Wenn ich wiederkomme, ist – diese Geschichte hoffentlich begraben«, die ich ihr übelnahm.

Wesentlich später erst fiel mir auf, daß niemand außer mir sich noch mit dem Unglücksfall zu beschäftigen schien. Er existierte nur noch in den Akten des Amtsgerichtes. Dort mochte man die Umständlichkeit, mit der ich die Angelegenheiten ihres Nachlasses betrieb, für ein Zeichen meiner Umsicht und Sorgfalt, weniger Gutmeinende mochten sie für Pedanterie halten.

Nicht einmal Hanna hat wahrgenommen, wieviel tiefer das ging, als sie mit ihren kleinen, spitzen Bemerkungen dringen konnte, obwohl sie immer sehr sorgsam die sichtbaren Regungen und Veränderungen meines Wesens beobachtete. Sie war auf einen so jähen Einschnitt nicht gefaßt. Wer hätte es ihr übelnehmen sollen? War ich es etwa? Hatte mich die eigene Veränderung nicht am meisten überrascht und tat es stündlich aufs neue?

Übrigens schien niemand Anstoß daran zu nehmen, daß ich täglich in ihre Wohnung fuhr. Es ist mir oft verwunderlich erschienen, daß die Arbeit in der Kasse weiterlief, obwohl ich seit Wochen mit Lässigkeit betrieb, was ich sonst mit unbedingter Zuverlässigkeit und Ausschließlichkeit getan hatte. Es kann einen wundernehmen, wie gut der äußere Mensch eine gewohnte Arbeit weiterzutun vermag, während der innere längst neue Wege geht.

Wenn ich dienstlich auch manches vernachlässigte, hatte ich doch *ihre* Angelegenheiten in Ordnung gebracht. Ich hatte veranlaßt, daß die 150,– DM weiterhin überwiesen wurden, zunächst von dem Konto, das sie bei uns innehatte, und dem Geld, das ich darauf eingezahlt hatte. Das ging über meine Befugnisse hinaus. Nur auf Grund eines Erbscheines hätte man über das Konto verfügen können. Warum ich das tat? Ich weiß es nicht zu sagen. Hätte ich damals, wie es nahegelegen hätte, feststellen lassen, wohin dieses Geld ging, wäre ich auf leichte Weise ein großes Stück weitergekommen in meinen Nachforschungen. Vielleicht war es *ihr* Geist, der mich zurückhielt, ihre Angst, daß jemand ihre Schande, wie sie es nannte, erfuhr? –

Alle Beerdigungskosten waren getilgt, und beim Amtsgericht hatte ich eine Feststellung der gesetzlichen Erbberechtigung beantragt, eine öffentliche Ausschreibung würde nach Erledigung der Formalitäten erfolgen. Die Schwägerin sollte, nachdem sie auf meinen Brief nicht geantwortet hatte, noch einmal vom Amtsgericht angeschrieben werden. – Ich war entschlossen, die Wohnung bis zu dem Augenblick der Aufteilung des Erbes beizubehalten. Da ich weder ein Mietbuch gefunden noch ein Dauerauftrag zur Mietüberweisung bestanden hatte, mußte sie die Miete persönlich an einen Verwalter bezahlt haben. Ich rief bei ihm an – er verwaltet die ganzen vorderen Wohnblocks –, aber auch er besaß keine Unterlagen über ihre Wohnung. Ich berichte deshalb so ausführlich darüber, weil sich diese Dinge später als wichtig erweisen sollten. – Soweit der Verwalter unterrichtet war, hatte sie direkt mit der Wohnbaugesellschaft F. Sonnemann verhandelt, die ihren Sitz nicht in unserer Stadt hat. Ich ließ darum Fräulein Junghans schreiben, daß ich um Aufrechnung der Mietrückstände und um Überlassung der Wohnung bis auf weiteres bäte. Nach Ablauf einer Woche erhielt ich die Nachricht, daß die Angelegenheit erst nach Rückkehr des Juniorchefs bearbeitet werden könnte, der allein über diese Wohnung zu entscheiden hätte. Im übrigen sei die Wohnung nicht bewirtschaftet, und es stände dem nichts im Wege, wenn ich sie vorläufig behalten wolle.

Ich ging fortan mit einer gewissen Berechtigung durch ihre Wohnung, und allmählich nahm sie einige Spuren meiner Anwesenheit an. Ich hatte das selbst verhängte Rauchverbot gelockert, und unter den angenehm-würzigen Geruch, der den Zimmern anhaftete, zog sich Tabakrauch, was eine gute Mischung ergab. Den Ursprung des Duftes hatte ich schließlich in einer Porzellandose entdeckt, die ich achtlos im Vorbeigehen geöffnet hatte. Ich fand zusammengekrümmte braune Blättchen darin, die ich als die Blütenblätter roter Nelken erkannte, die sie mit einem ätherischen Öl getränkt haben mochte, denn sie waren feucht und klebrig. Von Zeit zu Zeit öffnete ich die Dose, und es stand nun ganz in meinem Belieben, wie ich den Duft von Nelken und Tabak mischen wollte.

Als es kühler wurde, stellte ich die Heizung an. Obwohl es bei Westwind, der hier im Herbst die Regel ist, stark von den großen Fenstern her zog, setzte ich mich nicht in das wärmere Biedermeierzimmer, sondern in die Veranda. Lieber legte ich mir die Wolldecke über die Knie und trank ein Glas mehr. Niemals jedoch so viel, daß ich meiner Gedanken nicht Herr gewesen wäre, eher im Gegenteil. Wenn ich jenen Grad der Klarheit und Schwerelosigkeit erreicht hatte, der etwa nach dem dritten Glas bei mir erfolgt, obwohl das unterschiedlich ist, hörte ich auf zu trinken.

Wenige Abende hoben sich aus einer Folge gleichbleibend stiller Stunden ab. Es waren die, die mir neue Spuren wiesen, von denen ich damals noch nicht ahnte, wozu sie mir einmal dienen sollten.

Da war der Abend, an dem ich in den Noten blätterte, die in der Musiktruhe neben den Platten aufgeschichtet lagen. Vornehmlich waren es einzelne Blätter für Chorgesang und Einzelstimmen und eine ganze Reihe geistlicher Liederbücher in altmodischen Einbänden, die sie aus ihrem Elternhaus haben mochte. Eine Reihe loser Notenblätter fiel beim

Herausholen zur Erde. Als ich sie wieder einsortieren wollte, las ich »Für Gabriele«. Es handelte sich um fünf stark beschädigte Blätter im DIN-A 4-Format: Die Linien waren mit der Hand gezogen, das Papier vielfach geknickt und schon vergilbt. Die Noten waren mit blauer Tinte geschrieben, wobei die Notenköpfe auffielen, weil sie nicht rund waren, wie es zu der Schrift, die den Text daruntergesetzt hatte, passen würde, sondern in kurzen breiten Balken, die an fadendünnen Strichen hingen, deren Fähnchen in nahezu heiterer Weise abstanden. Es waren fünf Lieder. Eines hieß »Tränen«, ein anderes »Melancholie«. Der Text des ersten sagte mir vor allem zu.

Nun komm, o Nacht,
und hüll uns ein in deinen Frieden.
Breite dein Dunkel aus über der Welt,
schenk uns den Mond, der uns den Weg erhellt,
nimm gütig auf die, die sich lieben,
nun komm, o Nacht!

Vergeh nicht, Nacht,
laß leuchten allzeit deine Sterne,
dieweil der Mond im Okzident versinkt
und uns der neue Tag nur neues Unheil bringt.

Zeig meinem Herzen, wie es lerne,
dem Morgen ohne Angst entgegensehn
und immer fröhlich, tapfer weitergehn

bis zu dem Tag, der uns für immer eint –
Vergeh nicht, Nacht!

Ich bedauerte, nicht musikalisch genug zu sein, um die Melodie nachsummen zu können, deren lebhafter Wechsel von hoch und tief mir wenig liedhaft erschien.

Auf dem letzten der fünf Blätter fand ich die Notiz: »Fünf Lieder zur Nacht, geschrieben für eine Altstimme. Am Donez im Winter 1941 von dem Gefreiten Reinhold Lenz.«

An einem anderen Abend fiel mir unter den Schallplatten eine auf, die weder ein Firmenschild noch eine Aufschrift trug. Ich wog das glatte Ding in der Hand, wie man wohl den Schlüssel zu einem fremden Haus in der Hand wägen mag, unschlüssig, ob man ihn nutzen soll und das Geheimnis, das er birgt, ergründen. Dieser Vergleich mit dem Schlüssel kam mir, als ich in meinem Sessel saß, vor mir das Glas Wein, die Knie mit der Wolldecke bedeckt, beim Schein der Lampe, der sich vielfach in der spiegelnden Fläche der Schallplatte brach. Tatsächlich habe ich einmal einen Schlüssel nicht benutzt, um das Geheimnis nicht zu zerstören – daß ich es gerade dadurch verlor, konnten meine neunzehn Jahre nicht begreifen. Jener Schlüssel paßte in das Türschloß einer Frau – ich warf ihn fort, in den See, während sie neben mir über das Brückengeländer gebeugt stand. Ich stammelte ein paar verworrene Sätze und lief fort, überzeugt, daß sie daraus meine Liebe ermessen müsse. Was damals aus dem Wunsch nach Entsagung entsprang, würde heute aus müder Klugheit geschehen: es handelte sich um die Frau meines Bankvorstehers.

Wie immer, hatte mich auch diesmal der Streifzug in meine Jugend nachsichtig und wehmütig gestimmt.

Wenn es gilt, die Geheimnisse anderer Menschen zu bewahren, gehen wir noch weniger behutsam mit ihnen um als mit unseren eigenen. Ohne mir der Rücksichtslosigkeit bewußt zu sein, legte ich die Platte auf, stellte auf eine kleine Tourenzahl und eine leise Tonstärke, lehnte mich zurück, zog die Decke glatt und stellte mit der Hand lässig die Nadel auf, sorgfältig bedacht, den Beginn der Platte nicht zu versäumen.

»Guten Abend, mein Grünrock, laß dich nicht stören, bleib sitzen in deiner Schaukelwiege. Ja! – Verschränk die Arme nur wieder hinter dem Kopf; ich sehe gern, wenn dein Körper lässig ruht und nur die Spitzen deiner Brüste verraten, wieviel Erwartung und Unruhe in dir ist, sobald ich in der Nähe bin. – Lös dein Haar, daß meine Hände etwas zu spielen haben.

Sind die Vögel draußen? Und die Vorhänge geschlossen, daß niemand einsieht in unseren goldenen Käfig? –

Du bist schön wie ein verzaubertes Bild, Grünrock,

das unter meinen Blicken zum Leben erwacht. Oder bist du verzaubert, erst wenn ich bei dir bin? Oder sind nur meine Augen verzaubert, daß sie dich immer wieder ansehen müssen, bis meine Hände auch das Ihre haben wollen, die Ohren, mein Mund. Wie ein heftiges Fieber geht das auf den ganzen Körper über, daß er dich haben will – und schließlich sind es doch wieder die Hände und zuletzt nur die Augen, die sich nicht trennen können.

Lösch das Licht. Längst vermögen meine Augen dich im Dunkel zu erkennen. –«

Da schellte es.

Wenn man eine Pistole neben mir abgeschossen hätte, wäre ich nicht mehr erschrocken. Man sagt ja auch »zu Tode erschrocken«. Erst nach Sekunden hatte ich mich so weit gefaßt, daß ich mich vorsichtig und steifnackig umzudrehen vermochte. Natürlich konnte ich von meinem Platz aus nichts sehen, denn die Haustürklingel hatte geläutet. Ich nahm den Hebel des Plattenspielers ab, damit die Stimme endlich schwiege, warf die Decke zurück, in die ich mich so verwickelte, daß es zum zweiten Male schellte, bis ich endlich soweit war, zur Diele zu gehen. Mein erster Gedanke war: das ist *er*, so nannte ich den Mann, von dem ich vermutete, daß sie ihn an jenem Abend erwartete, und dessen Stimme ich eben jetzt gehört hatte.

Die Klingel hatte nicht geläutet, seitdem ich die Wohnung besaß. Ich war mir nicht einmal darüber im klaren gewesen, daß unten am Hause eine Schelle war.

Ich hatte keine Zeit, darüber nachzudenken, ob das nun *ihr* oder mir galt, denn schon mußte ich fürchten, daß ein drittes Mal geschellt wurde. Ich ging zur Diele, drückte auf den weißen Knopf, auf dem Klingel stand, strich mir mit den Händen das Haar glatt und öffnete die Tür, als sich Schritte, Männerschritte auf der Treppe näherten. Nicht, daß ich mich fürchtete. Es war mir nur beklommen zumute.

Es war Dr. Melchers. Ich war erleichtert. Aber doch auch verärgert, so daß ich ihm mit einem erzwungenen Lachen entgegentrat und mein »Sie sind es!« nicht eben einladend klang.

Es war ein Mittwochabend, man hatte mich schon zum dritten oder auch vierten Male beim Rudern vermißt. Er hatte sich angeboten, bei mir hereinzuschaun. Die Adresse mochte er sich gemerkt haben bei unserem ersten Gespräch. Er hatte Licht in der Veranda gesehen und daraufhin geschellt. Also hatte alles seine natürliche Erklärung. Trotzdem haftete ihm etwas Unnatürliches, wenn nicht Unheimliches an. Er blickte düster, wenn auch der spöttische Zug um den Mund und seine raschen, beiläufigen, immer etwas maliziösen Worte darüber hinwegtäuschen sollten.

Es tropfte von seinem Hut. An seinen Schuhen klebten nasse Blätter, und ohne abzulegen, wie ich ihm ungern angeboten hatte, ergriff er von der Wohnung Besitz, strich wie ein alter, struppiger Vogel an den Möbelstücken vorbei, ließ hier eine Hand und da den Blick eine Weile liegen, redete einmal vor sich hin, das andere Mal auf mich ein, und unversehens saß er in dem Schaukelstuhl. Gerade, daß ich ihn daran hindern konnte, den Hebel des Plattenspielers wieder aufzulegen. Schon griff er nach der Flasche. Mit einem lüsternen Aah! sah er sich nach einem Glas um. Ich holte ihm eines, goß es voll und nahm wieder in meinem Sessel Platz. Er nahm nun doch den nassen Hut ab, warf ihn auf das Bambusgestell, wo er tropfend und schaukelnd hängenblieb. Erst als ich mir bewußt wurde, daß ich sein Tun mit den gekränkten Augen einer Hausfrau verfolgte, löste ich meine Verkrampfung zu einem Lachen, und ich trank ihm zu und bemühte mich, meinen unerwünschten Gast gut zu behandeln.

Er machte es mir nicht leicht. Denn nicht nur, daß mich seine Art zu sprechen aufs höchste verdroß, nein, auch wenn er etwa mit der rechten Hand jeden einzelnen Finger der linken zog, bis er knackte, und dann mit der anderen Hand das gleiche tat, war mir das zuwider. Wie mir an diesem Abend überhaupt deutlich wurde, wie brüchig dieser Mann war und daß das, was mich ehemals an ihm fasziniert hatte, krankhaft und nicht nur in hohem Grade skurril war.

»Ein delikates Liebesnest, in das Sie da hereingeraten sind, lieber Gravenstein. Delikat, in der Tat!

Der Mann hat es sich etwas kosten lassen. Aber er wird etwas davon gehabt haben. Ich frage mich nur, was Sie davon haben? Liegt der ›Zauber ihrer Persönlichkeit‹ etwa noch in der Luft?« Er sprach sehr hoch und sog die Luft genießerisch durch die weitgeblähten Nasenflügel.

Ich blieb völlig ruhig.

»Sehr geheimnisvoll ist das. Man könnte meinen, Sie hätten den Unfall fingiert, um hier ungestört ein Doppelleben zu führen, mit ihrer toten Geliebten«, wieder schnalzten seine feuchten Lippen genießerisch bei den Worten »toten Geliebten«. Er setzte jetzt den Schaukelstuhl in Bewegung und wandte sein ganzes Interesse der Konstruktion des Sessels zu. »Famos, ganz famos! Wirklich mit Verstand, Geschmack und mit Geld eingerichtet. – Sagen Sie, wollten Sie nicht die Schleier des geheimnisvollen Lebens dieser Frau lüften?« Er verfolgte jede meiner Bewegungen. »Vielleicht ein paar Briefe? Vielleicht eine Widmung in einem Buch? Vielleicht ein paar Fotografien, Urkunden, Schallplatten –.«

Hatte er bis dahin in fahriger Weise gesprochen, so schien er sich endlich zu konzentrieren. Er ließ das unerträgliche Geschaukel sein, saß mit vorgebeugtem Oberkörper, schwieg sogar einige Augenblicke und sah in sein Glas, bis er den Blick hob und mich mit einem Interesse betrachtete, in dem vielleicht sogar Wärme lag.

»Hören Sie, Gravenstein, das ist doch nicht damit

getan, daß Sie hier sitzen und warten, daß etwas geschieht. Sollten Sie nicht, anstatt dem Wunder dieses Erlebnisses nachzusinnen, dem Geheimnis ihres Lebens nachgehen, ehe die Spuren verwehen?

Wer gab ihr das Leben, das Sie ihr genommen haben? Wem hat ihre erste Liebe gegolten? Wem ihre letzte? Warum geht man nur den Verbrechen nach? Warum unterzieht sich keiner der Mühe, einmal den Neigungen eines Herzens nachzugehen? Lockt es Sie nicht, an einem Ort zu sein, an dem sie lange Zeit glücklich war? Oder auch dort, wo sie sehr unglücklich war? Menschen zu sehen, mit denen sie täglich gesprochen hat, die einmal der Inhalt ihres Lebens waren? Und wenn sie so schön war, wie man sagt, und etwas davon ist noch in diesem Raum, dann muß doch etwas geblieben sein.«

Er nahm seinen Gang durch die beiden Räume wieder auf, nur ruhiger und nachdenklicher. Auch wenn er jetzt mit abgewandtem Gesicht sprach, ging etwas von ihm aus, das mich im Bann hielt:

»Sie sollten sich eine Woche Zeit nehmen. Eine Woche ist nicht viel, wenn man denkt, daß *sie* Ihnen den Rest ihres Lebens geopfert hat, nicht wahr? Sie sollten ihr nachreisen, von Station zu Station. Der Herbst ist dafür die rechte Zeit – –.«

Schließlich ist er gegangen. Als er unter der Tür stand, hatten seine Augen wieder ihren brennenden und dabei düsteren Glanz, waren seine Bewegungen wieder so voll Unrast, daß er versäumte, sich zu verabschieden, und seinem Fortgehen etwas Spukhaftes anhaftete wie seinem Kommen.

Ich versuchte, den Abend noch einmal zu meinem Abend zu machen und ihn von vorn zu beginnen. Aber ich fühlte mich außerstande, die angefangene Platte noch einmal aufzulegen. Was ich auch tat, ich wurde diese Sätze nicht los, und so saß ich schließlich doch wieder in meinem Sessel und hörte ihnen zu:

»Sie sollten sich eine Woche Zeit nehmen.

Eine Woche ist nicht viel, wenn man denkt, daß *sie* Ihnen den Rest ihres Lebens opfern mußte.

Sie sollten ihrem Leben nachfahren. Von Station zu Station.

Der Herbst ist dafür die rechte Zeit – – –«

Es bedurfte nur noch der Abwicklung einer Reihe von Äußerlichkeiten. Der Anstoß war gegeben, dessen es noch bedurft hatte.

Weil es mir unmöglich ist, eine Reise anzutreten, ohne zuvor den glatten Weiterlauf meiner Geschäfte gesichert zu haben und die Reise selbst bis in Einzelheiten zu regeln, verzögerte sich meine Abreise. Ich besaß bis dahin nur einige vage Namen, kaum eine Adresse. Mit größerer Nüchternheit als bisher machte ich mich daran, den Funden nachzugehen, bis ich, etwa eine halbe Woche nach dem Besuch von Melchers, meine Reiseroute zusammengestellt hatte und alle Kassenangelegenheiten mit gutem Gewissen meinem Vertreter überlassen konnte.

Ich nahm nicht den Wagen.

Das konnte ich ohne weiteres damit motivieren, daß das Selbstchauffieren eine wirkliche Entspannung unmöglich machte, die das weitere Ergebnis meiner Reise sein sollte.

Da ich allein reiste und nicht gewärtig sein mußte, daß meine Frau ein elegantes Restaurant oder gar ein Theater aufsuchen wollte, konnte ich mich mit dem Gepäck sehr einschränken, so daß ich an einem Montag, der mir zum Antritt einer Reise besonders geeignet erscheint, nur mit dem Übergangsmantel und einem leichten Handkoffer versehen, am Fahrkartenschalter unseres Bahnhofes stand und mir ein Billett zu dem Orte löste, wohin die erste Spur mich wies.

Das klingt wie eine alltägliche Sache, eine Bahnreise. Und doch war mir ein wenig zumute wie einem Kind, das seine erste Reise tut. Schließlich war es gut sechs Jahre her, daß ich nicht mehr mit einer Eisenbahn gefahren war, und unter welchen Umständen damals! Ich war in der Stimmung, diese Fahrt zu genießen.

Da es weder in meinem Belieben stand noch meine Aufgabe war, den Antritt der Fahrt zu beschleunigen, ging ich gemächlich auf dem Bahnsteig auf und ab, besah mir ausführlich die Titelbilder der Illustrierten, die auf einem Ständer an einem Kiosk standen. Ich kaufte mir gleich vier. Es gehört zu dieser Art des Reisens. Ich schob sie unter den Außenriemen meines Koffers, und an dem Obstkiosk kaufte ich eine Packung Kekse, ein Pfund Trauben und eine Tafel Schokolade, da niemand für meinen Reiseproviant gesorgt hatte. Bis zur Ankündigung des Zuges war ich auf das angenehmste beschäftigt.

Das Auswählen des Abteils, die Entscheidung, ob in Fahrtrichtung oder lieber das gemächlichere Zurückblicken, ob ein Raucherabteil zu wählen sei oder nicht – und alles das allein von meinen Wünschen abhängig –, war neu und angenehm. Als dann das Gepäck untergebracht und eine flüchtige Kenntnisnahme der Mitreisenden erfolgt war und ich den ersten Blick aus dem Fenster tun konnte, lag der Heimatbahnhof schon weit zurück.

Es war kein strahlender Herbsttag. Die Welt war verhangen, und ich mußte mich mit den paar zwanzig Metern begnügen, die mir der Nebel ließ: ein Stück Bahndamm, ein Streifen Ackerland, einmal mit Rüben und einmal mit Kartoffeln bestanden, dann ein paar Sträucher mit rotbraunen Hagebutten und manchmal graubrauner nasser Wald. Mehr brauchte es auch nicht. – Denn es fuhr. Ohne daß ich etwas dazu tat. Ich konnte die Beine übereinanderschlagen, ich konnte die Hände um das Knie falten, ja ich konnte eine meiner Zeitungen vornehmen, brauchte nicht einmal auf die Gegend aufzupassen, und es fuhr trotzdem. Nicht, daß mich das verwundert hätte! Ich war ja bei völlig klarem Verstande, aber es tat mir wohl, erleichterte und erheiterte mich auch, daß es so vorwärts ging ohne mein Zutun.

Es war gut geheizt. Im Abteil hatte ein lockeres Gespräch eingesetzt. Ich konnte zuhören, obwohl sich das vielleicht nicht lohnte, ich konnte mich auch einmischen, schließlich hatte ich auch etwas zu diesem Herbst zu sagen. Aber zunächst hatte ich darüber nachzudenken, wie gesellig doch eine Fahrt mit der Eisenbahn war und wie einsam man in seinem Auto saß. Man konnte sich jemanden mitnehmen. Unterwegs ist immer einer, der gern mit einem Auto ein Stück weiterkommen will, aber das war etwas anderes. Man steigt alle paar hundert Kilometer aus, spricht zwei, drei Sätze mit dem Ober – das ist im Trinkgeld einbegriffen – und muß zudem noch froh sein, wenn einen niemand von der Aufmerksamkeit beim Fahren ablenkt. Aber in so einem Eisenbahnabteil treffen die verschiedensten Menschen zusammen, und losgelöst aus ihrer Alltagswelt – in meiner gehobenen Stimmung nannte ich eine solche Fahrt wohl gar ein Abenteuer – geben sie sich freier, festlicher. Man teilt die Zeitung, ein Gespräch, bietet sich Zigaretten oder auch nur Feuer an, vielleicht sogar Süßigkeiten, schließt und öffnet Fenster und Türen für völlig fremde Menschen, und wenn einer darunter ist, der sich nicht von seiner liebenswürdigen Seite gibt, braucht man nur das Abteil zu wechseln. Man kann aufstehen, sich auf dem Gang die Beine vertreten, das Fenster öffnen und sich den Zugwind durchs Haar wehen lassen, man kann zum Speisewagen gehen – hundert Möglichkeiten, alle schienen mir verlockend. Ich konnte auch den Schaffner nach den Zuganschlüssen fragen, trotzdem ich sie im Kopf hatte, aber die Pünktlichkeit ist die Ehrensache auch des Schaffners, und er hat es gewiß so gern wie ich, wenn er die Zeit gut einhält. Ich beschloß – und nahm sie sogleich aus dem Etui –, dem Fahrer des FD-Zuges eine Zigarre am Zielort zu überreichen, denn ich verdankte ihm nicht weniger als mein heiles Ankommen, und was das hieß, wußte ich zu ermessen. –

Mir war festlich zumute. Mir war, als ob ich zu *ihr* führe, und dieser Gedanke kehrte jedesmal, wenn ich ein Stück auf meiner Reise weiterfuhr, wieder, und zwar mit solcher Eindringlichkeit, daß ich bei der Ankunft unruhig am Fenster stand und versuchte, Gabriele aus der wartenden Menge herauszufinden, ihr apfelgrünes Kleid, die weißen, sternförmigen Ohrringe. Durch keine Erfahrung belehrt, schlich sich bei jedem Male die gleiche, graue Enttäuschung in mich ein, und die Minuten, die vergingen mit dem Abgeben der Fahrkarte, dem Feststellen der Straßenbahn- oder Omnibusverbindungen, hatten etwas Quälendes und ließen mir den Sinn meiner Reise immer aufs neue fraglich erscheinen. –

Wenn ich als erste Station meiner Reise die Stadt gewählt hatte, in der ein Freund von mir Haus und Ruhesitz genommen hatte, so geschah es nicht, weil *sie* von dort unmittelbar in unsere Stadt gekommen war, sondern weil ich hoffte, in dem Freund eine Unterstützung meines Vorhabens zu finden. Daß *sie* dort lebte, lag schon eine Reihe von Jahren zurück.

Ich hatte versäumt, meinem Freund mitzuteilen, wann mein Zug einlief, darum mußte ich mir den Weg zu seinem Haus selbst suchen. Wahrhaftig suchen, denn er hat es sich in einen wahren Wald von Erlen, Weiden und Pappeln gesetzt, und es ist so wunderlich wie sein Besitzer.

Mein Freund ist ein Mann, dem man sich in solchen Dingen schon anvertrauen kann. Es gibt auf der weiten Welt nicht viel, was er nicht begreiflich finden würde, und je absonderlicher etwas ist, desto eher vermag es seine Anteilnahme zu wecken. Ich hätte getrost nach dem Abendessen auf den Zweck meines Besuches zu sprechen kommen können. Aber es eilte nun, da ich diesen Ort erreicht hatte, nicht.

Wenn Männer sich nach Jahren wiedersehen, pflegen sie sich nicht einen Abriß der inzwischen verflossenen Zeit zu geben, wie das Frauen tun, sondern nehmen ein einmal geführtes Gespräch wieder auf oder beginnen aus der Fülle des Erlebten ein neues. Daraus ergibt sich dann ganz zwanglos, was an Änderungen eingetreten ist.

Er lebt allein mit einer Haushälterin und einem Chauffeur, der ebenfalls im Haus mithilft und bei Tisch serviert, was schon zu den Sonderheiten meines Freundes zählt. Ebenso wie die beiden grauen Möpse, deren Häßlichkeit nur ihn nicht zu verletzen scheint. Nicht, daß er eine ungute Meinung von Frauen hätte, nur hat er nie das Bedürfnis verspürt, mit einer von ihnen tagaus und tagein zusammenleben zu wollen. Statt dessen hat er sich mit mancherlei Sammlungen umgeben, die er im Laufe von bald vierzig Jahren zusammengetragen hat: Münzen, Steine, Reptilien, alte Waffen, Teppiche. Sein Haus gleicht weit eher einem mitten in den Einrichtungsarbeiten liegengebliebenen Museum für Völkerkunde denn der Wohnung eines reichen Mannes, der er noch immer ist. Kaum, daß seine seltsamen Ideen, die er schließlich noch jedesmal durchgeführt hat, seinen Besitz verringern konnten.

Bevor wir zu Bett gingen – spät genug war es geworden –, fragte ich ihn, ob ihm der Name Claasen etwas sage.

»Claasen, der Seidenfabrikant?« fragte er zurück.

Ich sagte, daß ich das so genau nicht wüßte, aber möglich sei das schon.

»Ein honoriger Mann.«

»Notabene« – damit liebte er es, einen Satz zu beginnen –, »notabene, morgen sehe ich ihn im Club. Wenn du willst, kannst du mitkommen.«

Zum ersten Male saß ich an jenem Dienstagabend in der »Sonne« einem Menschen gegenüber, der mir ähnlich war. Ich lernte in ihm mich selbst kennen. Das war mir in manchem angenehm, schmeichelte mir sogar und war mir schließlich doch fatal. Es faßte mich Ekel vor ihm und darum vor mir selbst.

Ich merkte es sofort, als mein Freund mich mit einem Wink der Augen darauf aufmerksam machte, daß jener Claasen das Restaurant betreten hatte. Er besaß etwa meine Statur. Eher breit als groß wirkend, obwohl er wie ich seine 1,85 haben mochte. Er lehnte sich beim Gehen in den Schultern zurück, was seinem Gang etwas sehr Selbstbewußtes gab. Als er die Hand hob und dem Besitzer des Lokales leutselig zuwinkte, erkannte ich meine eigene Geste wieder. Er kleidete sich auf die gleiche, gediegene Weise wie ich: dunkles Grau, Weste, Wildlederhandschuhe, steifrandiger Hut – er war bis in Einzelheiten mein getreuliches Abbild. Ich dachte, daß es den anderen Herren sofort auffallen müsse, aber keiner erwähnte es. Bemerkenswert war seine Krawatte, deren seidenes Blau die Farbe seiner Augen unterstrich und sie merkwürdig weich in dem sonst eher harten Gesicht erscheinen ließen. Wie ich später erfuhr, hat er sich ausschließlich auf die Krawattenfabrikation verlegt. – Übrigens sind meine Augen grau. – Das alles nahm ich wahr, während er dem Ober den Mantel reichte mit dem Hut zusammen und einen Augenblick, die großen Hände reibend, an dem Fenster stehenblieb und ein paar Worte mit ihm wechselte. Er rückte die Krawatte zurecht, strich mit den Handflächen mehrere Male das glattanliegende, fahle Haar noch glatter zurück und ging dann mit frischen, sicheren Schritten auf unseren Tisch zu. Wir wurden uns vorgestellt. Er setzte sich mir gegenüber.

Mein Freund schlug vor, daß wir Wein trinken wollten, obwohl in dieser Gegend Bier bevorzugt wird neben einem klaren Korn. Er hielt eine enthusiastische, kleine Rede auf den Herbst und die Reben, was sich die anderen nachsichtig schmunzelnd gefallen ließen und einwilligten, daß wir einen Wein tranken, der an den Ufern des Flusses reift, an dessen Mündung diese Stadt liegt. Wir sprachen über Weine, jeder über den, den er liebte und gut kannte. Herr Claasen nannte einen Wein, der an der Rhône reift, den ich ebenfalls sehr schätze; dadurch kamen wir ziemlich bald in ein wenn auch flüchtiges Gespräch, das sich bald vertiefte, da wir etwa dem gleichen Jahrgang angehören. Auch er war während der Besatzungszeit lange in Frankreich, fast im gleichen Abschnitt wie ich. – Am kleinen Finger der linken Hand trug er einen breiten, goldenen Ring mit einem Brillanten; als ich ihn wahrnahm, störte mich der Ring an meiner Hand so, daß ich ihn gern unter dem Tisch abgestreift hätte.

Als mein Freund sich eben über sein neues Lieblingsthema verbreiten wollte, wehrte man ihm ab. Man schien ihn in diesem Kreise nicht recht ernst zu nehmen, obwohl er unter lauter opportunen Männern der einzig einfallsreiche war. Einer der Herren, dessen kleine Augen schon nach dem ersten Glas wäßrig und rasch hin und her gingen, brachte das Thema auf Jugenderinnerungen, wozu der Weg nie weit ist, wenn Männer in reiferen Jahren beim Wein sitzen.

Wir hatten schon eine Reihe von Flaschen geleert, wobei ich kaum einmal Herrn Claasen aus den Augen ließ, so daß er mich schon ein paarmal fragend mit den Blicken gestreift hatte, als ich mich entschloß, ihn nach Gabriele zu fragen, obwohl ich das an dem ersten Abend nicht vorhatte.

Ich sagte so belanglos, wie es mir nur eben gelingen konnte:

»Sagen Sie, Herr Claasen, kommt Ihr Name oft in dieser Stadt vor? Mir ist, als hätte eine Bekannte ihn genannt, als wir einmal von hier sprachen. – Kannten Sie Fräulein Feldcamp? Gabriele Feldcamp?«

Ich hatte beobachten wollen, wie das Nennen des Namens auf ihn wirken würde, aber gerade in diesem Augenblick zog mich jemand in sein Gespräch. Es vergingen Sekunden, bis ich mich wieder diesem Claasen zuwenden konnte. Er saß zurückgelehnt, hatte die Rechte leicht zwischen Rock und Weste geschoben, während die Linke die Zigarre tief zwischen Zeige- und Mittelfinger hielt, an der er rasch und heftig sog. Er ließ eine Weile verstreichen, dann sah er mich an und sagte in seiner weichen, mundartlichen Färbung:

»Gabriele Feldcamp? Ja, wir kannten uns. Das ist schon eine Weile her. Wissen Sie ...«

Ich hätte abwehren sollen: »Nein, nicht jetzt, erzählen Sie es mir später, wenn wir unter uns sind.« – Aber ich tat es nicht. Ich wollte ihn versuchen. Ich wollte hören, wie er über sie sprach, vor anderen. Ob er sich rühmen würde, wie alle Männer, wenn sie beim Wein von ihren Erfolgen oder Abenteuern sprachen.

Die anderen Herren waren bereits aufmerksam geworden. Man drängte ihn:

»Erzählen Sie doch, Claasen!«

»Eine galante Geschichte?«

»Eine gemeinsame Bekannte?«

»Hoffentlich weiß Ihre Frau das schon? Es wird doch vor Ihrer Ehe gewesen sein? Haben wir sie etwa noch gekannt? War es nach dem Kriege?«

Eine Weile ging das hin und her. Herr Claasen rückte den Hals in dem steifen, weißen Kragen zurecht, trank noch einmal einen tiefen Schluck, schob das Glas zurück, sah von einem zum anderen in einer nicht unsympathischen, aber doch ein wenig selbstgefälligen Art, schob wieder den Daumen der rechten Hand zwischen Rock und Weste, wie ich es gelegentlich auch tue, und ließ die anderen Finger auf dem Rock spielen.

Er begann:

»Der Name tut wohl nichts zur Sache. Sie werden sie nicht gekannt haben. Sie war nicht von hier, und als es vorbei war, zog sie fort. Sie hatte etwas Zigeunerhaftes. Sie war schwarz und hatte eine olivfarbene Haut und Zähne wie poliertes Elfenbein. Sie ging rasch und lautlos und sang und lachte« – er hielt ein.

»Es war nicht lange nach dem Krieg. Ich baute mir damals das Haus am Stadtwald. Die Gegend war noch wenig erschlossen, die Gärten ringsum lagen brach oder wurden mit Gemüse bestellt, gebaut wurde noch wenig. Ich hatte das Grundstück günstig erworben. Der Besitzer brauchte Geld, und das hatte ich. Unsere Branche kam nach der Währungsreform bald zum Zuge. Es lag mir vor allem daran, daß der Garten gleichzeitig mit dem Haus fertig wurde, weil ich nicht auf ein Baugelände ziehen wollte. Darum wandte ich mich noch während die Grundmauern ausgeschachtet wurden, an ein Studio für moderne Gartengestaltung, das sich damals hier aufgetan hatte und inzwischen wieder eingegangen ist. – Eines Nachmittags, als ich einmal wieder mit dem Auto zur Baustelle gefahren war, lehnte eine Frau ihr Fahrrad an den provisorischen Zaun, ging einige Male vor meinem Grundstück auf und ab, wobei sie suchend den Hintergrund des Gartens mit den

Augen abmaß und dann wieder interessiert die Partie vor dem Haus besah, so daß ich schließlich über die ausgelegten Bretter stieg und zu ihr ging. Ich fragte sie, ob sie vielleicht in mein Haus einziehen wollte, wenn es fertig wäre, und daß ich hoffte, es gefiele ihr so gut wie sie mir. Der Tag war so, daß er einen kleinen, übermütigen Scherz wohl zuließ. Es war einer dieser Februartage, die schon voll Frühling sind. Ich war guter Laune, weil alles mit dem Bau gut vorwärtsging, und außerdem gefiel sie mir wirklich.

Sie sah mich an, hob die hochgeschwungenen Augenbrauen noch ein wenig höher und sagte nichts, lachte nur ihr seltsames, dunkles Lachen. Sie ging durch die Tür an mir vorbei, schritt leichtfüßig über die Bretter, rief den beiden Arbeitern, die gerade ihr Werkzeug zusammenräumten, einen ›guten Abend‹ zu, und dann setzte sie sich auf einen umgekippten Zementtrog, streifte die Handschuhe ab, sah mich von unten her mit ihren braunen Augen an und sagte immer noch nichts. Ich hatte ihr halb amüsiert, halb ärgerlich zugesehen und setzte mich nun ebenfalls auf einen Stoß Sandsteine und betrachtete sie. Schließlich entschloß sie sich doch zum Sprechen:

›Ich freue mich auf die Wochen bei Ihnen. Es ist nett hier draußen. Guter Boden. Ich denke, daß wir miteinander zufrieden sein werden. Wenn es Ihnen recht ist, können wir gleich jetzt besprechen, wie der Garten werden soll. Ich denke mir, daß man das natürliche Gefälle des Grundstücks zu zwei flachen Terrassen ausnutzt und auf der unteren ...‹

Sie also war die Gärtnerin. Wenn Sie meinen Garten bewundert haben, haben Sie ihr Werk bewundert.

In den ersten beiden Wochen brachte sie morgens einen Arbeiter mit, der die groben Erdarbeiten machte, mit dem sie die kleinen Mauern zog und das flache Wasserbecken mit Steinen auslegte. Wenn ich gegen Abend kam, war sie allein, und immer, wenn ich den Wagenschlag öffnete, hörte ich sie singen. Sie hockte in ihren lehmverschmierten, grünen Hosen im letzten Winkel des Gartens, und ich ging ihrem Singen nach. Es störte sie nicht, wenn man zuhörte.

Es fing bald an, grün zu werden. Wir hatten die große Birke und die beiden Pappeln stehenlassen und auch die Holunder- und Fliederbüsche, so daß der Garten auch während der Bauzeit nicht kahl wirkte. Wenn sie Beete abtrat, warf sie mir den Stock mit dem Bindfaden zu, und ich mußte ihn nach ihren Angaben in die Erde stecken. Ich konnte sie nicht die schweren Sandsteine tragen lassen, also nahm ich sie ihr ab, und schließlich half ich ihr fast an jedem Abend bis zum Dunkelwerden noch eine gute Stunde. Dabei sprachen wir nur eben das, was man bei der Arbeit sagt. Sie dankte mir nie für die Hilfe. Sie lachte mir zu, wusch sich unter dem Kran, der schon im Keller lief, die Hände, wechselte die

Schuhe, kam kurz darauf in ihrem grünen Wildlederkostüm wieder zum Vorschein, schob ihr Rad aus dem Schuppen, winkte mir zu und verschwand. Niemals gab sie mir die Hand, niemals zeigte sie eine Spur von Vertrautheit. Sie nahm als selbstverständlich hin, daß ich in meinen Gabardinehosen und in Straßenschuhen im Garten arbeitete, und schien sich nicht darum zu kümmern, warum ich das tat.

Der März ging vorbei. Das Haus ragte schon ein gutes Stück aus der Erde, da fand ich sie eines Nachmittags auf der obersten Terrasse; ich war früher gekommen als sonst, weil die Sonne sehr warm schien. Sie hatte die Hände auf den Spaten gestützt und sah mir lächelnd entgegen und summte dabei. Es zuckte übermütig um ihre Mundwinkel, die ganze Person schien mir aus Frohsinn und Mutwillen zusammengesetzt. Ich ging zu ihr, setzte mich auf die Steinbrüstung und besah mir die niedrigen Tulpen, die über Tag aufgeblüht waren und sich jetzt wieder schlossen, weil es Abend wurde. Auch die Primeln waren ein Stück weiter herausgekommen, und die Osterglocken und Narzissen standen im Blau der Szilla wie in kleinen Teichen. Das Frühlingsbeet, das sie mit so viel Liebe angelegt hatte, blühte über und über. Ich freute mich, daß sie so glücklich darüber war, und ich freute mich auf das Haus und auf den Tag, an dem ich einziehen würde und mir den Liegestuhl auf den Rasen rücken, und auf irgend etwas, was ich noch nicht wußte ...

Sie brachte den Spaten weg, und ich sah ihr nach, wie sie in ihren Leinenhosen und dem ärmellosen weißen Hemd lässig und rasch den Weg hinunterging. Sie war wie ein anmutiges Tier, so warm und so fremd. Sie war anders als alle Frauen, die ich kannte, und darum war ich noch nicht einen Schritt weiter mit ihr gekommen. – Sie kehrte summend zurück, und ich fragte sie, weil mir die Melodie bekannt vorkam, was es für ein Lied sei. Sie sah mich an und ließ ihre dunklen Augen glänzen, hob die Brauen ein wenig und sang mich lachend an: ›Narzissen und die Tulipan, die ziehen sich viel schöner an als Salomonis Seiden‹, und sie wies mit der Hand über ihr buntes, blühendes Beet und sagte: ›Das rechte Lied für einen Seidenfabrikanten und eine Gärtnerin, nicht wahr?‹ Und dann wiederholte sie noch einmal: ›Narzissen und die Tulipan, die ziehen sich viel schöner an als Salomonis Seiden . . .‹

An jenem Nachmittag ließ sie ihr Rad im Keller stehen und stieg mit in mein Auto. Wir fuhren an den Fluß. Es dämmerte bereits, als wir ausstiegen, und als wir an dem Brückengeländer lehnten, war es fast dunkel. Es roch nach Wasser und nach Erde, und wenn ich mich zu ihr beugte, roch es nach Sonne aus ihrem Haar. Wir standen so nah beieinander, daß sie nur den Kopf ein wenig zu wenden brauchte, um ihr Gesicht an meines zu legen. Sie hatte eine weiche, warme Haut. Sie war jetzt ernst. Sie küßte mich und sagte ›Salomon‹ zu mir, und im Weitergehen legte ich den Arm um ihre Schulter, und sie ließ es geschehen. Sie war keine von den Frauen, die sich zum Schein wehren. Sie war dabei nicht nachgiebig, aber sie tat, was sie fühlte, und es war wunderbar, mit ihr durch den Frühlingsabend zu gehen und ihren leichten schwingenden Gang zu spüren. Sie lehnte sich beim Gehen mit den Hüften an mich. Eine ihrer zauberhaften Zärtlichkeiten. –

Der Mond kam auf, die Wiesen verschleierten sich, wir gingen weiter und schwiegen.

Sie werden denken, daß ich aus dem Alter des Schwärmens damals schon heraus war. Das stimmt. Sie machte mich noch einmal ganz jung. Ich tat Dinge, die ich nie zuvor getan hatte. Ich ging lange Stunden spazieren, auch wenn es kalt war und regnete. Ich wartete abendelang, daß sie kommen würde. Ich trug Blumen zu ihr und suchte Bücher aus, die ihr gefallen würden – und sie tat nichts. Sie dankte mir nicht dafür, aber sie lachte mir zu, legte ihre zärtlichen Hände um meine Schultern, rieb ihr schwarzes Haar an meinem Gesicht und war in meinem Garten, wenn ich kam, in dem es von Tag zu Tag mehr grünte, täglich neue Blumen sich auftaten, deren Namen ich geduldig lernte.

An dem Morgen nach unserem ersten Spaziergang kaufte ich ihr ein Buch. Ich hatte in der Buchhandlung gesagt, daß ich es einer Gärtnerin schenken wollte, und man empfahl mir die ›große Liebe zu den kleinen Gärten‹. Sie werden das Buch nicht kennen, ich kannte es ebenfalls nicht. Ich machte mir den kleinen Scherz, hineinzuschreiben ›Salomons große Liebe zu den kleinen Gärten und dem schönen Fräulein Tulipan‹, wählte eine gelbe Seide, in die ich das Buch einschlug, und brachte es ihr am gleichen Abend mit. Von da an nannte sie mich ›Salomon‹, und ich sagte ›Fräulein Tulipan‹ zu ihr. Wir trugen weiterhin zusammen Steine vom einen Ende des Gartens zum anderen, sie ließ mich Samen streuen aus kleinen Tüten in Rillen, die sie zog. Ich band mir schwere Bretter unter meine Schuhe, um den Rasensamen festzustampfen, den sie gestreut hatte. Sie schien von keiner Müdigkeit zu wissen, derweil ich mir den schmerzenden Rücken geraderichtete, wenn sie sich abwandte.

Als es ans Gartensprengen ging, übertrug sie mir das, und ich richtete den Wasserstrahl, den ich mit dem Daumen abdeckte, daß er breit und sprühend davonsprang, so, daß ich durch die glitzernden Wasserfontänen Tulipan betrachten konnte. Wenn sie es merkte, ging sie lachend durch den Regenbogen und legte ihr feuchtes Gesicht an meines und küßte mich, weil sie wußte, daß ich den Schlauch nicht aus der Hand legen konnte.

Das Haus wuchs. Wir feierten das Richtfest Ende Mai. Sie hatte eine Bowle aus Maikräutern angesetzt, und ich hatte eine kleine Musikkapelle bestellt. Der Garten war bald fertig, und wenn man um das Haus herumging, sah man schon nicht mehr, daß es eine Baustelle war. – Wir waren am Vorabend mit dem Auto hinausgefahren und hatten Maigrün geschnitten; das tat sie in große Kübel, in denen eben noch Sand und Lehm gewesen waren. Wir legten Bretter über Backsteinsockel, die wir selbst aufgeschichtet hatten, und bauten Bänke und Tische. Ich hatte Lampions gekauft, und die hingen wir an das Holzspalier der Pergola, die einmal von Kletterrosen und Jelängerjelieber überrankt sein würde.

Als die Arbeiter mit ihren Frauen kamen und der Architekt und die drei Musikanten, hatten wir eine gelbe Mondsichel an der Hauswand hängen und einen runden, goldenen Mond, der sich durch das Geäst der Pappeln schob. – Sie war eine bezaubernde Wirtin! Alle kannten sie, und alle hatten sie gern. Wir saßen mit dem Maurerpolier und seiner Frau, einer frischen, rundlichen Person, an einem Tisch. Die beiden füllten abwechselnd die Gläser. Jedem trank Tulipan zu, jedem lachte sie zu, und mit jedem tanzte sie, und ich war glücklich, wenn ich ihr zusah. Als der Mond sich über die Bäume erhoben hatte und es so hell wurde, daß unsere Lampions wie Glühwürmchen wirkten, ging sie hin und schaltete das Licht aus. Sie lehnte sich an einen der Pfeiler der Pergola und begann zu singen: ›Der Mond ist aufgegangen, die güldnen Sternlein prangen am Himmel hell und klar.‹ Die Geige setzte ein, es war ganz still, und ich sah, wie einer nach dem anderen von ihr weg zum Himmel aufsah. Ihr Gesicht war zur Hälfte in Mondlicht getaucht, und niemals war sie mir schöner erschienen. Sie trug das gelbe Kleid, das ich ihr geschenkt hatte. Sie kam wieder zu mir und setzte sich so nah, daß unsere Hände aufeinanderzuliegen kamen. Sie sagte laut: ›Nun wollen wir alle miteinander singen, ja?‹ Sie setzte ein mit ›Kein schöner Land in dieser Zeit‹, und die Männer räusperten sich erst einmal, die Frauen fielen gleich mit ein und dann auch die Männer, und schließlich sangen wir ein Lied nach dem anderen. Einmal schlug dieser ein Lied vor, dann ein anderer, und immer stimmte sie es an, hob sich ihre Stimme klar und dunkel heraus. Währenddem stieg der Mond immer höher, es wurde fühlbar kühler, wir rückten näher zusammen. Zum Schluß sang sie noch einmal allein, nur von der Geige begleitet, das Eichendorff-Lied: ›Es war, als hätt' der Himmel die Erde still geküßt . . .‹

Sie war es, die allen eine gute Nacht wünschte und ihnen dankte für die Arbeit und für das Gelingen des Abends; sie hielt dabei meine Hand fest in der ihren. Wir dachten wohl beide, daß wir später immer so zusammen unter der Haustür stehen würden, wenn unsere Gäste gingen. Später, wenn dieses Haus fertig war. Dann würde Sommer sein, vielleicht schon Herbst. Wir standen über den Zaun gelehnt und sahen den letzten nach. Dann waren wir allein. Wieder lehnte sie ihr Gesicht an meines. Ohne mich anzusehen, sagte sie: ›Nun denken wir »immer«, nicht wahr, »immer und ewig«, nur weil es heute so schön ist. Es war schön, Salomon.‹

Sie hatte es vorweggenommen. Während sie sang, hatte ich noch gedacht, daß ich sie fragen wollte, nachher. Ja. Ich wollte sie fragen, ob sie in dieses Haus einziehen wolle. Es war längst unser Haus. Ich besprach alles mit ihr: die Farbe der Kacheln im Badezimmer, wohin die Steckdosen im Schlafzimmer kommen sollten und die Holzart der Türen und die Form der Dachpfannen. Oft gingen die Arbeiter gleich zu ihr und fragten sie.

Wir gingen Arm in Arm um das Haus herum und durch den Garten, saßen noch eine kleine Weile auf dem Rand des Wasserbeckens, das sich am Nachmittag gefüllt hatte, und sahen dem Mond zu, der sich darin spiegelte. Sie machte mit einem Stöckchen Wolken vor den Mond. – Ich habe sie nicht gefragt.

Dann räumten wir Gläser und Geschirr zusammen, taten alles in den Waschkorb und lösten die Lampions von den Balken und Zweigen.«

Mein Freund benutzte die Pause, die Gläser zu füllen. Einige Herren zündeten sich neue Zigarren an, rückten die Stühle zurecht, gesprochen wurde nicht. Claasen griff nicht nach dem Glas und nicht nach der Zigarre, er sah über uns weg und beachtete keinen. Als es wieder still war, sprach er weiter.

»Ja, sie stieg in mein Auto und kam mit zu mir. Ich

hatte sie nicht darum bitten müssen. Sie gewährte, bevor man sie bat. Sie gab aus rückhaltlosem Herzen, aber sie vergab sich nichts. Man glaubte, sie zu besitzen, und mit einem Lachen zog sie sich wieder hinter die selbstgesetzten Schranken zurück. Man fühlte sich ihr niemals verpflichtet. Vielleicht machte das sie so anziehend. Sie war, auch als sie mir längst vertraut war, oft sehr fremd, und dabei wußte ich, daß sie mich kannte, so gut, wie ich sie niemals kennen würde. Sie erzählte selten von sich. Sie sprach auch nie von der Zukunft oder von ihren Plänen. Wenn ich sie einmal fragte, hob sie ihre hübschen Brauen: ›O Salomon! Laß mich nicht daran denken! Der Herbst ist weit, wie kann ich an ihn denken, solange die Blumen nicht einmal aufgeblüht sind – ich würde mir ja selbst das Herz brechen!‹ Man wußte nie, ob es ihr Ernst war. – Es war wohl beides, Scherz und Ernst. – Und dann sagte sie ein anderes Mal, daß das Plänemachen zu den Aufgaben der Männer gehöre und sie ihrerseits nur dazu da sei, den Augenblick schön zu machen, und wieder lachte sie dazu und fragte: ›Ist er nicht schön, dieser Augenblick?‹ und legte ihre braunen Arme um meine Schultern. Unbekümmert, daß uns die Arbeiter vom Bau her zusahen. Sie tat das so selbstverständlich, daß es nicht peinlich war. Auch nicht für die, die nur zusahen. Sie waren alle sehr fröhlich, die Leute, die in meinem Haus arbeiteten; daß sie es waren, lag an ihr. Ich meine manchmal, man müßte es dem Haus noch anmerken, daß es mit fröhlichen Händen gebaut wurde.

Auch mir ging die Arbeit in diesen Wochen leicht von der Hand. Ich tat mehr als zuvor und war doch Stunden früher fertig, und die Angestellten in meinem Büro und im Atelier hatten Anteil an der Freude, die in mir war.

Ich habe Tulipan nur einmal traurig gesehen. Es hatte den Tag über geregnet, und sie hatte nicht viel tun können und zumeist unter dem Vorbau der Veranda gesessen und Bast zurechtgeschnitten und ihr Werkzeug saubergemacht. Schließlich hatte sie angefangen zu zeichnen. So fand ich sie: über ein Blatt gebeugt, das sie in ungleichmäßige Felder einteilte, die sie mit Pünktchen bedeckte, schraffierte, schwarz ausmalte oder weiß ließ. Ich fragte sie, was das würde; sie sah zu mir auf: ›Der nächste Garten, Salomon. Wir sind bald fertig. Immer wieder fremde Gärten. Eine Weile denke ich, dies sei nun der eigene, und wenn es soweit ist, kommen die anderen und nehmen ihn mir fort.‹ Ich wollte etwas sagen, aber sie legte mir die Hand auf den Mund. – Dann stieg sie in mein Auto, was nicht oft geschah, und fuhr mit mir.

Ich wohnte damals noch am Fluß, und von meinem Arbeitszimmer aus sah man die Schornsteine und Hochöfen der Zechen jenseits des Tales. Wir hatten zusammen eine Flasche Rotwein getrunken. Sie trank gern Wein. Ich saß in meinem Sessel, und sie stand am weitgeöffneten Fenster. Es regnete nicht mehr. Sie sagte, ohne sich umzuwenden: ›Sieh nur, Salomon, da werden die Abendwolken hergestellt.‹ Ich trat zu ihr. Wirklich stieg aus einem der Hochöfen hellroter Rauch, der sich allmählich vor dem dunkelnden Himmel in kleines, lockeres Gewölk auflöste und vom Wind nach Osten getrieben wurde. Sie legte ihren Kopf an meine Schulter und sprach mit einer Stimme, die dunkler war als sonst: ›Als Kind wünschte ich mir immer, ein Engel zu sein und auf einer rosaroten Wolke durch den Himmel segeln zu dürfen. Ich wollte, mein Glaube wäre noch so stark, daß ich es mir immer noch wünschen könnte. Dann möchte ich wohl tot sein. – Salomon? – Glaubst du, daß wir auferstehen? Denkst du jemals an den Tod?‹

Nein, ich dachte nicht an den Tod; ihre Frage war mir unbequem. Gleichzeitig tat sie mir leid, weil sich Tränen in ihren Augenwinkeln sammelten – ich küßte sie behutsam weg, und sie sagte: ›Das war eine sehr männliche Antwort.‹

Sie ging vom Fenster weg, schenkte sich ihr Glas noch einmal voll und trank es hastig leer.« – –

Auch er griff jetzt zum Glas, leerte es langsam, wobei er von einem zum anderen sah und schließlich seine Augen auf mir ruhen ließ. Wir anderen vermieden es, uns anzusehen. Keiner war darauf gefaßt gewesen, ein Bekenntnis zu hören. Ich fühlte mich schuld daran, und das war mir nicht eben angenehm. Gleichzeitig war ich begierig, ihn reden zu hören, und schämte mich für ihn, daß er es tat.

»Sie besaß ein Segelboot. Manchmal gingen wir abends an den Fluß; sie machte das Boot klar, und wieder tat ich, was sie anordnete: ich knöpfte die Persenning ab und richtete den Mast auf, zog die Leinen durch die Augen und bediente das Schwert, während sie am Bootsende saß und die Segel führte. Ich verstand nichts vom Segeln, aber auch als ich allmählich mit den Leinen und dem Ruder umzugehen wußte, gab sie es nicht aus der Hand, ließ höchstens einmal zu, daß ich beim Wenden oder Halsen die Fock bediente. Sie lachte mich aus: ›Warum willst du die Führung haben, Salomon? Fährt unser Schiff nicht gut unter meinen Händen?‹ Und dann streckte ich mich aus und sah dem Segel zu, um das die Möwen kreisten, und wartete, daß die Sterne aufkamen. Wenn die Segel ruhig standen und nur ein leichter Abendwind ein wenig Fahrt machte, fing sie an zu singen. Wenn es mir auch zuerst peinlich war, daß andere Boote nahe an unseres herankamen und manchmal einer klatschte, wenn sie geendet hatte, so hatte ich es doch gern, wenn ihre Lieder über das Wasser klangen, und oft bat ich sie um eines, das ich vor allen anderen liebte: ›Alle Schiffe gehn zum Hafen/gute Nacht, das Meer will schlafen/gute Nacht, wir sind zu Haus. Glocken ruhn auf allen Türmen/

Schiffe ruhn von allen Stürmen/nun im Land der Träume aus –‹.«

Wieder schwieg er. Wir griffen ein wenig gezwungen nach unseren Gläsern. Die Stille begann zu drücken, keiner mochte etwas sagen. Schließlich war es mein Freund, der fragte:

»Und, Claasen? Was wurde daraus?«

»Das Ende meinen Sie?« Unter diesen Worten erst kehrten seine Augen in die Gegenwart zurück. Er schien sich zu besinnen. Wiederholte noch einmal: »Das Ende?«, machte wieder eine Pause, räusperte sich, sah uns nacheinander an, wechselte plötzlich zu einem leichten, jovialen Ton:

»Nun, wie das immer ist. Man liebt sich, nicht wahr, aber man kann nicht jede heiraten. Sie hat wohl damit gerechnet. Aber man heiratet diese freigebigen Frauen nicht. Man nimmt, was man haben kann. So ist es doch. Nun, kurz und gut. Eines Tages war die Arbeit getan, und damit war das Ende gekommen. Wir trennten uns. Sie verließ die Stadt. Ich lud sie ein, sich das Haus anzusehen, wenn es fertig sein würde. Aber sie ist nie gekommen. Ich habe es dann vergessen. Die Arbeit nahm wieder überhand. – Im folgenden Jahr habe ich ja dann geheiratet. – Übrigens habe ich nie wieder von ihr gehört, dem Fräulein Tulipan.«

Er lächelte verlegen, bis er seine Züge wieder zu dem konventionellen Alltagsgesicht geordnet hatte.

Es kam kein Gespräch mehr zustande. Es

brauchte jetzt nur noch einer aufzustehen, damit wir diesen Abend beendeten.

Da sah mich Claasen an:

»Sie kennen sie doch? Sie müssen uns doch sagen können, was aus ihr geworden ist.«

Ich stand auf. Ich sah ihn an: »Sie ist tot.«

Dann drehte ich mich brüsk um und verließ das Restaurant, ohne Hut, ohne Mantel, ohne bezahlt zu haben. Erst nach einer halben Stunde kam ich so weit zur Besinnung, daß mir der dramatische Abgang, den ich in einem Kreis von Fremden veranstaltet hatte, peinlich war und ich ihn gern ungeschehen gemacht hätte. Ich ging zum Hause meines Freundes und wartete auf dessen Rückkehr.

Wir gingen zusammen noch eine Stunde den Gartenweg auf und ab.

»Das ist es also«, sagte er und nahm meinen Arm, während er mit dem anderen die tiefhängenden Zweige teilte. Er blieb ungewöhnlich schweigsam, ich war ihm dankbar dafür, wie für seine Gegenwart. Einmal meinte er, daß diese Geschichte viel Staub aufwirbeln würde, denn gewiß würde sie zu Claasens Frau dringen. Ich fühlte mich so sehr als ihr Anwalt, daß ich sofort, auch gegen den Freund, bereit war, sie zu verteidigen. Er brach mein erregtes: »Aber begreifst du denn nicht, daß das längst vorbei war für Gabriele?« ab, indem er mich fester am Arm faßte:

»Wenn ich mich nicht irre«, sagte er zögernd, »wird er dich morgen anrufen. Er ist ein aufrichtiger

Mann. Er wird es nicht bei dieser Lüge belassen, auch wenn es ihm sauer wird. Er wird kommen und dir sagen wollen, wie es nun wirklich gewesen ist, oder so, wie er es in Erinnerung hat. Die Wahrheit wirst du nie darüber erfahren. Er sieht es heute anders als vor ein paar Jahren. Sie hat es anders gesehen – das ist so vielschichtig und schillernd. Aber was nur hat ihn bewogen, die Geschichte vor uns zu erzählen? Hätte ich es getan – alle hätten sie schmunzelnd angehört, niemand hätte sie für wirklich geschehen, allenfalls für gut ausgedacht gehalten. Eines meiner erzählerischen Bravourstückchen. Aber er. Er ist kein Schwätzer. Du mußt eine Saite zum Klingen gebracht haben, die zu straff gespannt gewesen ist.« –

Mein Freund irrte sich nicht. Am nächsten Nachmittag, gegen sechs Uhr, rief mich der Diener an den Apparat. Es war Claasen. Ich hatte seine Stimme angenehmer in Erinnerung. Er sprach rasch, ohne Erklärung oder gar Entschuldigung dafür, daß er mich, den Fremden, noch einmal belästigte. Eine Belästigung wäre es unter normalen Umständen gewesen.

»Ich möchte Sie noch einmal sprechen. Es gibt Dinge, die ich richtigstellen muß. Paßt es Ihnen heute abend? Kann ich mit dem Wagen vorbeikommen?«

Er nahm mein Zögern als Ja, hatte eingehängt, bevor ich zu einer wirklichen Antwort bereit war. Wenn ich mich ehrlich fragte, wollte ich ihn nicht sehen. Nicht ihn. Wohl aber sein Haus und den Garten. Ich wäre auch gern den Fluß ein Stück hinuntergefahren mit einem der Dampfboote. Vielleicht würde ich mir am nächsten Tag ein Ruderboot mieten und meine Abreise um einen Tag verschieben.

Dieser Claasen war auf eine auffällige Weise aus den Gleisen gehoben. Wenn wir uns mit unserem Alltagsgesicht schon ähnlich waren, so wurden wir es noch mehr durch das Ungewöhnliche unserer Begegnung. Sein Zustand entsprach durchaus dem meinen. Auch ich war aus meinen Gleisen gehoben, aber ich war mir dessen schon bewußt, weil dieser Zustand bereits Wochen andauerte. Ich erkannte in seinem meinen Zustand, verstand es besser, mich zu beherrschen, und schwankte darum bei dem Wiedersehn wiederum zwischen Abneigung und warmem Interesse, wenn nicht brüderlicher Verbundenheit. Es konnte bei unserer auffallenden Ähnlichkeit nicht ausbleiben, daß ich sehr bald dachte: dann hätte auch ich es sein können, den sie liebte. – Wenn wir uns begegnet wären, wenn sie heute noch leben würde – wenn ...

Durch *sie* ist mir bewußt geworden, daß ich etwas Wunderbares im Leben versäumt, niemals gekannt habe. Noch weiß ich nicht zu sagen, ob ich besser ohne diese Erkenntnis weitergelebt hätte, in der ruhigen Gewißheit eines ordentlichen, von Erfolg begleiteten Lebens, oder ob ich dankbar zu sein habe, das »Wunderbare« so nahe gesehen zu haben, bis an seine Schwelle gekommen zu sein.

Aber ich wußte auch, daß das Wunderbare an Gabriele gebunden war, daß es nicht ohne sie hatte zu mir kommen können, und auch, daß mir mein Leben schal erscheinen würde, wenn ich es eines Tages da wieder aufnahm, wo ich es an jenem 8. August liegenließ.

Ich fahre nur ungern, wenn ein anderer am Steuer sitzt, zumal, wenn er so unkonzentriert fährt wie dieser Claasen. Er bog aber bald in eine stillere Seitenstraße, ich verlor die Richtung, die Beleuchtung war unzureichend. Schließlich sagte er, daß er zu einem Restaurant am Fluß fahren wollte, in dem er oft mit ihr gesessen hätte. Er sagte *ihr* genauso langgezogen, wie ich es tue. Das war mir unsympathisch. Ich war nüchtern genug, mir zu sagen, daß wir beide keine Besitzansprüche an sie geltend machen konnten, dennoch hatte er eine Art, *sie* mit mir zu teilen, die penetrant war.

Der Eingang des Lokales wurde von zwei Ampeln erhellt, die zwischen Fliedergesträuch hingen, dessen bräunliches Laub durch das Licht verfärbt wurde und dem Haus einen lauschigen, intimen Charakter gab, der übrigens der Atmosphäre im Inneren genau entsprach.

Claasen ging voraus. Auch das ohne alles Zeremoniell, obwohl er der Jüngere war, nickte dem Ober zu und wandte sich erst nach mir um, als er in einer Nische stand, deren Fenster zum Fluß ging und die durch eine Wandlampe schwach beleuchtet war.

Es war noch die Zeit des Abendessens, aber wir waren die einzigen Gäste. Als wir uns gesetzt hatten, er den Rücken zum Inneren des Raumes gewandt, strich er einige Male mit den Handflächen über das blanke Eichenholz und sah mich wie prüfend an.

»Ich war nicht ehrlich gestern abend. Ich erschrak über meine Geschwätzigkeit und sagte irgend etwas, nur um zum Schluß zu kommen und fortzukönnen.«

Der Ober näherte sich. Er zeigte das sparsame Lächeln, das das Erkennen eines einst häufigen Gastes andeuten sollte. Auch Claasen lächelte, sogar eine Spur vertrauter, und sagte mit sehr freundlicher Stimme:

»Guten Abend, Herr Fricke! Wir nehmen den Ahrwein« – er sah mich um Zustimmung mehr bittend als fragend an –, »den guten, Sie wissen schon.« Und dann zu mir: »Bitte, seien Sie mein Gast, Herr Gravenstein. Ich weiß, daß Sie ungern gekommen sind. Ich danke Ihnen trotzdem.«

Er lehnte sich zurück. Ich folgte seinem Blick. Ein beleuchteter Dampfer zog eben den Fluß hinunter. Man hörte die Klänge der Musikkapelle; flußaufwärts zog träge das grüne Licht eines Lastkahnes.

Alle Schiffe gehn zum Hafen –

»So haben wir manchen Abend gesessen; den Schiffen zugesehen, das Läuten ihrer Glocken gehört und unseren Wein getrunken. – Nachdem sie fort ist, bin ich nie wieder hierher gegangen. Man kann nicht allein hier sitzen und zusehen, wie die Schiffe fahren.

Einmal saßen wir hier, die Fenster waren geöffnet, es war eine der sternhellen Juninächte. Ich sah eine Sternschnuppe und fragte sie, was sie sich gewünscht habe. ›Nichts, Salomon‹, sagte sie und legte ihre Hand fest um die meine. ›Was sollte ich jetzt noch wünschen?‹, und dann lachte sie mich mit ihren schönen, weißen Zähnen an, ›ich hoffe, du hast auch keine Wünsche mehr, oder?‹

Sie hatte recht. Ich war ohne Wünsche. Monatelang ohne Wünsche. Wissen Sie, was das heißt?«

Ich wußte es nicht.

Der Ober brachte den Wein, schenkte ein und zog sich zurück.

Claasen drehte erst sein Glas zwischen den Händen, und dann hob er es und hielt es so lange in der Hand, daß ich meines schließlich wieder absetzte. Das bemerkte er, lächelte eine flüchtige Entschuldigung und hob das Glas nun endlich zum Munde, und wir tranken. Jeder dachte dabei an *sie*, er an die Zeit, die er mit ihr erlebt hatte, und ich an die meine.

Er fand nicht so bald einen neuen Ansatzpunkt. Ich sah keinen Grund, ihm zu helfen, zündete eine Zigarre an, sah auf den Fluß und trank von dem wirklich vorzüglichen Wein, bis das fahle Licht am jenseitigen Ufer leuchtender wurde und zu einem roten Feuer anschwoll, das sich, vom Winde emporgehoben, in losem rosa Gewölk auflöste.

»Die Abendwolkenfabrik.« Er sagte es, und ich hatte es gedacht. So sehr hatte ich mir seine Erinnerungen schon zu eigen gemacht.

»Ich weiß nicht, ob Sie das je erlebt haben, daß eine Frau, die Sie lieben, Sie verläßt. Im allgemeinen sind wir es, die die Frau verlassen. Verlassenwerden ist furchtbar. Etwas hat ein Ende, das unendlich schien. Sie war immer gelassen gewesen. Nein, nicht träge und beileibe nicht überlegen, beide Frauentypen sind mir unerträglich. Sie war heiter, sie behielt auf eine nicht strenge, aber doch zügelnde Weise die Führung in unserem Verhältnis. Ihr Wesen hatte das beglückende Gleichmaß ihrer Bewegungen: rasch und leicht, dabei ausgeglichen und von jener lässigen Anmut, wie sie manchmal den Frauen eigen ist, die nicht mehr die Sprödigkeit der Mädchen haben und noch nicht die Betulichkeit der Mütter. – Ich sagte gestern abend, glaube ich, daß sie eine so souveräne Freiheit besaß, daß sie sich immer wieder zurücknahm. Und doch konnte sie zuweilen Zeichen einer Anhänglichkeit geben, die mich beglückten. Sie überließ sich mir mit dem Vertrauen eines Kindes, daß ihr bei mir nichts Böses geschehen konnte. –

Einmal hatte ich den Fotoapparat mitgebracht. Ich wollte Bilder haben, von ihr und dem Haus, denn beide wurden immer schöner, genau wie der Sommer. Aber sie ließ es nicht zu. Sie meinte, daß ich Erinnerungen sammeln wolle, und wehrte ab, ›noch sei sie da‹. Zum erstenmal schien sie unserer Zeit ein Ende zu setzen. Als ich danach fragte, wehrte sie es ab. Und als ich ungläubig blieb, lachte sie mich aus: ›Und wenn, Salomon? Willst du Briefe von mir und Bilder aufheben, wie von jeder anderen, die vor mir war und nach mir kommen wird? Hast du nicht diesen Garten? Wirst du nicht an mich denken, wenn aus den Weidensträuchern große Bäume geworden sind? Wenn du unter ihren wehenden Zweigen gehst, meinst du nicht, daß du denken wirst, es seien meine Hände, die zärtlich zu dir sein wollen? Und wenn die Tulpen blühen in jedem neuen Frühling, willst du dann nicht an deine Tulipan denken, und alle die Steine, die wir zusammen getragen haben, und die Büsche, die wir gemeinsam gepflanzt haben‹ –.

Genauso ist es geworden: sie ist in diesem Garten immer um mich. Wissen Sie, wie sie mich damit gebunden hat? Ich kann nicht los von ihr. Eine Handvoll Briefe, ein paar Fotografien, die könnte man schließlich in den Ofen werfen. Aber diesen Garten, den ich liebe wie keinen anderen Fleck auf der Erde? Briefe hätte ich meiner Frau zeigen können. Sie hätte dann gewußt, daß ich *sie* geliebt hatte und daß das nun vorbei ist. Aber wie kann ich ihr von Blumen und Bäumen erzählen, ohne daß sie das Haus und den Garten hassen muß und doch in ihm mit mir leben? – Sie ahnt etwas. Irgendwer hat einen Funken in sie gelegt, und der schwelt leise.

Die Sicht zum Nachbargrundstück hatten wir versucht, durch ein Staudenbeet einzuschränken. Es gibt nichts Trostloseres als ein Staudenbeet im März. Hier und da ein paar Reiserbündel, die aus der nackten Erde ragen, manchmal nicht einmal das, sondern nur ein paar hohle, braune Stengel aus dem Vorjahr, von denen sich keiner üppige Sommerblumen erhoffen kann. Ich war sehr skeptisch über diese Anlage, und ich mußte das wohl so oft geäußert haben, daß Tulipan es schließlich das ›Beet der guten Hoffnung‹ nannte und mich an einem Abend damit überraschte, daß sie an jedes der dürren Gebüsche ein Bildchen gehängt hatte. Sie zeichnete recht hübsch, und die wohlgelungensten Kartons, die mit den roten Laternchen der Judenkirsche und den durchsichtigen Mondscheiben des Silberblattes, bewahre ich noch immer auf. – Sie blühen jetzt gerade auf dem Beet der guten Hoffnung. Sie ist in meinem Garten, bis die letzte der Laternen braun wird und abfällt und der Frost die weißen Mondscheiben trübe gemacht hat.

Herbst. Nie hat Tulipan den Garten im Oktober gesehen, wenn die kleine Hecke mit den Berberitzen sich färbt und das Geißblatt die letzten Blüten ansetzt. Wenn dann der Winter kommt – das ist wie ein immer neuer Abschied von ihr. Winter, das kenne ich nicht mit ihr. Dann wird sie mir fremd. Tulipan in einem toten Garten, über dem nasse Wolken hängen, wenn die Weißdornhecke schwarz vor dem schmutzigen Schnee steht.

Als sie fort war, haßte ich den Garten und das Haus, genau wie ich sie haßte. Beides war sinnlos geworden ohne sie. Heute weiß ich das besser. Ohne sie wäre es nie so völlig *mein* Haus und *mein* Garten geworden, es wäre eine zufällige Behausung geblieben.

Meine Liebe war so stark, daß ich nicht zu sagen weiß, ob sie mir wunderbar oder selbstverständlich war. Sie war ohne alle Schwankungen. Sie war stetig gewachsen, gehörte zu diesem Frühling, zu dem Garten, zu dem Haus.

Ja, ich haßte sie. Ich war gekränkt. Sie hatte mich monatelang belogen.

Es war etwa eine Woche vor Vollendung des Hauses. Die Dielen waren schon gelegt, alle Installationsarbeiten fertig, die Tapezierer waren an der Arbeit, der Verputz der Außenwände schon trocken. Das Haus hatte sein endgültiges Gesicht. Als ich nachmittags herauskam, harkte sie die Gartenwege. Das Grundstück lag verlassen und wirkte auf ungewohnte Weise leblos. Nirgends stand mehr eine Schaufel oder hing eine grüne Gartenschürze. Tulipan hatte das gelbe Kleid an, und ich stand eine Weile und sah ihr zu, bevor sie mich bemerkte. Sie trug absatzlose Schuhe, das machte ihre Schritte weich und gleitend. Ihre Haut war gleichmäßig gebräunt und hatte dabei den matten Schimmer behalten, den man sonst nur bei Südländerinnen findet. Ihr Haar lag in einem schweren Knoten im Nacken und hob sich in schönem Kontrast vom Braun des weiten Ausschnittes und dem Gelb des Kleides ab. Sie richtete sich auf, sah lange über den Garten hin und wandte sich zögernd nach mir um. Sie war nicht überrascht, mich zu sehen. Sie legte die Hände hinter dem Kopf zusammen, wie sie es häufig tat, und blieb regungslos. Als ich auf sie zugehen wollte, rief sie: ›Nein, bleib. Bleib einen Augenblick so stehen‹: Damals nahm sie Abschied von uns, dem Haus und mir. – Ich wußte nichts davon.

Als ich die Gartentür hinter uns abschloß, hielt sie meine Hand fest. Ich spürte, daß sie zitterte. – Sie sah festlich aus. Ich fragte sie. Sie nickte: ›Ja. Ein Fest.‹ Wir fuhren hierher. Wir tranken, sprachen wenig wie immer. Allmählich fiel mir auf, daß sie verändert war. Sie trank hastiger als sonst. Plötzlich und, wie mir schien, übergangslos lehnte sie sich in ihrem Stuhl zurück:

›Es ist vorbei, Salomon. Aus. Das Haus ist fertig. Der Garten ist fertig. Die Liebe ist fertig.‹

Ich verstand kein Wort. Was wollte sie? Sie sprach so schnell.

›Ich denke, es war auch für dich eine schöne Zeit. Jetzt wartet ein neuer Garten und ein neuer Besitzer auf mich. Hoffentlich ist er so nett wie du. Ich freue mich darauf‹ – ja, so sagte sie wörtlich: ›Ich freue mich darauf. Dies wurde schon eintönig. Man braucht ein wenig Abwechslung, oder? Ich liebe das: neue Gesichter, eine neue Umgebung. Weißt du, vor dir, da war es ein großer, schwerer Mann. Tabakwaren en gros, er schwärmte für Fliederlauben! Er war so tolpatschig! Und dabei rührend anhänglich, er verwöhnte mich so ...‹

So ging das weiter. Ich starrte sie an. Sah in ein Gesicht, das vom Wein verschwommen war. Augen, die meinen Blick mieden, Worte, die mich verletzen sollten. Meine erste Empfindung war, daß ich sie schlagen mußte. In dieses verwischte, verlogene Gesicht schlagen. Aber da waren die Leute an den Nebentischen, die bereits aufmerksam wurden. Da war diese Schwere in Kopf und Armen gleich bei den ersten abscheulichen Worten.

Sie stand unvermittelt auf.

›Fahr mich nach Hause.‹

Sie schwieg, während wir im Wagen saßen. Es gab danach nichts mehr zu sagen.

Ich war noch nie bei ihr gewesen, das hatte sie nicht gewollt. Zu mir konnte sie unbemerkt kommen, obwohl ihr alle Heimlichkeit fernlag. Ich machte ihr den Wagenschlag auf, sie taumelte beim Aussteigen, beugte sich über die Autotür und verzog ihren großen Mund zu einem häßlichen Lachen: ›Kommst du noch einmal mit zu mir –‹, ich schlug ihr ins Gesicht; sie drehte sich um und ging unsicher und schleppend auf die Haustür zu.

Ja, das war das Ende. Ein peinliches, ein verächtliches Ende. – So muß es scheinen. Aber sie hat gelogen – damals. So wie ich gestern gelogen habe. Zuerst habe ich ihr geglaubt. Ich konnte gar nicht anders, denn ich war wie blind und wie taub. Ich wollte, daß Sie mich noch einmal anhörten. Ich wollte nicht auch lügen. Oder nein, anders. Ich wollte dieses für mich so kränkende Ende aussprechen müssen. Und ich wollte, daß Sie wissen, daß ich ihr nicht geglaubt habe. Daß ich heute mir die Schuld gebe, weil ich ihren Lügen Glauben geschenkt habe und weil ich nicht geblieben bin und sie festgehalten habe. Ich weiß nicht, warum sie das getan hat, aber es muß ein ganz anderer Grund gewesen sein, vielleicht hat sie mich auf eine Probe stellen wollen, und ich habe versagt. Ich weiß, daß sie unter dem Abschied gelitten hat, mehr noch als ich. Gestern abend dachte ich sogar, sie habe mir diese Szene vorgespielt, damit mir die Trennung leichter würde.

Sie werden nun denken, warum ich so bald eine andere geheiratet habe. Das muß befremdend wirken. Aber ich konnte nicht allein sein. Diese Monate, in denen ich den ganzen Zauber des ›Wir‹, des ›Unser‹ kennengelernt hatte, hatten mich für die Einsamkeit verdorben. Ich brauchte Zärtlichkeit, Fürsorge, die raschen Schritte einer Frau, ihren Duft, der einen Raum so wunderbar verändert. Ich dachte auch, eine andere würde *ihren* Schatten am ehesten verbannen.

Ich war, bevor sie kam, mit einer gut aussehenden, sympathischen, unabhängigen Frau befreundet. Ich brauchte nur einen alten Faden wieder anzuknüpfen.

Wissen Sie, wie mir zumute ist, wenn meine Frau Blumen schneidet, die *sie* gepflanzt hat? Wenn sie am Rand des Wasserbeckens sitzt, der auch *ihr* Lieblingsplatz gewesen ist? Instinktiv gefällt ihr all das nicht in dem Haus, was die andere angelegt hat. Ich bemühe mich, ein zuvorkommender, aufmerksamer Ehemann zu sein. Aber es fehlt das, was man immer entbehren wird, wenn man einmal von einer natürlichen, warmherzigen Frau geliebt worden ist. – Als das Kind geboren wurde, dachte ich, daß sein Weinen und Lachen dem Haus einen neuen, eigenen Klang geben würde. Das tut es auch. Dem Kinderbett unter der Pergola gilt mein erster Gang am Abend, wenn ich aus der Fabrik komme. Aber auch die Kinderstimme versetzt mich nicht in die Erregung und Freude wie *ihr* Singen. Das wurde mir deutlich, als Sie ihren Namen nannten. Fast hätte ich ihn nicht wiedererkannt. Gabriele habe ich sie nie genannt.«

Das Restaurant hatte sich gefüllt. Claasen hatte zum Schluß sehr leise gesprochen. Unsere Flasche war geleert. Wir hätten nun gehen können. Aber es war nicht möglich, daß ich einfach aufstand und ging, nachdem ich das alles angehört hatte. Daraus war die Verpflichtung zur Offenheit auch meinerseits erwachsen. Bevor ich wußte, wieviel ich ihm sagen wollte, fragte er schon. Seine Stimme wirkte gehetzt wie sein Gesicht:

»Sie haben *ihr* nahegestanden? Bis – bis zuletzt?«

Was sollte ich sagen. Sollte ich sagen: »Nur zuletzt?« In welch groteske Situation geriet ich!

»Nein«, sagte ich wahrheitsgemäß. Dann schilderte ich in wenigen Sätzen den Vorfall vom 8. August, aber bevor ich noch fertig war, unterbrach er mich mit deutlichem Befremden: »Sie? Sie haben *sie* getötet? Und jetzt gehen Sie hin zu denen, die sie geliebt hat, um es ihnen zu sagen?«

Er verstand mich nicht. Ich hätte es ihm auch nicht erklären können, daß es nicht Neugierde und nicht falsche Anteilnahme war, daß es mir dabei um *ihr* Leben ging und auf irgendeine, noch ungeklärte Weise auch um meines.

Er hat mich zurückgefahren, und wir trennten uns als Fremde.

Am folgenden Morgen, als ich mit Sicherheit annehmen konnte, daß Claasen in seiner Fabrik war, fuhr ich zu seinem Haus. Aber ich hätte meinem Instinkt folgen sollen und abreisen. Dieses Kapitel war zu Ende. An meinem Bleiben war nur die Gewohnheit schuld, einen einmal gefaßten Vorsatz auszuführen, ganz gleich, ob er noch sinnvoll erscheint oder nicht. Mit einer Hartnäckigkeit, deren ich mir bewußt war, führte ich dieses Kapitel über sein Ende hinaus.

Das Vorortviertel am Stadtwald ist inzwischen fast ganz bebaut und macht mit seinen großen Gärten, in denen die Häuser weit zurückliegen, einen vornehmen und gediegenen Eindruck. Ich parkte an der Straßenecke und ging die zweihundert Meter zu Fuß, um in Ruhe das Haus und den Garten auf mich wirken zu lassen. Der Morgen war hell, ohne sonnig zu sein.

Ich glaubte, daß mich jeder Busch, jedes Fleckchen Rasen ganz unmittelbar ansprechen würde. Aber nichts dergleichen geschah. Ich blieb völlig unberührt. Ich mußte erfahren, daß ein Garten etwas so sehr Persönliches ist, daß er einem Fremden niemals das bedeuten kann wie dem Eigentümer.

Der Plattenweg, zwischen dessen losem Aneinander der Steine sich niedriges Moos breitmachte, war nicht anders als in meinem eigenen Garten. Die Blumenbeete wirkten herbstlich, obwohl sie gut instand gehalten waren.

Ich zog am Klingelzug, ehe ich mir eine Ausrede zurechtgelegt hatte, nur weil ich noch immer etwas erwartete, was nicht kommen konnte. – Es war wohl das Haus, dessen solide Wohlhabenheit jegliches Aufsehen vermied. Ein ganz und gar unmodisches Haus: Klinkerbackstein, dessen braunes Rot durch weiße Fugen aufgefrischt war, Schmiedeeisen an den großen Fenstern und der breiten, behäbigen Tür.

Ein Walmdach, wie es den Häusern in den Niederungen zukommt, die dem Westwind ausgesetzt sind. Aus dem Gitterwerk der Fenster im Erdgeschoß zwängten sich Fuchsien in schweren Dolden. Ihr dunkles Rot hob sich wenig vom Mauerwerk ab, und so blieb der braunrotweiße Eindruck unzerstört, der mit dem Bunt der Laubbäume zusammen recht harmonisch wirkte. Vielleicht, daß die leuchtend gelben Kuppen der Birken, die das dunkle Dach überragten, dem Ganzen einen freundlicheren Akzent verliehen, der es beim längeren Ansehen aus der Reihe der Nachbarhäuser hervorhob.

Ein Dienstmädchen, es konnte auch eine Reinemachefrau sein, öffnete und fragte nach meinen Wünschen. Ich sagte, daß ich gern die gnädige Frau sprechen würde, aber auch Herrn Claasen, falls er zu Hause sei. Beide waren nicht anwesend. Ich bat um die Erlaubnis, mich im Garten aufhalten zu dürfen bis zu ihrer Rückkehr. – Ich erkannte alles wieder: die Weißdornhecke, das Fliedergesträuch, das Silberblatt und die Judenkirsche, die flachen Terrassen, die Berberitzenhecken, deren rote Beeren sich wie Korallenketten über den Rasen zogen. Das Wasserbecken, dessen Einfassung von Mauerpfeffer überwuchert war. Ich sah lauter Einzelheiten, aber sie weckten kein Echo in mir. Es war nicht mein Garten. Niemals war sie hier mit mir gegangen. Es war auch nicht ihr Kind, das dort im Wagen lag. Warum war es das nicht? Warum war sie nicht geblieben –?

Während ich neben dem Kinderbett stand und meinen fruchtlosen Gedanken nachhing, erschien unter der Tür eine Frau. Sie musterte mich einen Augenblick, dann ging sie mir mit einem liebenswürdigen Lächeln entgegen und sagte sehr gewandt und sehr kühl: »Wenn ich nicht wüßte, daß mein Mann keinen Bruder hat, würde ich Sie für meinen Schwager ansehen müssen.«

Ich beugte mich über die Hand, die sie mir reichte, und sagte, wie charmant ich die Möglichkeit einer Verwandtschaft empfände – nur das fiel mir ein –, daß ich mir gern Haus und Garten ansehen möchte, von dem ihr Gatte am Vorabend so sehr geschwärmt habe und »seiner Herrin«. Sie quittierte die Lüge mit einem gleichwertigen Lächeln, und in diesem Tone führten wir ein leichtes Gespräch. Ich wußte nach wenigen Sätzen, daß sie zu den Frauen gehörte, die wegen ihres Aussehens und Auftretens bewundert werden, aber die erschreckend leer sind, wenn man die kleine Skala ihrer Gesichtsausdrücke und Gesten einmal kennt. – Oder urteilte ich zu rasch und voreingenommen? Wahrscheinlich. Für einen Augenblick fiel mir Hanna ein. Sie hätte eine solche Gelegenheit gewiß wahrgenommen, um »einzugreifen«. Vielleicht wäre es wirklich meine Aufgabe gewesen, ihr den Weg zu ihrem Manne leichter zu machen, indem ich ihr von der Vorgängerin erzählte? Sie schien klug genug, um die rechten Schlüsse zu ziehen. Hätte ich nicht auch ihm die ohne Zweifel vorhandenen Vorzüge seiner schönen und anmutigen Frau aufzeigen sollen, um sie ihm anziehender zu machen? Ich habe nichts dergleichen getan.

Ich wählte nicht den Weg zum Fluß, wie ich es mir vorgenommen hatte, sondern kehrte zum Hause meines Freundes zurück, der mich den Nachmittag allein in seiner Bibliothek verbringen ließ und erst zum Abendessen wieder zum Vorschein kam, heiter und gesprächig, wie ich es an ihm kannte und schätzte. Er verstand es, auch die kleinen Dinge des Lebens, wie so ein Abendessen, mit Leben und Genuß zu erfüllen. Der Umgang mit einem Lebenskünstler bewirkt zumeist, daß man bedrückt seine eigene Unfähigkeit des Genießens erkennt; bei ihm war das anders. Er bezog mich mit hinein, machte seine Freude an dem Abend zu der meinen, indem er mich wiederholt spüren ließ, daß ich der Grund seiner Fröhlichkeit war.

Allmählich lockerte sich die Spannung, in der ich mich befand, und als wir später beim Burgunder saßen, war ich so weit, daß ich ihm erzählen konnte, wie es um mich stand. Er sollte mir nur zuhören. Oder nicht einmal das, nur dasein. Nach wenigen Sätzen schon hatte ich ihn vergessen und erzählte meine Geschichte den ausgestopften Eulen auf den Gesimsen und den verstaubten Karavellen.

Ich schäme mich nicht, zu gestehen, daß es mir

wohltat, rückhaltlos von ihr sprechen zu können; wieder war mir, als sei sie so nah, daß ich sogleich ihre Hand auf meiner Schulter spüren müsse.

Ich wollte keine Stellungnahme meines Freundes und noch weniger eine Nutzanwendung von ihm gezogen wissen, aber als wir zu später Stunde die Treppe zu unseren Schlafzimmern heraufstiegen, meinte er: »Das kam gerade zur rechten Zeit, Rudolf. Du tratest schon eine Weile auf der gleichen Stelle.« Was er damit meinte, verstand ich nicht genau, nur, daß er es gut meinte. Er hatte keine große Mühe, mich zum Bleiben zu überreden, denn ich fühlte mich wohl in seinem Haus. Nur das Ziel meiner Reise durfte ich nicht aus den Augen verlieren. –

Hatte ich in den ersten Wochen noch Hanna und unser Leben zum Ausgangspunkt meiner Gedanken und Vergleiche genommen, so trat alles, was mit ihr und den Kindern zusammenhing, allmählich so weit in den Hintergrund, daß Tage vergingen, in denen meine Gedanken nichts von ihnen wußten, und wenn es doch einmal geschah, nahm ich fortan Gabriele zum Maß; wo ich auch ansetzte, jeder Vergleich ging zu ihren Gunsten aus. Vor dem Reichtum ihres Wesens erschien mir Hanna arm oder wenn nicht arm, so doch ausgestattet mit einem Stück für Stück zusammengetragenen Besitz, der mir wie ein Verputz erschien, der von heute auf morgen in großen Stücken herausbrechen konnte und ein kahles, geflicktes Mauerwerk freigeben. Niemals hatte ich früher Mitleid mit meiner Frau gehabt. Ich hätte keinen Grund dafür gewußt. Wenn ich jetzt an sie meine Gedanken richtete, so bedachte ich sie mit Anreden wie »meine arme Frau« oder auch »Hanna könnte das nicht begreifen«.

Da mein Programm einmal umgestoßen war, fuhr ich – statt den Ort aufzusuchen, aus dem sie hierhergekommen war – in die Stadt, in die die Spur weiterwies. Es war einer der Fehlschläge meiner Reise, die mich mit Heftigkeit trafen. Ich konnte nicht mehr erfahren, als daß sie in bedrängten Verhältnissen den Herbst wie den Winter über in einer üblen Gegend gelebt hatte, ohne Arbeit, ohne Verkehr, wie es schien, kaum daß eine unerfreuliche Schustersfrau, bei der sie ein möbliertes Zimmer gemietet hatte, sich an den Namen erinnern konnte.

»So eine Schwarze«, hieß es von ihr. Sie sei kaum aus dem Zimmer herausgekommen. Gerade, daß sie sich ihre Arbeitslosenunterstützung geholt und man sie im Treppenhaus gesehen hätte. Blaß und erbärmlich sei sie gewesen, aber sie hätte ja den Mund nicht aufgemacht, und mit so einer könnte man nichts anfangen. Sonst sei man ja nicht so und hätte auch geholfen. Im Frühjahr hätte sie eine Stelle gefunden und sei fortgezogen. Wohin? Das wußte man nicht.

Die Achtlosigkeit empörte mich. Daß ein Mensch in ihrer Nähe hat leben können, ohne um ihren Wert zu wissen, bleibt mir unbegreiflich.

Ich verfuhr ohne Hast bei meinen Nachforschungen. Was war schon ein Tag, der mich nicht näher zu ihr brachte! Es konnten doch immer nur Äußerlichkeiten sein, die ich erfuhr, denn ich trug damals ihr Bild schon fest in meinem Herzen. So wie sie gewesen sein mußte. – Es war nicht so, daß ich jedesmal, wenn ich eine ihrer Stationen besichtigt hatte und wieder im Zuge saß und zu der nächsten fuhr, das Fazit meiner Beobachtungen gezogen hätte! Ich ließ, ohne irgendwelche Schlüsse zu ziehen, alles, was man mir erzählte, was ich sah und an Atmosphäre in mich aufnahm, auf mich einwirken und das Bild sich allmählich vollenden. Ich erwartete nicht mehr als die Ausmalung des Hintergrundes, vor dem sich ihre Gestalt immer leuchtender abheben würde. – Wie viele trübe Schleier legten sich noch über ihr Bild, bis es sich endlich wieder so klar und gut abhob, wie ich es zuerst gesehen hatte!

Ich kam an einem Sonntag gegen elf Uhr auf dem Bahnhof des Städtchens an, in dem Gabriele zur Schule gegangen war und, soweit ich erfahren konnte, einen Teil ihrer Kindheit verbracht hatte.

Wie ich es gern tue, ging ich den Weg vom Bahnhof in das Stadtinnere zu Fuß, obwohl zwei altmodische Kremser, die ein rühriger Bürgermeister zur Vervollständigung der Idylle seines Kurstädtchens hervorgeholt hatte, einladend auf dem Vorplatz warteten. – Dort, wo die Straße in die Stadt einbog, fand ich eine übersichtliche, farbige Wanderkarte, die einen ersten, orientierenden Überblick gab. Ich stellte meine Reisetasche ab und vertiefte mich in die Anordnung der wenigen, aber gleichmäßig gewinkelten Straßen, die alle auf Schloß und Kirche gerichtet waren und in das Grün der nahen Wälder ausliefen.

Während ich die leichte Steigung gemächlich nahm, fühlte ich mich angenehm aufgetan für die Fremdheit der Stadt, die mir schon jetzt so vertraut war, daß ich voller Erwartung, ja Ungeduld dem langsamen Lauf der Bahnhofstraße folgte, die von diesem Durcheinander aus Geschäfts- und Privathäusern und kleinen Handwerksbetrieben gesäumt war, das allen kleinen Städten eigen ist, die einmal aus fehlgegangener Überlegung den Bahnhof weit vor die Türe ihrer Stadt gerückt haben. Als in meinem Blickfeld der klare Umriß der Kirche erschien, wandelte sich plötzlich das Straßenbild, die Häuser ordneten sich ein, standen säuberlich nebeneinander, eines wie das andere: rosa, hellblau, blaßgrün getüncht wie aus einem Kinderbaukasten, und nicht einmal die Mitteltreppe fehlte, um die man einen Bogen machen mußte, weil sie ein Stück auf den Bürgersteig ging. Diese kleinen Rotdornbäumchen vor den bunten Häusern stimmten mich heiter. Ich blieb vor den Auslagen der Schaufenster stehen, besah mir die Kuh aus bemaltem Stein, die unter den Blattpflanzen einer Metzgerei den Marmor abgraste, und stand mit mancherlei Kindheitserinnerungen beschäftigt vor dem roten Elefanten mit den kleinen, silbernen Steigbügeln, der zwischen adrett gereihten Kinderschuhen spazierte, und bog schließlich auf den Kirchplatz ein, trat einen Augenblick in die Kirche, deren Inneres die gleiche helle Ebenmäßigkeit aufwies wie die Bürgerhäuser, die keinen Einfallsreichtum, wohl aber Anmut besaßen.

Unter der Tür des »Hotels zur Post« stand der weißlockige Wirt, der sich mit Recht für das beste Aushängeschild seines Gasthofes ansehen mochte, und hielt bereits Ausschau nach dem letzten Sommergast, der sich noch im Oktober in das Städtchen verirrt hatte. Nachdem wir ein ausgiebiges Gespräch über mein Mittagessen hatten, fand sich leicht ein Übergang zu dem Anlaß meines Besuches. Ich erwähnte, daß ich nicht ganz fremd hier sei, da ich jemanden gekannt habe, der hier aufgewachsen war. Es stellte sich heraus, daß der Wirt eine Tochter hatte, die mit ihr zusammen zur Schule gegangen war. Der Vater pflegte, bevor er endgültig hierher zog, im Hotel zur Post einzukehren, wenn ihn eine Synode in die Kreisstadt rief. Bevor er jedoch zu Einzelheiten ausholen konnte, die ich nicht aus dem Munde meines Wirtes erfahren wollte, fragte ich mit

Zurückhaltung, wer der Familie Feldcamp nahegestanden habe, wen ich aufsuchen könnte. Er nannte mir den Namen einer Ärztin, die im ersten Stock der Apotheke ihre Praxis als Orthopädin betrieb und dort auch wohnte, gleich an der gegenüberliegenden Seite des Kirchplatzes. Dr. Lenz. Mir fiel sehr bald ein, daß ich diesen Namen bereits gelesen hatte. – Reinhold Lenz. Die Lieder für Gabriele. Ich war bestürzt, diesmal so rasch einem der Ziele meiner Reise nahe zu kommen.

Nach dem Essen setzte ich meinen Stadtrundgang fort, der, als ich die zweihundert Meter der Hauptstraße hinter mir hatte, am Schloß schon zu Ende war. Es blieb nug ein Gang durch die bereits für den Winter versorgten Anlagen. Dann bog ich in eine Allee ein, deren Mittelweg durch Holzbarrieren mehrfach versperrt war und dessen Seitenwege, von hohen Eichen beschattet, eher Reitwegen denn Gehwegen glichen. Es ging sich gut in dem feuchten Laub. Ich setzte mich schließlich auf eine der flachen, unbequemen Steinbänke, legte den Hut neben mich, stellte die Tasche ab und fühlte mich wohl. Tatsächlich, ich tat nichts anderes als mich wohl zu fühlen. – Später entdeckte ich einen kleinen Gasthof, der mir geeignet schien, mich für eine Nacht zu beherbergen. Ich fand ein Zimmer, das meinen Wünschen durchaus entsprach: Zwei Fenster, die auf einen Obstgarten blickten, hellgetünchte Wände, deren Kahlheit durch ein paar kolorierte Stahlstiche

– der Fürst auf der Jagd, eine Ansicht der Stadt aus der Zeit ihrer Gründung um 1800, das Schloß – unterbrochen wurde, ein brauner Kachelofen, freundlich geblümte Kissen in zwei Korbsesseln vor einem runden Tisch, auf dem ein Strauß Astern stand. Ich trug mich in ein Gästebuch ein, das die ungewöhnliche Rubrik »Zweck des Aufenthaltes« neben Namen und Beruf aufwies, die mich einiges Nachdenken kostete und in meiner damaligen Verfassung nicht mit »geschäftlich« oder »Erholungsreise« abzutun war. Ich war der Meinung, daß ich auch diesmal auf den Grund gehen müsse, und schrieb, nachdem ich mein Kännchen Kaffee geleert und zwei Stücke Zwetschgenkuchen zu mir genommen hatte, schließlich mit Bedenken: »Besuch von Freunden«.

Ich war unschlüssig, ob es passend sein mochte, der Ärztin ein paar Blumen mitzubringen. Ich unterließ es, um meinem Besuch nicht von vornherein den Anschein eines Kondolenzbesuches zu geben. Ich ging die kurze Strecke zum Kirchplatz zurück und zog die Nachtglocke, da die Haustür verschlossen war. Man ließ mich nicht lange warten. Schritte kamen eine Treppe herunter, ich legte mir den ersten, schwierigen Satz zurecht, da wurde die Haustür bereits aufgezogen; ich half ein wenig nach und fand mich einer Frau gegenüber, deren weißer Kittel offenstand, die einen Patienten erwartet haben mochte und die dem Fremden abwartend, um nicht zu sagen kühl, entgegensah.

Auch hier kam mir mein Äußeres zugute. Auch sie war sich sofort darüber im klaren, daß ich nicht irgendeiner war, den man unter der Haustür abfertigen konnte. Sie bat mich herauf, nachdem ich meinen Namen genannt und sie um eine Unterredung gebeten hatte. Sie hieß mich in einen Raum eintreten, der wohl ihr Wohnzimmer war, während sie selbst für kurze Zeit hinter einer anderen Tür verschwand. Eine Reihe von Blattpflanzen, lieblos auf einem Holzgestell abgesetzt, das seine Arme ungeschickt zur Seite streckte, machten den Raum kühler, anstatt ihn, wie es beabsichtigt sein mochte, wohnlich zu machen. Es war das einzig Überflüssige in dem Zimmer und störte darum seine Sachlichkeit.

Ohne der Aufforderung nachzukommen, einstweilen Platz zu nehmen, stand ich, Hut und Handschuhe in der Hand, in der Mitte des Zimmers, hörte zu, wie die nahe Kirchturmuhr schlug, und betrachtete das Pastellbild eines braunhaarigen Knaben, das in einem ovalen Rahmen zwischen den beiden Fenstern hing. Es lag nahe, daß das kleine Bild jenen Reinhold darstellte, der *ihr* die Lieder aus dem Felde geschrieben hatte. Unwillkürlich war ich einen Schritt näher gegangen und hatte mich darum zu entschuldigen, als Frau Dr. Lenz durch eine Nebentür das Zimmer wieder betrat. Übrigens erleichterte mir die Frage nach dem Bild den Übergang zu meinem Anliegen.

Frau Dr. Lenz trug jetzt ein Kostüm, das korrekt

und nichtssagend wie ein Berufskleid wirkte. Um diese Wirkung zu erzielen, hätte sie den Kittel nicht abzulegen brauchen. Ihr blondgraues Haar war auf ungefällige Weise straff nach hinten gekämmt. Sie schien sich nicht zu lieben; sie schien sich völlig gleichgültig zu sein. Merkwürdig bei einer Frau, unbegreiflich bei einer Ärztin. Flüchtig dachte ich, daß einem der Nächste – von Nächstenliebe wollte ich nicht einmal reden – wenig bedeuten könnte, wenn man von sich selbst so wenig hält. Geringschätzung, wie sie aus diesem Gesicht sprach, hat immer ihren Ursprung in dem Fehlen der Liebe zu sich selbst; sie wirkt bestürzend bei einer Ärztin. In der Abgeschiedenheit der kleinen, anmutigen Stadt nahezu ungehörig.

»Gabriele Feldcamp?«

Sie dehnte den Namen. Stopfte währenddessen mit ihren mageren Fingern geschickt, aber ohne Eile eine Zigarette, deren hohles Mundstück sie mehrfach einkniff, und dann erst, aber auch jetzt ohne alle Eile, obwohl ich schon eine geraume Zeit mit dem brennenden Streichholz vorgebeugt saß, hob sie die Zigarette und gleichzeitig den Blick zu mir. Sie hatte eigentümliche Augen. Das Graugrün der Iris getrübt und auch die unnatürlich geweiteten Pupillen ohne Glanz. Unbestechliche Augen einer Frau, die in Lüge und Leid gesehen haben und von nichts anderem mehr zu wissen schienen. Sie atmete den Rauch langsam ein und blies ihn auf eine männliche Weise in kurzen Stößen durch die engen Nasenlöcher aus.

»Gabriele Feldcamp? – Ob ich sie kannte? O ja. Aber ich schätzte sie nicht. Sie war schon als junges Mädchen eine von den Frauen – aber lassen wir das.« Sie sprach langsam, akzentuiert, stellungnehmend, während sie die Sätze formte: »Ich vermute, daß Sie ein ernstes Interesse an ihr nehmen? – Nein, Sie sind mir keine Erklärung schuldig. Sagen Sie es mir, wenn ich gesprochen habe, ich würde vielleicht nicht unvoreingenommen sein. –

Hier, von diesem Fenster aus, habe ich sie zum ersten Male gesehen.

Eines Nachmittags kam mein Junge ganz verändert nach Hause. Er war mit seiner Klasse in einer Ausstellung gewesen; ich weiß heute nicht mehr, worum es sich handelte dabei, aber auch die Ausstellung hatte ihn sehr beeindruckt. Er zog mich an dieses Fenster und zeigte auf zwei etwa fünfzehnjährige Mädchen, die unter der Linde dort standen und miteinander schwatzten. ›Die Schwarze, die ist es‹, und dann stürzte er in sein Zimmer und kramte unter seinen Büchern, rief mir zu, daß er ihr das bringen müsse, und verschwand.

Sie war noch ganz kindlich mit ihrem schwarzen Haar, das offen auf die Schultern fiel, fast mager und noch unbefangen.

Holder war knapp siebzehn. Ich wußte, daß er noch nicht nach Mädchen sah. Darum war ich überrascht und ein wenig amüsiert über den Eifer, den er plötzlich an den Tag legte.

Ich war am Fenster stehengeblieben, den Vorhang hatte ich ein bißchen zur Seite geschoben. Jetzt zeigte er zu meinem Fenster hinauf, ich wollte einen Schritt zurücktreten, aber da knicksten die beiden Mädchen schon, auch die blonde, die mir besser gefiel mit ihrem glatten Zopf, den sie hochgebunden im Nacken trug. Er gab beiden die Hand und ging langsam auf die Haustür zu. Als er wieder neben mir stand und wir zusammen hinter den Mädchen hersahen, die eben um die Ecke des Kirchplatzes bogen, eingehakt, die Schulmappen unter den Arm geklemmt, sagte Holder: ›Gabriele heißt sie, Muttchen. Sie werde ich heiraten – wenn sie mich will.‹

Erst wollte ich lachen. ›Junge‹, sagte ich. ›Heiraten? Mit siebzehn?‹ Da sah er mich mit seinen erregten Augen an: ›Das ist mir ernst, Mutter. Sie ist jetzt das Ziel.‹

Er hatte immer ›ein Ziel‹ gehabt. Bis dahin hatte es oft gewechselt, waren die kleinen, wandelbaren Wünsche eines Knaben gewesen. Von nun an änderte er ›sein Ziel‹ nicht mehr.

Er war mein Einziger. Sie müssen ein Stück der Vorgeschichte kennen, um zu wissen, was er mir bedeutete. – Ich hatte im Frühjahr 1918, als ich in einem Lazarett im Westen als Schwester ausgebildet wurde, einen Unteroffizier kennengelernt. Er war neunzehn, ich war zwanzig. Sie hatten ihm das rechte Bein fast bis zum Knie weggeschossen. Ich verliebte mich in ihn, in seine schwarzen Augen, seine schmalen, unruhigen Hände und seine helle, klingende Stimme, mit der er nach mir rief. – Im September wußte ich, daß ich ein Kind bekommen würde. Anfang Oktober wurden wir kriegsgetraut. Wir blieben beide im Lazarett, dort war unser einziges Zuhause. Er mußte im November, der Krieg war inzwischen zu Ende, noch einmal operiert werden. Sie nahmen ihm das Knie auch noch ab. Aber die Wunde heilte nicht. – Ich habe ihn gepflegt. Er war kaum noch ohne Fieber. Es gab nicht mehr die notwendigen Arzneien; ich bettelte beim Chefarzt, ich wich nicht mehr von seinem Bett – im Januar nahmen sie den Rest des Beines ab, vier Tage später war er tot. –

Ich kehrte auch dann nicht nach Hause zurück. Ich paßte nicht mehr in mein Elternhaus. Man zahlte mir die übliche Rente, ich blieb im Lazarett, bis es aufgelöst wurde, und pflegte weiter. Dort wurde mein Kind geboren. – Ich hätte mich wohl wiederverheiraten können, aber – nun, das gehört nicht hierher. – Mein Vater schickte mir monatlich einen Zuschuß. Zusammen mit der Rente und dem Geld für das Kind hatte ich so viel, daß ich studieren konnte. Medizin. Etwas anderes kam nicht in Betracht. Inflation. Die Eltern konnten mich nicht mehr unterstützen, ich mußte wieder arbeiten. Diesmal bei der Arbeiterwohlfahrt. Der Kleine kam in einen Kinderhort. Mit sechsundzwanzig war ich fertig. Aber erst acht Jahre später war ich so weit, daß ich mir diese Praxis aufbauen konnte. Man geht hier nicht so leicht zu einer Ärztin. Es dauerte Jahre, bis ich mich durchgesetzt hatte. Wirklich gut ging die Praxis nur im Kriege, als zwei unserer Ärzte im Feld waren und ich ihre Vertretung hatte.

Arbeit. Immer nur Arbeit. Und der Junge! Der mit zärtlicher Liebe an mir hing. Der seinem Vater von Jahr zu Jahr ähnlicher wurde. Als er acht Jahre alt war, schenkte ich ihm zum Geburtstag die Geige. Seinen Vater hatte ich niemals spielen hören, er hatte nur immer von Musik geschwärmt. Es waren schöne Jahre mit dem Kind. Schöne, immer noch harte Jahre. Aber ich kannte es nicht anders. Mir ist nie etwas leicht gemacht worden. Leichtsinnig war ich nicht einmal in den paar Monaten mit seinem Vater. Ich war für die dunkle Seite des Lebens da, er sollte die helle haben. Er sollte seine Musik haben. Ich ließ ihm Unterricht geben, nicht hier. Er fuhr einmal in der Woche zu einem Professor an die Akademie, dort, wo er dann später studiert hat. Wie gut das tat, wenn die Nachmittagspraxis vorbei war, die Hausbesuche erledigt und unser kleiner Haushalt besorgt, wenn ich dann hier in diesem Sessel saß und er drüben an seinem Pult stand und spielte. Ich hörte, daß er Fortschritte machte! Wie er zum erstenmal in einem Schülerkonzert allein spielte! Damals war er in der Untersekunda, wir waren noch nicht lange in dieser Stadt. Er hatte kaum Freunde, er ging nicht zum Sport, er spielte nicht mit anderen Kindern auf der Straße. Er war immer für sich und half mir, wo er nur konnte, damit ich Zeit für uns beide hatte und wir wandern konnten, spielen und musizieren.

Das alles wurde anders, nach jenem Tage. Zwar saßen wir auch dann noch abends zusammen, er übte, er las mir auch noch vor, aber nachmittags, wenn ich Sprechstunde hatte, ging er mit den beiden Mädchen spazieren. Im Sommer zum Schwimmen, im Winter auf den Schloßteich zum Schlittschuhlaufen. Und abends erzählte er nur von ihr. Die Kinder nannten sie ›Gabi‹, er selbst sagte Gabriele oder auch Ellen. Manchmal kamen die beiden Mädchen, die unzertrennlich schienen, mit zu mir herauf. Claudias Vater war Forstmeister, irgendwo in der Nähe auf dem Lande, sie wohnte bei Gabriele, um hier die Schule besuchen zu können. Gabrieles Vater war Pfarrer, gehörte der Bekennenden Kirche an und wurde deshalb vorzeitig pensioniert. Er wohnte nicht weit von hier, in der Fürstenallee, in einem schönen, alten Haus, dessen untere Etage er gemietet hatte. Ihre Mutter war damals schon in der Anstalt. Eine Tante führte den Haushalt. Die Kleine tat mir leid. Ich redete Holder zu, sie doch öfter mit zu uns zu bringen. Sie hatte keine Mutter, er keinen Vater. Sie sah, wie soll ich es nennen, immer ein wenig verwildert aus, obwohl sie stets sauber angezogen war. Claudia war wohlerzogen, ein stilles, liebenswürdiges Kind. Gabriele schmeichelte. Sie hatte eine unwiderstehliche Art, um Liebe zu betteln mit ihren glänzenden Augen und dem weichen, blassen Mund. Sie sang hübsch. Auch ich fand, daß es ein reizendes Bild war, wenn die beiden zusammen standen: Holder mit seiner Geige und Gabriele mit dem Notenblatt in der Hand.

Im Winter stellte sich heraus, daß er in der Schule nachließ. Er saß künftig länger über seinen Hausaufgaben und ging zu Gabrieles Vater und ließ sich von ihm im Griechischen und in Latein nachhelfen. Das Mädchen machte ihm die Aufsätze, mit Claudia mußte er Mathematik treiben, die darin ungewöhnlich begabt war, kurzum, morgens war er in der Schule, nachmittags drüben bei ihr, abends mußte er in seine Heimabende, und in wenigen Monaten entwuchs er mir, veränderte sich auch äußerlich, wurde männlicher, legte mehr Wert auf seinen Anzug, wehrte sich gegen meine Zärtlichkeit. Da wußte ich, daß er nun ihre Zärtlichkeit suchte – ob er sie damals schon fand, weiß ich nicht. Sicher ist, daß sich das Mädchen gleichfalls veränderte. Eben noch ein Kind, übersprang sie das Backfischalter, wurde voller, streckte sich und wurde auf fast erschreckende Weise schön. Sie behielt dabei ihr schmeichelndes Wesen, und gegen meinen Willen gewann ich sie im Laufe der Jahre lieb.

Sie meinen, das stehe im Widerspruch zu meiner

ersten Äußerung, daß ich sie nicht schätzte? Doch, beides stimmt. Meine Zuneigung zu dem Kinde war widerwillig. Das Mädchen war, wie ich selbst gern gewesen wäre, alle Herzen flogen ihr zu. Die Leichtigkeit, mit der sie so viel Liebe hinnahm – das verdroß mich. Ich weiß nicht einmal, ob sie meinem Sohn das gleiche, unbedingte Gefühl entgegengebracht hat; ich hielt sie nicht für anhänglich, es ging ihr eher darum, Zuneigung zu erringen, weniger darum, sie zu bewahren.

Ihr Verhältnis zu dem alten Vater war sehr innig. Als sie größer war und die Schule verlassen hatte, sah man die beiden häufig in der Allee miteinander auf und ab wandern; immer in der Stunde der Dämmerung, er hatte ein Augenleiden und ertrug helles Licht nicht mehr. Er wurde in den letzten Jahren seines Lebens fast menschenscheu. Wenn ich Patienten besuchte, traf ich die beiden manchmal. Er legte beim Gehen gern die Hand auf ihre Schulter. Man hätte nicht zu sagen gewußt, ob es eine behütende Geste war oder ob er sich auf die junge, kräftige Schulter stützte. Ich hörte von weitem das Lachen des Mädchens. Den Vater sah man niemals lachen. Nicht daß er verbittert gewesen wäre. Sein Gesicht war still und gesammelt. In den Augen hatte er ein Leuchten, das gütig, vielleicht auch heiter war, wenn auch eine völlig nach innen gekehrte Heiterkeit. Er verkehrte mit niemandem in der Stadt. Er fand Genüge im Umgang mit den drei jungen Menschen, die ihm so viel bedeuten mochten wie er ihnen. In den ersten Jahren hat er an Feiertagen noch in der Stadtkirche gepredigt, später bekam er Redeverbot. In seine Heimatgemeinde ist er meines Wissens nie wieder gefahren; sein Nachfolger gehörte zu der deutsch-christlichen Richtung, es gab zwischen beiden keine Brücke des Verstehens. Er bewies in konfessioneller Hinsicht eine Härte, die wenig zu ihm paßte. Die älteren Leute aus seiner Gemeinde besuchten ihn manchmal, später unterblieb auch das. Es lag auf dem Haus wie ein Bann: der politisch unzuverlässige, alte Pfarrer, seine Frau, die seit Jahren in einer Anstalt lebte und von der recht unerfreuliche Gerüchte umgingen, seine Schwester, eine herbe, verbitterte Frau. – Daß der Sohn, mit zwanzig Sturmführer in der SS, das Elternhaus mied, verstärkte den Argwohn und verschloß auch die Türen, die einem Manne seiner politischen Weitsicht sonst auch hier offengestanden hätten. – Das Haus unter den beiden alten Nußbäumen war dunkel und beunruhigend, nur die drei Kinder schafften eine lebendige Verbindung mit der Außenwelt.

Mir war Holders enge Freundschaft mit Gabriele und dem Vater auch aus politischen Gründen nicht angenehm. Meine Stellung hier war noch zu ungefestigt, als daß ich irgendein Mißtrauen hätte aufkommen lassen dürfen. Ich bin daher auch Gabrieles Einladung, den Vater zu besuchen – die übrigens nur einmal erfolgte –, nicht nachgekommen. Das mag von heute aus gesehen ein Unrecht gewesen sein. Damals bedurfte es keiner Überlegung. Wenn man diese Familie schon duldete, so konnte man sich doch nicht mit ihr identifizieren. Ob Gabriele unter dem Ausgestoßensein gelitten hat, vermag ich nicht zu sagen. Zumindest verstand sie es, sich darüber hinwegzusetzen in einer Art, die mir nachträglich Bewunderung einflößte. Vermutlich hat sie in jenen Jahren diesen schmeichelnden Zug angenommen, dieses Lächeln, das immer ›habt mich trotzdem lieb‹ zu bitten schien.

Als sie die Untersekunda am Lyzeum absolviert hatte, nahm sie der Vater von der Schule, wohl um sie weiteren Schwierigkeiten zu entziehen. Damals sollte die Schule die Hakenkreuzfahne bekommen, das konnte nur geschehen, wenn alle Mädchen dem BDM angehörten. Sie war eine der letzten. Ich entsinne mich deutlich an den Abend, als Holder mit den Mädchen herkam und sie darüber sprachen. Der Vater hatte es Gabriele freigestellt. Er übte keinen Zwang auf sie aus. Sie entschied sich für ihn und verließ die Schule. Holder war empört. Er war leicht zu empören. Politisch war er unkritisch, ja uninteressiert, eine eigene Stellungnahme hatte er damals gewiß nicht. Ihn kränkte lediglich das Unrecht, das man dem Mädchen tat.

In jenem Frühling, Holder kam gerade in die Prima, fing Gabriele in der Schloßgärtnerei als Elevin an. Ich persönlich fand diesen Ausweg gut. Ich hielt das Kind für mäßig begabt. Sie hatte Phantasie, sie war auch fleißig und ausdauernd, aber ihr Geist war nicht eigentlich rege. Ein Musikstudium konnte nicht in Frage kommen, einmal, weil sie den Vater nicht verlassen wollte, zum anderen mochte allen, die für eine Entscheidung in Frage kamen, das Schicksal der Mutter vor Augen stehen, die ebenfalls eine hübsche Stimme gehabt haben soll bei mangelhaftem Gehör, so daß sie eine eher dritt- als zweitrangige Konzertsängerin blieb, bis der nicht mehr junge Pfarrer sie zu seiner Frau machte. Vermutlich hat durch diesen Schritt sein Ansehen bei seinem Konsistorium mehr noch gelitten als durch seinen späteren politischen Widerstand, der, seiner Natur entsprechend, durchaus passiv blieb.

Alle Ereignisse der politisch so bewegten dreißiger Jahre kamen nur gedämpft in unsere Stadt. Mir schien damals oft, als saugten die weiten Wälder Lärm und Getöse auf. Man hat sich später manches Mal gefragt, warum man damals nicht selbst zu der Einsicht gekommen ist, die uns die von draußen später so schmerzhaft beigebracht haben. Das Gesicht unserer kleinen Stadt veränderte sich nur allmählich. Trotzdem geschah auch hier manches Verdrießliche, zumal, seitdem die SS ihren Standort hier hatte. Um das vorwegzunehmen: Auch Gabriele muß eine Affäre mit einem dieser SS-Offiziere gehabt haben. Das war im Anfang des Krieges, vermutlich der Sommer 1941, ihr Vater lebte noch. Man hinterbrachte es mir, weil die ganze Stadt von Holders und ihrer Freundschaft wußte. Man verübelte es ihr um so mehr, als Holder in Rußland war. Ich schrieb ihm nichts davon. Es hätte unser Verhältnis nur getrübt, er glaubte ihr blindlings, lieber hätte er mich der Lüge bezichtigt.

Vielleicht kann man dem Mädchen nicht einmal einen Vorwurf daraus machen. Sie war ein hübsches Ding, und gewiß machten es ihr die Männer nicht leicht, die Mutter hatte ja den gleichen verhängnisvollen Zug gehabt. – Damals kränkte es mich sehr. Ich erwiderte ihren Gruß nur noch kühl. Sie mochte meine Verstimmung spüren, hatte wohl auch ein schlechtes Gewissen, auf alle Fälle kam sie nicht mehr zu mir, brachte mir auch Holders Briefe nicht mehr, was sie zuvor getan hatte.

Aber ich habe vorgegriffen: Gabriele arbeitete in der Schloßgärtnerei, Claudia besuchte weiterhin das Lyzeum, Holder saß in der Prima. Eine Zeitlang sah es so aus, als ob er seine Zuneigung Claudia zugewendet hätte, was ich gern sah und auch förderte. Das Mädchen begann sich damals für den Arztberuf zu entscheiden. Sie schien mir dafür wie keine andere geeignet. Sie lieh sich Bücher von mir, wir unterhielten uns lange miteinander, sie half mir auch in der Sprechstunde. Holder saß unterdes über seinen Büchern. Es fiel ihm nicht leicht, vornehmlich die alten Sprachen nicht. Er tat mir oft leid. Ich bedauerte schon, ihn nicht in die Nachbarstadt auf das Realgymnasium gegeben zu haben. Mir selbst erschien die Verbindung von Musik und alten Sprachen gut gewählt, da sie ihm später die Möglichkeit geben sollte, in den Schuldienst zu gehen, falls seine Begabung für eine reine Musikerlaufbahn nicht ausreichte, was damals, ich denke an die Jahre, in denen die Schulwahl entschieden werden mußte, noch nicht abzusehen war. Er ging zweimal in der Woche zu Pfarrer Feldcamp, nachmittags, wenn er Gabriele nicht begegnete.

Er sprach in diesem Jahr weniger von dem Mädchen. Es mochte eine Entfremdung zwischen ihnen eingetreten sein, von der er nicht sprach, unter der er jedoch sichtlich litt. Vielleicht waren sich beide bewußt geworden, daß es keine Kinderfreundschaft mehr war. Ich selbst habe ihn zu lange als Kind angesehen, obwohl mich mein Beruf zu einer besseren Einsicht hätte erziehen sollen. Ich wollte nicht begreifen, daß sein Vater wenig älter war, als er in den Krieg mußte, als man ihn zum Krüppel schoß, als ich mich in ihn verliebte. – Holder war leidenschaftlich und erregbar wie sein Vater. Nur grüblerischer, schwermütiger, das war sein dunkles, mütterliches Erbteil. Er hat es nicht leicht gehabt damit.

Im Winter besuchte er eine Schülertanzstunde, an der zwar Claudia teilnahm, nicht aber Gebriele. Auch durch die Tanzabende wurde er von ihr abgelenkt. Ich vermute, daß er aus Trotz hinging und sich auch aus Trotz so viel mit Claudia abgab, die gleichmäßig freundschaftlich blieb und immer ein wenig nüchtern neben den beiden wirkte.

Ich veranstaltete, wie es hier üblich ist, gegen Ende des Winters einen kleinen Hausball, zu dem auch Gabriele eingeladen wurde. Ich selbst schlug es vor. – Ich hatte alles hübsch arrangiert, soweit mir meine Arbeit Zeit dazu ließ. Ich selbst habe nie eine Tanzstunde besucht. Ich war um das Gelingen unseres kleinen Festes recht besorgt. Claudia sollte mir zur Hand gehen. Es gab eine leichte Bowle; im Wartezimmer wurde getanzt, wir hatten ein Koffergrammophon entliehen, notfalls konnte Holder sich ans Klavier setzen. Die Mädchen trugen diese ungraziösen Kleider, die nicht lang und nicht kurz waren, die Röcke weder weit noch eng, sie wirkten verkleidet und noch ganz hölzern. Nur Gabriele kam in einem weißen Taftkleid, der weitgekrauste Rock ließ ihre hübschen Beine sehen, und ihre Arme kamen braun und rund aus knappen Puffärmelchen. Um den Hals trug sie ein schwarzes Samtband mit einem Medaillon. Obwohl sie ganz unmodisch angezogen war, wurden sich die anderen Mädchen instinktiv ihrer eigenen Steifheit bewußt. Sie mieden Gabriele, vielleicht auch, weil sie in einer Gärtnerei arbeitete und sie zum Lyzeum gingen. Auch die Jungen waren ihr gegenüber besonders zurückhaltend. Auch Holder.

An jenem Abend erlebte ich, wie dieses junge Ding alle Register weiblicher Verführungskunst spielen ließ. Ich besah mir das mit Interesse und mit

Befremden. Woher hatte sie das? Wäre sie dabei nicht so liebenswürdig gewesen, hätte man sie als aufdringlich empfinden müssen. Sie umwarb uns alle: die Mädchen, die Jungen und mich. Sie konnte nicht einmal tanzen, aber sie paßte sich leicht an, setzte die Füße zaghaft, ließ sich die Schritte zeigen, gab lächelnd ihre Ungeschicklichkeit zu, was ihren Reiz noch erhöhte. Sie sagte den Mädchen etwas über ihre hübschen Kleider, bewunderte die Blumen, die ich mit viel Mühe angeordnet hatte, lobte die Bowle, strahlte nach allen Seiten Freude aus über solch ein schönes Fest, war der Mittelpunkt des Abends und hatte doch immer bescheiden und bewundernd die Vorzüge der anderen hervorgehoben.

Sie war reizend anzusehen in ihrem Eifer. Ihr sonst blasses Gesicht war gerötet, und ihre Hände und Füße waren ständig unterwegs, es allen recht zu machen.

Das Eigenartige war, und das interessierte mich natürlich vom Psychologischen her besonders, daß sie das alles nicht verstandesmäßig tat, sondern ganz instiktsicher. Es gab daher kein Abfallen und Ermüden am Ende des Festes. Holder hatte ein paarmal die Lieblingsschlager auf dem Klavier spielen müssen. Vornehmlich Märsche, aber auch der langsame Foxtrott war bei den jungen Leuten sehr beliebt. Alle tanzten mit großem Eifer, aber mit wirklicher Hingabe tanzte nur das Mädchen. Wie es mit Holder stand, sah ich erst, als er den einen Tanz mit ihr tanzte: er hielt sie lose im Arm, wagte nicht, sie anzufassen, und kam ständig aus dem Takt. Sie lachte ihm zu, zog ihn mit sich an meinen Tisch. Sie hat auch etwas gesungen. War es – nein, daß muß später gewesen sein, als er noch einmal im Urlaub zu Hause war.

Holder fiel es zu, das Mädchen nach Hause zu begleiten. Ich sah es nicht gern, daß er in diesem erregten Zustand mit ihr in die Nacht hinausging. Aber es gab keinen Grund, das zu untersagen. Claudia half mir beim Aufräumen und wollte in der Nacht bei uns schlafen. Nach einer Stunde schickte ich sie zu Bett. Ich selbst ging hin und her, räumte, stellte Vasen von einem Tisch auf den anderen, schaltete hier eine Lampe an, dort eine aus, hielt mich lange Zeit künstlich beschäftigt. Ich setzte mich schließlich in mein Sprechzimmer, das mir immer eine Zuflucht war, schaltete das Licht aus, rückte mir den Stuhl an das Fenster und wartete. Es wurde eins. Die Kirchturmuhr rechnete mir laut die Viertelstunden vor. Der Mond verschwand. Der Himmel bezog sich. Schließlich fing es an zu regnen. Ich ging auf und ab. Ich stand am Fenster. Ich versuchte meine Gedanken nicht die Wege gehen zu lassen, die mein Junge nun ging. –

Es war bald sechs, dreimal hatte die Uhr schon wieder geschlagen, als ich ihn drüben um die Ecke biegen sah. Es wurde bereits hell. Er setzte die Füße ganz langsam, ging wie im Traume auf unser Haus zu, lehnte sich unten an das Gitter. Ich hörte seine Schritte auf der Treppe, der Schlüssel ging, seine

Zimmertür. Dann war es still. Hätte ich zu ihm gehen sollen? Ich war in dieser Nacht nur seine Mutter, mein Verstand setzte völlig aus. Ich war verstrickt in Angst, Verzweiflung, Bestürzung, Scham. Ich legte mich auf die Lederbank im Sprechzimmer und schlief vor Erschöpfung ein. Claudia fand mich so. Sie fragte nicht, sie öffnete die Fenster und ließ die kalte Morgenluft herein, brachte mir einen starken Kaffee und ging zur Schule. Holder kam erst gegen Mittag aus seinem Zimmer.

Es hat mich tief getroffen, daß ich mein Kind so wenig gekannt habe. Mein Mißtrauen stand in den nächsten Jahren immer zwischen uns. Er war schon in Rußland, in diesem ersten, schrecklichen Winter, da hat er mir geschrieben, wie er unter meinem Mißtrauen gelitten hat. Er selbst hat übrigens nicht einmal an die Möglichkeit meiner Befürchtungen gedacht. Die Phantasie von uns Erwachsenen ist so viel verdorbener als die der Kinder. Unser Argwohn gilt im Grunde uns selbst.

Gabriele ist mit ihm in jener Nacht noch einmal um den Schloßteich gegangen, hat ihm einen Kuß gegeben und ist ihm fortgelaufen. Er ist – verstört und beseligt und verzweifelt zugleich, was wissen wir noch davon! – durch die Nacht gerannt und hat schließlich auf der Mauer, die ihren Garten einfaßt, unter dem Nußbaum gesessen, bis ihn der Morgen aus seinen Träumen geholt hat.

Zunächst bekam er einen heftigen Katarrh, der

fast seine Teilnahme am Maturum in Frage stellte, aber der auch zuwege brachte, daß er mit größerer Nachsicht geprüft wurde, die er in manchem Fach nötig hatte.

Es blieben ihm nur noch die kurzen Osterferien, in denen er oft mit ihr zusammenkam. Morgens brachte er sie um sieben Uhr in die Gärtnerei. Sein Taschengeld legte er darin an, nachmittags noch einmal hingehen zu können, um einen Strauß Osterglocken, ein Töpfchen Zwergtulpen, Veilchen oder auch eine Treibhausgurke kaufen zu können. Nie wieder hat er mich mit Blumen so verwöhnt wie in jenen Wochen.

Er kam zum Arbeitsdienst. Ich hatte mich vor dieser ersten, großen Trennung sehr gefürchtet, nun aber war unser Verhältnis so kühl geworden, daß ich erleichtert war, zumal er ein halbes Jahr nicht nur von mir, sondern auch von dem Mädchen getrennt sein würde und unter der ungewohnten Belastung körperlicher Arbeit andere Dinge in den Vordergrund treten würden. Ich selbst hielt und halte noch heute von dieser Einrichtung viel. Für meinen Sohn war ich besonders froh, da er im letzten Jahr sehr schmal geworden war und jeglichen Sport vernachlässigt hatte. Seiner körperlichen Entwicklung würde die gründliche Ausarbeitung guttun, außerdem würde ihn der Umgang mit Gleichaltrigen in die Gegenwart zurückholen, aus der er sich nur zu gern zurückzog, sei es in seine Musik, in die Stille des

Pfarrhauses oder zu Gabriele und ihren Blumen. – Ich habe damals zu wenig bedacht, wie hart die Schule war, in die er übergangslos gesteckt wurde. Ich hatte ihn behütet, solange ich es vermochte, nun war er erwachsen und mußte sich selbst zurechtfinden. Das Mädchen hat ihn besser verstanden. Sie fing damals an, ihn zu verwöhnen. Sie hat ihm lange Briefe geschrieben und ihm von allem, was ihm hier lieb war, getreulich berichtet, sie hat ihm Blumen gepreßt und zwischen die Briefseiten gelegt, hat ihm Päckchen geschickt mit selbstgebackenem Kuchen und ihm Schokolade und Zigaretten gekauft von ihrem Taschengeld und Gedichte für ihn abgeschrieben.

Das alles erfuhr ich erst viel später. Sie hat ihn mit der Zärtlichkeit umgeben, die er brauchte. Ich selbst war der Ansicht, daß ihn das alles verweichlichen würde und ihm das Eingewöhnen nur erschweren. Sie hat recht behalten, denn sie hat er geliebt.

Sie mochte durch den Vater manchen Einblick in die politische Entwicklung haben und die Nähe des Krieges voraussehen – ein Gedanke, den ich bis zum letzten Augenblick als absurd von mir geschoben habe –, aus diesem Grund fuhr sie wohl zu Pfingsten zu ihm, da er keinen Urlaub bekam. Sie kann es nur mit der Einwilligung des Vaters getan haben, eine Weitherzigkeit, die ich nicht in ihm vermutet hätte. Sie besuchte mich anschließend und brachte mir Holders Grüße. Sie erzählte so lebhaft und freudig von der Begegnung, sah mich mit ihren schwarzen Augen so aufrichtig an – aber ich mißtraute ihr trotzdem.

Wenig später gab sie es auf, um meine Freundschaft zu werben. Erst als Holder im Krieg war, kam sie wieder, wohl nur, weil er sie darum gebeten hatte.

Das halbe Jahr Arbeitsdienst hatte ihn eher angestrengt als seine Gesundheit gefestigt; aber er erholte sich rasch, als er wieder bei mir war und ein paar Wochen für sich hatte, bevor er in sein erstes Semester ging. Er muß unter dem Zwang der steten Aufsicht und Unterordnung gelitten haben, denn er entgegnete auf meine Fragen nach seinem Kommen und Gehen sehr heftig, daß ›dies‹ jetzt aufhören müsse und daß er sein eigener Herr sei. Nun, er war nicht sein eigener Herr, sondern ihr Diener. Ich sagte ihm das auch, er sah mich betroffen an, entgegnete nichts. Im Weggehen meinte er nur, daß es schade sei, daß ich ihn nicht mehr verstände.

Sehen Sie dort«, Frau Dr. Lenz erhob sich und ging zu der Wand, an der neben einer Reihe von Fotografien drei braune Ketten hingen. Sie hob eine leicht von der Wand ab und ließ sie zurückfallen, was ein merkwürdiges, kleines Geräusch gab, das mich an etwas erinnerte. Bevor mein Gedächtnis dem nachgehen konnte, hatten meine Augen es erkannt: es waren aufgeschnürte, runzlige Kastanien.

»Sehen Sie, diese Ketten hier – das waren so Einfälle des Mädchens. Es war Oktober, als er wiederkam, ein regnerischer, winterlicher Oktober, mit Nebel und Nachtfrost, dazwischen ein paar warme, frühlingshafte Sonnentage. Gabriele verstand es einzurichten, daß sie Buchenstecklinge oder etwas anderes, ich verstehe davon nichts, im Walde stechen mußte, und er begleitete sie. Alles, was krampfhaft an ihm war, lockerte sich, er bekam wieder seinen losen, leichtsinnigen Gang, er trug die Hemdkragen wieder offen, ließ sein Haar länger wachsen und schüttelte den ›Arbeitsmann‹ von sich ab. Bei Regenwetter saß er am Klavier oder holte seine Geige hervor. Ich glaube, daß er in diesen Wochen zum erstenmal versuchte, selbst etwas zu komponieren. Als ich einmal seinen Rock weghängen wollte, fand ich eine dieser Ketten. Damals waren die Kastanien noch prall und glänzten feucht. In jede war ein Buchstabe geschnitzt. Ich sah sofort, daß das nur von ihr kommen konnte. Dies war die erste. Man kann es heute noch lesen: In Aeternum, 18. Oktober 1938.«

Sie reichte mir die Kette herüber, und ich hielt das tote, runzlige Ding unbeholfen in den Händen.

»Der Tag und das Jahr stehen auf der Kastanie, die die Kette abschließt. Er verwahrte sie in seiner Schublade, die er auch vor mir verschlossen hielt, die er mit den Raritäten und den Geheimnissen angefüllt hatte. – Die dritte Kette fand man in seinem Tornister. Sie wurde mir mit seinen letzten Sachen gebracht, das war das Soldbuch, zwei Briefe, die Uhr –. Sie wissen selbst, was schließlich übrigbleibt. Es muß um diese

Ketten ein nur den beiden bekannter Ritus gewesen sein. Es gibt wohl viele Geheimnisse zwischen jungen Menschen, die in den entscheidenden Jahren der Reife zueinander hingewachsen sind.

Während des Wintersemesters fuhr Holder zunächst täglich zur Akademie, bis wir uns entschlossen, ihm ein Zimmer zu mieten, so daß er nur noch an den Wochenenden zu mir kam. Aber auch dann kam er vornehmlich zu ihr. Mir blieb die Kaffeestunde am Sonnabendnachmittag, die oftmals gestört wurde, weil ich zu Kranken gerufen wurde und ihn nach meiner Rückkehr nicht mehr vorfand. Abends ging er mit ihr aus; sie waren wohl viel im Fischhaus zum Tanzen, einem Waldrestaurant, das damals bei den jungen Leuten sehr beliebt war. Sonntag früh ging er zur Kirche. Das war neu. Er mußte das selbst wissen. Wenn er dort etwas fand, gut. Je mehr Festigungspunkte ein Mensch hat, desto besser für ihn. Mir hatte sich auch diese Tür immer verschlossen. – Bis zum Mittagessen blieb er im Pfarrhaus, nach Tisch schlief er mit der Rücksichtslosigkeit eines jungen Mannes von zwanzig Jahren. Nachmittags mußte gepackt werden, am zeitigen Abend ging sein Zug. Ich verstand es nicht, dieser wachsenden Entfremdung ohne Resignation zu begegnen. Unser Verhältnis wurde immer äußerlicher, beschränkte sich bald nur noch auf das Instandhalten der Kleidung, die Abrechnung des Monatswechsels. Mehr war es nicht. Gegen zwei gleich starke Pole,

Musik und das Mädchen, konnte ich nicht ankommen, zumal es mir gesundheitlich schlecht ging und die Praxis meine Kräfte aufzehrte.

In den Semesterferien mußte er zur studentischen Erntehilfe, irgendwo im Osten. Ich empfand die Trennung diesmal nicht mit der gleichen Härte, wohl aber das Mädchen. Es kam immer am Samstagabend zu mir, hockte sich dort in die Sofaecke, bat um ein Buch und sah mir zu, während ich meine Kartei in Ordnung brachte.

Der Krieg brach aus. Holder kam vorzeitig zurück. Ich fürchtete, daß er sofort eingezogen würde, aber er konnte weiterstudieren. Alles hatte neue Vorzeichen bekommen, selbst unsere kleine Stadt geriet in Aufruhr. Sie hatte kein Beispiel an einer größeren Nachbarstadt, nur die Erinnerung an den ersten Weltkrieg, und darum hatte das Ausziehen der Soldaten eine verzweifelte Ähnlichkeit mit damals. Der Krieg stürzte meinen Jungen in Gewissensnöte, von denen er mir nichts sagte. Er hat vom ersten Tag an daran gezweifelt, daß ›es eine gute Sache sei‹, so hat er sich in den Briefen an das Mädchen ausgedrückt. Diese Zweifel hatte der Pfarrer in ihn gesät. Eine böse Saat, die da aufging! Ohne sie hätte er es leichter gehabt.

Ende des Winters hat er sich freiwillig gemeldet, aus dem Empfinden heraus, daß es besser sei, aus eigenem, freiem Willen mitzumachen als unter Zwang. Er hatte wie viele Musiker eine technische Begabung, die sich bis dahin nur beim Basteln mit dem Radio, beim Reparieren der Lichtleitungen geäußert hatte, die dann aber bewirkte, daß er als Funker ausgebildet wurde und zu einer motorisierten Nachrichtentruppe kam.

Das nächste kann ich auf Stichwörter beschränken: Westwall, Vormarsch durch Belgien, Frankreichfeldzug, Besatzung, zuerst Ile de France, später in der Normandie, nicht weit von der Kanalküste, ein Jahr später in den Osten, erst polnisch-russische Grenze, Ukraine, Charkow, Asowsches Meer, Donezbogen – am 12. März 1942 –.«

Sie drehte sich nach Minuten erst vom Fenster um, ihr Gesicht lag im Schatten, die Stimme kam hart und spröde.

»Einmal war er nur in Urlaub hier, einmal ist sie zu ihm gefahren, das war, als er in den Osten kam –.

Ich habe ihn nur noch leiblich verloren oder zum zweiten Male, wie Sie es nennen wollen. Es hätte nicht zu sein brauchen. Er hätte nicht in der vordersten Front eingesetzt werden müssen. Es gab eine Heeresvorschrift, nach der die einzigen Söhne der Kriegerwitwen gewisse Rücksichten – ich wußte das. Aber es hätte von ihm ausgehen müssen. Später habe ich mit dem Mädchen darüber gesprochen. Sie wußte davon. Aber sie war der Ansicht, daß man nicht mit Vorbehalten in den Krieg gehen könnte und daß es da nur ein Entweder-Oder geben könne –. Wenn man jung ist, denkt man härter und kompromißloser.

Er schrieb mir regelmäßig und gewissenhaft. Nichtssagende Briefe.

Eine Weile schien es, als ob sein Tod das Mädchen und mich zusammenführen könnte.

Ich habe es ihr gesagt. Sie kam nach langem Warten zu mir. Sie sah es mir an. Der Ortsgruppenleiter war noch nicht lange aus dem Haus, der die Nachricht und seine Sachen gebracht hatte. Sie war es, die mich in die Arme nahm, sie tröstete mich, verwöhnte mich, kam täglich. Sie trennte sich von dem gehüteten Schatz der kleinen Erinnerungen, Bildern von der Front, Notenblättern, und brachte sie mir. Sie las aus seinen Briefen vor, Stellen, in denen er über seine Kindheit geschrieben hatte oder über den Tod.

Trotzdem konnte ich sie nicht lieben, sie hatte mir zuviel genommen. Ich hatte mich nicht um sie gekümmert, in dem Jahr, das vergangen war, seitdem sie sich mit Holder im Osten getroffen hatte und er nicht zu mir gekommen war. Das letztemal, daß wir uns hätten sehen können.

Ich deutete schon an, daß in dem Sommer etwas mit einem SS-Mann war. Es stimmte zu dem Bild, das ich mir von dem Mädchen gemacht hatte. Sie war ein leichtsinniges, sinnliches Geschöpf, gutmütig sind diese Mädchen ja meist. – Im Herbst hörte ich, daß ihr Vater krank sei. Ein Kollege behandelte ihn. Mein Verhältnis zu dem Hause war nicht so, daß mich eine berufliche Pflicht dorthin gerufen hätte.

Kurz vor Weihnachten starb er. Ich schickte eine Karte und bestellte in Holders Auftrag, der es nicht tun konnte, einen Kranz. Die Beerdigung fand in dem Heimatdorf statt. Das enthob mich der Verpflichtung, daran teilzunehmen. Ich war sehr überlastet: es war ein harter Winter, überall Influenza, Angina, Grippe, Lungenentzündung, die Arbeit ließ mir kaum Zeit, an meinen Jungen zu denken. Geschweige denn an das Mädchen.

Übrigens – Sie werden sich vielleicht daran erinnern – wurden in jenem Herbst die Gerüchte dringender, daß die Geisteskranken in besondere Anstalten gebracht und dort getötet wurden. Das Problem der Euthanasie war in den zwanziger Jahren schon Gegenstand heftiger Auseinandersetzungen, es ist heute so umstritten wie damals. Man kann dabei einen ärztlichen, einen weltanschaulich-völkischen und einen christlichen Standpunkt vertreten. Ich war damals mit dieser Methode durchaus einverstanden. – Vermutlich hat das Mädchen in jenem Winter auch die Mutter verloren, denn sie war zu den unheilbaren Kranken zu zählen, allerdings habe ich nie Genaueres über den Charakter ihrer Geistesgestörtheit erfahren. – So wie das Mädchen erzogen war, konnte sie es nicht als eine Erlösung empfinden, sondern nur als Unrecht und eine entsetzliche Schuld. Vielleicht hat auch ein wirklich herzliches Verhältnis zu der Mutter bestanden.

Den Vater, die Mutter, zum Schluß meinen Jungen, das alles in einem Winter. Sie hat die Wohnung aufgegeben, einen Teil des Hausrates verkauft. Eines Tages kam sie und hat sich verabschiedet, stiller als sonst, die Augen brennend vor ungeweinten Tränen, die ich nicht zu lösen vermochte. Sie ist, soviel ich weiß, in ihr Heimatdorf zurückgekehrt und wollte dort bei einem Bauern arbeiten, dort wurde Hilfe gebraucht, und Feldarbeit vermochte sie eher zu leisten als Fabrikarbeit. Ich glaube, daß sie sagte: ›Ich darf doch keine Granaten drehen.‹

Einmal hat sie mich noch besucht. Ich war eilig. Sie wirkte abgehetzt, wie ich sie nicht kannte. Sie war recht alt geworden, weit über ihre Jahre hinaus, hatte abgenommen, hielt sich schlecht, Symptome, die mich hätten aufmerksam machen müssen, aber ich steckte so tief drin in meiner Arbeitsjagd und meiner Verzweiflung, ich hatte noch immer keinen Platz für sie, obwohl sie an dem Tage gewiß nichts mehr von dem siegesgewohnten Mädchen an sich hatte, das ich nicht mochte. Sie holte, schon in der Tür, aus ihrer Einkaufstasche ein kleines Paket. Es waren Holders Briefe an sie. ›Sie sind bei Ihnen besser aufgehoben‹, sagte sie und lief die Treppe hinunter. Danach ist sie nicht mehr gekommen. Ich verlor sie aus den Augen. Die Zeit ging drüber weg, rannte drüber weg. Ich tat seine Briefe in die Schublade zu den anderen Sachen. Später erst holte ich sie hervor, als der Krieg schon zu Ende war und man plötzlich wieder Zeit hatte, so wie ein Langstreckenläufer, wenn er mit letzter Kraft das Zielband durchreißt, hinsinkt und Zeit hat und nicht mehr weiß, warum er so gelaufen ist – um sein Leben?«

Sie ging noch einmal zu dem Schreibpult, holte einen gebündelten Packen Briefe hervor, blätterte sie mit ihren mageren Händen auf und brachte sie mit, um sich wieder auf ihren steiflehnigen Sessel zu setzen und zu schweigen.

Ich sah dann auf den Kirchplatz. Ein leichter Wind trieb das welke Laub an der Wand des Kirchenschiffes zu flachen, braunen Hügeln zusammen. Es war so still, daß man glauben konnte, den Wind in den brüchigen, gelben Blättern der Linden zu hören. Es schwieg sich gut mit der Frau. Es war das Natürliche. Man hätte mit ihr keine Konversation machen können, befremdet würden ihre grauen Augen über den Schwätzer hinweggegangen sein. – Der Platz lag in die Stille des Sonntagnachmittags gebettet, und ich spürte, wie behutsam die Zeit mit diesem Fleck Erde umgegangen war, der mit so viel Liebe zurechtgeputzt einem sorgsam bewahrten, altmodischen Schmuckstück glich.

Sie begann in meine Gedanken hineinzusprechen mit ihrer wenig gefärbten Stimme, so daß ich nicht hinhörte und erst später mich wieder ihren Gedanken anschloß:

»... man kann das nicht trennen. Sein und ihr Leben, das war ganz eins. Das wurde mir erst jetzt deutlich, als ich versuchte, nur das von meinem Jungen zu erzählen, was auch das Mädchen betraf. Ich hätte die Verbindung zu ihr aufrechterhalten sollen. Er wäre mir lebendiger geblieben, als fertiger Mensch, der er doch war –; aber ich habe in mir das Bild eines verspielten, zärtlichen Jungen bewahrt, der allein mir gehörte – eine sentimentale Erinnerung, mit der ich es mir leichter gemacht habe oder auch schwerer.

Ich wüßte gern, was aus dem Mädchen geworden ist. Holder ist tot. Claudia nach Kanada ausgewandert und verschollen. Gabriele ist die einzige, die von den dreien übriggeblieben ist.«

Sie versank in Schweigen, rauchte wieder eine ihrer langen Zigaretten, ich weiß nicht, die wievielte. – Es war nun an mir zu sprechen. Obwohl ich fand, daß es für heute genug war. Ich hätte gehen können und für morgen »meine Geschichte« ankündigen. Aber ich habe mich immer gescheut, etwas zu verschieben und einer Sache aus dem Wege zu gehen. Ich setzte mehrmals zum Sprechen an. Sie wurde schon ungeduldig, sah zu mir hoch, denn sie hielt den Kopf gesenkt, blickte immer aus gebückter Stellung, was den Blick erwartungsvoll und aufmerksam machte. Es war der sezierend nüchterne, wenn auch nicht teilnahmslose Blick des Arztes.

Ich räusperte mich ungeschickt, fing an mit: »Ich hätte nun gern eine freundlichere Geschichte der Ihren angeschlossen ...« Ich sah Unwillen in ihrem Gesicht über eine so nichtssagende Bemerkung.

»Am 8. August ist das Mädchen gestorben.« Flüchtig dachte ich, wie merkwürdig es sei, daß ich nun auch »das Mädchen« sagte, nur weil sie plötzlich neue, kindliche Züge zu den schon vertrauten bekommen hatte. »Auf sehr ungewöhnliche Weise. Darum bin ich zu Ihnen gekommen. Ich bin es, der sie getötet hat. Ein Verkehrsunfall. Unter eigenartigen Umständen. Es meldeten sich keine Angehörigen. Zunächst hielt ich es für meine Pflicht, den Nachlaß, Beerdigung, und was damit zusammenhängt, gewissenhaft zu ordnen. Dabei erschien mir *ihr* Leben geheimnisvoll und bedeutsam, so sehr, daß ich beschloß, den Stationen ihres Lebens nachzugehen. Eine dieser Stationen fand ich hier bei Ihnen. Mehr weiß ich Ihnen nicht zu sagen. Sollten Sie das nicht als ausreichenden Grund für mein Eindringen gelten lassen, so erbitte ich Ihr Verständnis –.«

Ich sah sie erst jetzt wieder an. Die Augen waren heller und mit wirklichem Interesse auf mich gerichtet. Sekundenlang dachte ich, daß sie in mir einen »Fall« sehen müsse, irgendeinen Komplex, zumindest etwas Krankhaftes darin erblicken, was ich zuweilen selbst befürchte.

Sie stand auf, ich erhob mich gleichfalls. Sie ging die paar Schritte auf mich zu, hielt mir die Hand hin:

»Also habe ich mich nicht geirrt. Als Sie den Namen des Mädchens nannten, vermutete ich, daß Sie

sie lieben. – Kann sein, daß Sie eine Schuld an ihr wiedergutmachen, die wir anderen ihr angetan haben – wert, darüber nachzudenken.«

Ich schied mit Wärme aus dem Haus, das mich so kühl empfangen hatte. Ich nahm die Briefe mit, so in der Hand, und ging damit über den dämmrigen Kirchplatz, überquerte die Hauptstraße, deren Gaslichter bläulich züngelten und einen dünnen Nebelkreis sichtbar werden ließen, am Schloß vorbei, durch die Anlagen, und fand mich nach wenigen hundert Schritten in der Fürstenallee, erkannte die Nußbäume, die Gartenmauer, blickte zu drei erleuchteten Fenstern auf und ging schließlich fröstelnd zurück in den Gasthof. Dort legte ich die Briefe in mein Zimmer, ließ mir ein einfaches Abendessen bringen, weitere Gäste waren nicht da, und zog mich bald auf mein Zimmer zurück. Der Wirt hatte den Kachelofen anheizen lassen, man spürte noch keine Wärme, aber der Duft des Kiefernholzes, das hinter dem Ofen zum Trocknen aufgeschichtet war, täuschte Wärme vor. Ich zog mir den Korbsessel herbei, stemmte die Füße gegen die langsam wärmer werdende Ofenwand, rückte die Lampe zurecht, um so gerüstet den Abend mit den Briefen an Gabriele zu beschließen. Ich hatte dabei das überhebliche Gefühl, das einen erwachsenen Mann immer befällt, wenn er Liebesbriefe, die eines jungen Mannes zumal, lesen soll; man weiß im voraus, was einen an Überschwenglichkeiten erwartet, und leider weiß man nur zu gut, was davon übrigbleibt.

Ich löste das Band, blätterte, las Daten, Städtenamen, ging ihnen, wie es meine Gewohnheit ist, nach; es waren Orte, die auch ich im Kriege passiert hatte, wenigstens die ersten im Westen. Nach Rußland bin ich nicht gekommen, nur bis Polen, wo ich bis zum Kriegsende eine Zahlmeisterei hatte, aber in Belgien und Frankreich, das waren vertraute Namen: Lille, Amiens, St. Quentin, Beauvais, St. Lô. –

Es brauchte eine Weile, bis ich die eigenen Bilder fortgeschoben hatte, einen der Briefe hervorzog, zu lesen begann und wieder eine ganz neue Frau entdeckte.

Ich habe versucht, nur die Briefe zusammenzustellen, die sich mit *ihr* beschäftigten. – Als ob es eine Zeile gäbe in diesen Briefen, die nicht von *ihr* spräche!

In Belgien, am 12. Mai

Nachts beginnt der Krieg zu leuchten. Am Tage ist er mulmig. Der Staub schluckt ihn auf; das Feuer und den Lärm, nur den Geruch nicht. Er riecht noch wie vor tausend Jahren, nach Brand und Schweiß und Verwesung. Manchmal ertränkt ihn auch der Regen –.

Aber in den Nächten! Wenn die Scheinwerfer die Sterne zerteilen und den Himmel auseinanderreißen, wenn da und dort das Feuer der Geschütze gespenstische Szenen aufblitzen läßt, schwarzes Geäst, zerfetztes Laubwerk, verzerrte, ganz entblößte Gesichter, sinnlose Gebärden – und dann deckt die Nacht alles wieder zu.

Manchmal ist auch heute eine Schlacht noch so, wie sie die Dichter besungen haben. – Das Schöne und das Schreckliche sind so nah beisammen – wir sprachen schon einmal darüber mit Deinem Vater –, es ist nicht wahr, daß schön und gut beieinander sind. Heute nicht. Vielleicht wird das einmal sein, wenn dies ein Ende hat –

Ich denke – will es denken! – »das Ende«, aber allmählich fangen wir an, nicht mehr von »nach dem Kriege« zu sprechen, sondern vom Urlaub. Urlaub vom Kriege. Ob es das früher gegeben hat? Für vierzehn Tage aufhören mit dem Krieg, einen privaten Frieden mit ihm schließen, ausschlafen, Kaffee trinken, bei Dir sitzen – sicherlich tun sie das, damit wir nicht vergessen, warum wir diesen Krieg führen, daß er nicht zum Selbstzweck wird.

Es gibt kein Kriegshandwerk mehr. Dann gäbe es ja auch einen Morgen und einen Feierabend, dann gäbe es Meister und Gesellen und Plätze für Lehrjungen wie mich. Vielleicht gab es ein »wackeres Kriegshandwerk« noch Siebzigeinundsiebzig. Heute ist daraus eine Fabrik geworden, in der Tag und Nacht im Akkord gearbeitet wird. Am Fließband, das von der Hand der Frau, die die Granaten dreht, bis in das Herz des Feindes reicht: aus der Hand einer Frau in das Herz eines Mannes! – Und irgendwo an diesem Fließband stehe ich.

Tu das nie! Nie wieder könnte ich Deine Hände lieben. Es sollen sanfte Hände bleiben, die säen und ernten.

Es ist grauenvoll zu denken, daß einmal Frauen von den Mauern ihrer Stadt kochendes Wasser und glühendes Pech auf die Belagerer geschüttet haben. Aber es wird verständlich oder beinah verständlich, wenn man bedenkt, daß sie es zum unmittelbaren Schutz für ihr Haus, für ihre Kinder, für alles, was sie liebten und erhalten wollten, taten. Aber heute! Heute tun sie Schlimmeres für Geld! Da ist das ein Beruf geworden, den man mit fadenscheinigen Idealen notdürftig herausputzt. Am schlimmsten ist doch, daß wir das nicht mehr sehen! Daß uns diese Welt gepackt hält und mitzerrt, daß wir rennen, ohne uns umzusehen und zu besinnen; eine Atemlosigkeit hat sich unser bemächtigt; vielleicht ist das gut so, vielleicht wollen wir uns gar nicht besinnen, sollen uns gar nicht besinnen?

Warum sprechen wir nie über solche Dinge? Warum muß ich heute alles mit mir allein abmachen? Wenn ich bei Dir war, war es immer still in mir, da gab es keine Fragen. Das wird wieder so sein, wenn ich zu Dir zurückkehre. Dabei bist Du so jung! Ach, es ist nicht wahr, daß es das nicht mehr gibt: schön *und* gut. In Dir ist es erhalten geblieben. Weißt Du, wie alle meine Gedanken darin münden: einmal noch –

Einmal noch am Klavier sitzen und zu Dir aufsehen, wenn Du mein »Gaudete« singst, einmal noch Grund haben zu dem großen »Freuet Euch« – oder laß mich bescheiden sein, laß mich wünschen: einmal nur mein Gesicht in Deine Hände legen – bescheiden? Ach, auch das ist schon vermessen: mein Gesicht in Deinen Händen!

Manchmal trauen sich die Mädchen hervor. Unsicher, zwischen Angst und Neugier und der Lust zu lachen stehen sie zu zweien und dreien an den Zäunen. Ich sehe sie an, und manchmal versuche ich ein Lächeln, nur um zu sehen, ob eine lacht wie Du –

Die Nächte werden warm; ich schreibe im Freien – im Mondschein – wieviel schönere Dinge gäbe es zu tun, als jetzt zu schreiben – Gabriele!

Im Felde, am 14. Mai

Laß Dir von Mutter Carossas »Rumänisches Tagebuch« aus meinen Büchern suchen oder such es Dir selbst. Lies doch die Bücher, die ich liebhabe, ich bitte Dich darum! – Achte auf das Kätzchen! Man kann das erst begreifen, wenn man es selbst erlebt.

Heute früh, als wir durch eine dieser öden Städte – die Lys fließt hier, ein Flüßchen, Du wirst es nicht kennen – zogen und eben eine dünne Sonne herauskam, fiel ein Spatz geradewegs aus dem Himmel vor meine Füße und badete sich umständlich in einer Regenpfütze. Er hatte keine Angst vor mir! Ich würde um ihn herumgehen. Menschen gehen nicht durch Regenpfützen, eine Vogelerfahrung –

Ich will Dir jetzt immer schreiben, wenn ich solch einen Lichtstrahl aus einer unzerstörbaren Welt entdecke. Ich will es »das Kätzchen« nennen, und dann wirst Du wissen, daß ich getröstet bin. Das hält lange vor –.

Ein Kätzchen. Wieviel Zärtlichkeit birgt das Wort. Sag es vor Dich hin, so wie ich jetzt. Das schnurrt und umstreichelt. Wie hungrig ich bin nach Zärtlichkeit. Gut sein zueinander. Wird man je zu einem Menschen ein böses Wort sagen können, wenn man einmal so sehnsüchtig an ihn gedacht hat?

In Orbais, Fronleichnam 1940

Welch ein Gedanke kam mir heute: ich bin froh, daß Ravel vor dem Kriege starb. Denk nur, ich hätte vielleicht den Mann getötet, der unseren »Bolero« komponiert hat –

Ich war wieder in der Kirche. Ich habe heute gespielt. Auf der Orgel. Ja, das geht. Klingt fremd und merkwürdig vertraut zugleich. Oh, ich glaube, ich brächte jedes Instrument zum Klingen. In mir ist so viel Musik, die lebendig werden will. Lebendig wird sie nicht in Notenköpfen auf Papier. Stell Dir vor, ich hätte vielleicht eine Trompete oder einen Dudelsack aufgespürt und nicht gerade eine Orgel! Was wäre dann aus unserer Musik geworden!

Später, wenn dies zu Musik wird – oder ob das wieder verklingt, bevor man es festhalten konnte? Was wird das für eine chaotische Musik sein? Von *uns* wird keiner mehr Sonaten schreiben. Das wird wie ein Gewitter sein – vielleicht, daß es in einem erlösenden, sanften Regen ausklingt.

Das dachte ich in einer der vorigen Nächte. Unvermutet bekamen wir – es dämmerte schon stark – Beschuß aus ein paar einzelnen, unübersichtlichen Gehöften. Zuerst das übliche Störungsfeuer, plötzlich ging es dann von drei Seiten los. Wir waren müde und hungrig, der Tag war sehr heiß. Wie dann trotzdem noch ein Kampf zustande kommen kann, ist mir immer ein Rätsel. In der Stimmung ist man nahe dran, daß einem alles egal ist. Wird schon nicht so schlimm werden. Werden schon wieder aufhören. Sind ja nicht viele. Man redet sich gut zu. Aber meist braucht man gar nicht erst das Kommando. Wenn es brenzlig wird, geht alles von selbst. Jeder Handgriff sitzt.

Aber ich wollte etwas ganz anderes schreiben. Unser irdischer Kampf wurde von einem himmlischen abgelöst. Es gab ein grandioses Gewitter. Weißt Du, so eines, daß man sich jämmerlich vorkommen würde, wenn man auch ein bißchen donnern und blitzen würde mit seinem Geschütz. Zwei Gewitter standen sich gegenüber. Jedes wollte über den Fluß.

Ein gewaltiger Kampf, bei dem es keinen Sieger und keinen Besiegten gab. Sie tobten sich aus und vernichteten sich. – Ein Symbol? – Erst spät setzte Regen ein, laut und prasselnd, stiller dann, sanfter, ein Rieseln nur noch, ein Tropfen –

Wenn Gott doch ein noch größeres Gewitter – ich weiß ja selbst nicht, *was* das sein könnte! – schickte und diesem Krieg ein Ende bereitete! Manchmal glaubt man, er sei nur noch »der alte Gott«, die Vorsehung, von der man redet, glauben tun wir doch nur an die eigene Kraft. Wie recht hat Dein Vater!

Aber die Orgel! Sie ist all das Elend wert. Ist das schon Sünde, so zu denken? Weißt Du noch, was gut und was böse ist? – Sie hat nur sechzehn Register, und man muß die Bälge treten –. Ich will Dir erzählen, wie es kam. Als wir Quartier bezogen hatten, ging ich los, um mir das Städtchen anzusehen. Es ist sehr still in den Straßen, obwohl die Stadt schon ein paar Wochen in unserer Hand ist. Ich ging auf den Kirchplatz zu, etwas anderes ist in diesen Orten meist nicht sehenswert. Diesmal fand ich einen sehr schönen Bau aus dunkelgrauem Sandstein, sehr verwittert, so wie ihn nur die Frühgotik zustande bringen konnte: Schlichtheit ohne Armut, Leichtigkeit, die noch von der Erde weiß und doch zum Himmel will. Schönes Maßwerk an den Fenstern und auch eine Rose im Westen.

Meine Stiefel schallten auf den Steinen, obwohl ich vorsichtig auftrat. Am Hochaltar hantierte ein altes Fräulein. Sie schrak zusammen, raffte die Blumen in die Schürze und wollte in die Sakristei verschwinden. Ich winkte ihr zu, sich nicht stören zu lassen, schob mich in eine Bank und sah ihr zu. Sie besteckte ein hohes Holzspalier, das hinter dem Bild der Mutter Gottes stand, mit rosafarbenen Zentifolien, deren Duft sich mit dem Weihrauch mischte und bis zu mir drang. Es war sehr schön. Gar nicht kitschig, nur innig und rührend. Einmal unterbrach sie ihr Tun und ging zur Mitte der Kirche, wo das Glockenseil herunterhing, und läutete das Ave –

Als sie alle Rosen befestigt hatte, sah sie scheu zu mir her, ging mit kleinen, leisen Schritten an mir vorbei und setzte sich auf die Orgelbank, holte ein paar Notenblätter hervor und stellte sie vor sich hin, schob die Brille tiefer. Und nun dachte ich, daß sie spielen würde. Aber es geschah nichts. Sie blieb ganz still da sitzen. Einmal sah sie sich nach mir um. Da begriff ich: Ich sollte die Bälge treten! Ich war wie erlöst, als es mir einfiel. Als ich aufstand, sah sie mich mit bittendem Lächeln an und zeigte mit dem Kopf auf die niedre Tür, durch die man zum Turm geht. Ja, dann habe ich in einer französischen Kirche die Bälge getreten. –

Ich kannte den Choral nicht. Es wird ein Pfingstlied gewesen sein. Beim zweiten hat sie ganz zaghaft, mit einer dünnen, aber sehr lieben Stimme mitgesungen – dieses Vertrauen! Es gibt Schöneres noch als ein Kätzchen –

Ich habe sie gefragt, ob ich auch einmal spielen dürfte. Da hat sie genickt und war noch glücklicher: daß ich das konnte. Ich wollte erst nicht, nicht gleich. Aber sie bat so, sie wollte nun für mich die Bälge treten, diese alte, müde Frau –

Ich spielte unser »Lobe den Herren«, es geriet auch ganz gut, obwohl die Finger steif waren.

Wenn ich jetzt in die Kirche gehe, nehme ich Konrad mit. Du kennst ihn schon aus meinen Briefen. Ein treuer, lieber Kerl, älter als ich, er sorgt wie ein Bruder für uns Junge.

Wenn wir doch eine Weile bleiben könnten! Wenn ich einmal mehr von dem Land und mehr von den Menschen zu sehen bekäme als auf unserem raschen Vormarsch. Pfingsten, das liebliche Fest, es war nicht lieblich, und es war kein Fest, ist schon vorbei. Damals, zwei Jahre ist es schon her – da war es ein Fest, und nie wird Pfingsten sein, ohne daß wir daran denken. Wie wahr das ist: Dein Herz weiß nicht, wo es mich suchen soll. Wieviel leichter ist es für mich, an Dich zu denken. Ich schreibe »im Felde«, das ist überall, wo ist denn nicht »Feld«. Ich will Dir jetzt immer genau schreiben, wo ich bin, ich will Dir die Namen der Flüsse und die Wälder nennen – aber es werden für Dich immer nur Namen bleiben.

In Frankreich, 4. Juni 1940

Wir haben Klaus Bernadin begraben und »in stolzer Trauer« um sein Grab gestanden. Du kannst es nachlesen in der Todesnachricht, »in stolzer Trauer«, dabei wußten wir nicht einmal, was man dabei zu tun hat. Er war der erste von uns, den wir selbst begraben konnten, ihm ein Grab ausheben und ein Kreuz aus Birkenholz nageln, einen Baum darauf pflanzen, Blumen pflücken und in Konservendosen eintopfen in Erde. Wir taten so viel. Wir sind so tüchtig; dabei waren wir nur beschäftigt, weil wir nicht wußten – oder schämten wir uns? –, daß man beten muß an einem Grab. Das einzige, was man hier nicht gemeinsam tut – vielleicht lernen wir es noch?

Es trifft die Besten. Man fragt sich manchmal, ob man zu »den Besten« zählt.

Nun liegt sein kleiner Hügel weit hinter uns. Vögel werden sich auf dem Stahlhelm schaukeln, das Bäumchen wird wachsen, dies hier ist nicht »Feindes Land«, hier möchte man schon liegen, unter dem zärtlichen Blau des Himmels. Weißt Du, daß die Dichter dieses Land »La douce France« nennen, sanft, zärtlich. Einmal möchte ich mit Dir hier sein, Hand in Hand mit Dir gehen, wenn die Vögel wieder singen.

Île de France, Ende Juli 1940

Stell es Dir vor: Wir hatten als Quartier ein schönes, aber baufälliges Haus gleich neben der kleinen Dorfkirche angewiesen bekommen. Als ich nachmittags, die anderen schliefen, eine der unverschlossenen Türen im oberen Stockwerk aufklinkte, trat ich in die Studierstube eines Pfarrers. Ob die sich überall auf der Welt so ähnlich sind? Ach, es war wie bei Euch zu Hause! So vertraut! Der Tabakrauch hing noch in den Bücherwänden und den gebräunten Gardinen, in der Ecke der braune Kachelofen, der Ohrensessel neben dem Schreibtisch, Konzepte, aufgeschlagene Bücher – und doch sah es nicht nach Flucht aus –, der Pfarrer wird wieder zurückkehren und das nächste Blatt in seiner Bibel umschlagen, mehr sind wir ja nicht ...

Nicht einmal der Nußbaum fehlt, der den Raum dämmrig und kühl macht. Ich ging an eines der Bücherregale, ganz wahllos griff ich hinein. Was hielt ich in der Hand? Gottfried Kellers »Grünen Heinrich«. In Deutsch! Ich setzte mich damit auf die Holzkiste, den Rücken an die Ofenwand gelehnt, und schlug auf und begann irgendwo zu lesen. Das Kapitel »Auch Judith geht« – entsinnst Du Dich? Weißt Du eigentlich, wie ähnlich Du der Judith bist, nur viel jünger natürlich. Die ruhte auch so fest in sich. Wie er sie im Obstgarten trifft und der Morgennebel beide einhüllt und sie lachend die reifen Äpfel bricht und ihm reicht, o Gabriele! Das bist doch Du, dieses Lachen, diese sanften und doch bestimmten Gebärden, diese Gelassenheit, und dann las ich noch etwas. Erst wollte ich lachen. Aber was wurde das für ein Lachen! Gewiß ist es Dir früher so wenig aufgefallen wir mir: der Grüne Heinrich ging, »um die kleinen Geheimnisse der Vaterlandsverteidigung« zu lernen. Was mußte in der Welt alles geschehen, bis ein deutscher Soldat namens Reinhold Lenz in die friedliche Welt eines Pfarrhauses in der Ile de France eindringen konnte, um dieses Wort von der Vaterlandsverteidigung zu lesen.

Aber Du bist nicht nur »Judith«, Du bist auch die Gertrud. Ich weiß es nicht zu deuten: die eine stirbt, die andere »geht auch« – und doch ist es tröstlich zu lesen.

Sitzt Du noch manchmal so in der Studierstube auf der Holzkiste, den Rücken an der Ofenwand? Und brätst Du noch Äpfel in der Röhre – aber es ist ja Sommer! Lach mich nur aus, ach, alle Erinnerungen zerfließen ineinander zu *einem* Bild.

Normandie, am 8. September 1940

Du Schönste! Wie auf einmal alle Scheu und alle dumme Scham fort ist, wie ich denken – und schreiben! – kann: Du Liebste! Du über alles Geliebte, Freundin – auch das hat seinen echten Klang wieder, den ihm niemand mehr nehmen kann. Hundert Namen gibt Dir mein Herz, könnte es einmal noch mein Mund! – Dies ist ein schwermütiges Land –

Ich weiß nicht, ob Du einmal Bücher aus dem ersten Weltkrieg gelesen hast. Darin ist so viel vom »Alltag des Krieges« die Rede. Danach müßte es auch Feiertage geben, und wenn das Bild stimmen soll, dann sind die Kampftage die Feiertage. Zur Ehre Gottes? Welch ein Ergebnis, wenn man versucht, nur einem einzigen Gedanken, einem Bilde nachzugehen!

Aber es ist wahr, das, was sie den Alltag nennen, ist das Schlimmste, diese Monate zwischen den Feldzügen. Man beginnt zu vergessen, daß der Krieg etwas Ungeheueres, Furchtbares ist oder auch Wunderbares –

Kaum ist ein Ziel erreicht, beginnt der Apparat zu funktionieren, vermutlich hat ihn sich jener Friedrich Wilhelm schon ausgedacht, mit Antreten und Appellen, Essenfassen, Putzen, Du ahnst nicht, was es alles gibt, um einen Soldaten in Betrieb zu halten. Auch der Postempfang gehört dazu. Antreten zum Postempfang. Natürlich ist das zweckmäßig. Der Verstand weiß das auch. Aber bedenke doch: Briefe sind nicht mehr das Ungewöhnliche, schmerzlich Ersehnte, sondern das Natürliche, Alltägliche. Genauso, wie es »natürlich« ist, daß ich Dir an jedem Tage schreibe und nicht bei Dir bin. Man sinkt in diesen Zustand ein wie in einen zähen Schlamm, und wenn wir es geschehen lassen, Du zu Hause und ich hier, dann wird das niemals ein Ende haben. Begreifst Du, daß ein Brief deshalb eine Enttäuschung sein kann? Daß das Warten darauf besser ist? Und doch muß ich schreiben, mußt Du schreiben, das muß wie ein Stafettenlauf zwischen uns bleiben, hörst Du, meine – nun versagt der Mut wieder und weiß kein Wort für das, was Du mir bist, nur, daß ich Dein bin, das bleibt.

Im Osten, Juli 1941

Du liebste Freundin! Oft halte ich Deinen Brief ungeöffnet lange in den Händen und versuche zu erspüren, was er mir bringt. Niemals vermöchte ich ihn zu lesen, wenn andere um mich sind, sie müßten jedes Deiner Worte aus meinem Gesicht erraten können.

Wenn ich ihn dann aufgefaltet in beiden Händen halte, suchen meine Augen zuerst die Briefränder ab, weil dort steht, was du mir heimlich sagst, nur noch geflüstert –

Wenn Du doch aus meinen Briefen so viel Freude und Kraft nehmen könntest wie ich aus den Deinen! Wie kann es nur sein, daß Dein Herz so stark ist! Wie lange vermag es denn noch, mich mit zu ernähren? Mußt Du nicht erschöpft sein, bis auf den Grund Deines Ichs, wenn ich einmal wiederkomme? Und muß ich es dann sein, der Dir Kraft bringt? Wird es ein wunderbares Geben und Nehmen, ein ewiges Wechselspiel der Kräfte bleiben; der eine richtet den anderen auf? – Aber Du wirst noch lange Zeit die Gebende sein, Du Liebe –

Ukraine, August 1941

Wieder eine Verlockung, dieses Dasein gegen ein leichteres einzutauschen – aber dazu ist es zu spät. Sag es Mutter nicht, vielleicht denkt sie, ich müßte es aus Liebe und Rücksicht auf sie tun. Die einzigen Söhne von im Weltkrieg gefallenen Vätern sollen aus dem unmittelbaren Frontbereich zurückgezogen werden. Das wäre ein Hinausschieben. Wenn man sich hier den Glauben an ein Schicksal, eine Vorausbestimmung unseres Lebens, an irgendeine Gesetzmäßigkeit bewahren will, dann muß man dabeisein. Alles andere ist Drückebergerei. Ich muß, seit ich um diese Verfügung weiß, immer an das Wort denken: »einer Witwe Sohn«, wo steht es nur? In der Bibel? Man weiß so wenig! Alle Gedanken muß man neu denken, man erfindet hier ganze Philosophien, Du verstehst mich? Und immer wieder, ich bin so jung – für alles war ich zu jung, nur nicht zum Sterben. Heute ist ein düsterer Tag, die Wolken fallen auf uns herunter, dieser Himmel, o dieser Himmel, unter dem wir sind wie ein Schwarm wilder Heuschrecken!

Ich möchte wohl einen Band Hölderlin hier haben. Er spricht so oft von den Frühvollendeten. Ist es denn wahr, daß den die Götter lieben, den sie früh zu sich nehmen? – Muß man nicht gleich an Schuberts Unvollendete denken? Eine einzige Symphonie unvollendet, darum trauert man schon – und wie ist das mit einem ganzen Leben? In dem noch nichts erreicht ist, noch nichts getan, nichts, was bleiben wird! Die Älteren von uns haben Kinder. Die trösten sich damit, daß sie in ihnen weiterleben – auch dafür bin ich zu jung. Kinder sollte man zeugen, wenn man der Mitte des Lebens nahe ist, wenn man schon etwas gesammelt hat, das man mitgeben kann. Kinder sind doch Entsagung, Aufgabe des eigenen Lebens, Weitergeben der Hoffnungen. Alles drängt sich zusammen. Schon meint man, daß man wenigstens die Liebe erlebt haben muß – auch ich denke das manchmal, und oft wollen Dir meine Sehnsüchte näher kommen, als es je meine Augen und Hände taten. – Verzeih –

Daß ich noch nichts komponiert habe! Daß nur diese paar Blätter in Deinen Händen sind. Schülerarbeiten, Stümpereien eines, der noch nichts wußte vom Leben. – Hier ist Musik oft Quälerei, selten, daß man einmal das Rundfunkgerät für sich hat und wirklich Musik findet. Aber dann, dann ist sie größer als je zuvor. Und sie hält stand. Dies ist eine unerbittliche Prüfung für alle Kunst.

Neulich hatten wir ein paar Tage Ruhe. An einem Nachmittag ging ich spazieren. Du liest ganz richtig: spazieren. Ohne Ziel und ohne Gewehr. Zuerst an einem Waldrand entlang, zur Linken, so weit das

Auge reicht, Korn und Sonnenblumen und rechter Hand der Wald, helle Birken, sonnendurchschienen, und hoher, tiefblauer Himmel mit ziehenden Sommerwolken; ich war ganz allein, es war still. Manchmal dröhnte es in der Ferne, doch das vertiefte die Stille nur. Ich entdeckte einen kleinen Bach, der durch moosigen Waldgrund rieselte, über blanke Kiesel sprang, und folgte ihm, legte mich in das blühende Gras: neben mir der Bach und über mir die Wolken – die Pastorale! Erst hörte ich nur das Plätschern des Baches und das Rauschen der Bäume im Wind, und dann kam erst zögernd, dann immer klarer diese wunderbare heitere Sommermelodie –

Das werde ich nie können! Niemals werde ich eine Musik schreiben können, die fröhlich macht und glücklich. Harmonie – das Schönste in der Musik. Aber in mir sind Disharmonien, schrill und grausam – aber doch: Melodien. Ganz eigene, und das macht mich froh. Ich will versuchen, ein paar von ihnen festzuhalten, in Liedern. Mehr kann ich nicht. Alles Mehr bedeutete Arbeit, konzentrierte Arbeit, und meine Kraft reicht doch nur eben für das andere. Nur eben. Auch das ist schon sehr viel; unerträglich, denkt man, und schließlich hat man es doch ertragen. Man muß sich einmal vorstellen, daß alle die unermeßliche Kraft, die jeder einzelne von uns aufbringt, für eine gute Sache genutzt würde! Ich wüßte keine, die groß genug wäre. Man müßte einen Ozean trockenlegen können – aber nur der Krieg ruft solche

Kräfte wach. Das ist unbegreiflich. Wenn wir zurückkommen, wollen wir dann wieder nur acht Stunden arbeiten? Werde ich müde sein, wenn ich drei Stunden auf meiner Geige geübt habe? –

Die Lieder. Sie sollen Dir gehören, Gabriele. Ich kann Dir so wenig schenken. Dies wird ein Geschenk, das zu mir zurückkehrt. Wenn Du sie singst, werden sie mir immer neu gegeben. Ich schreibe sie für eine Altstimme. Manchmal weiß ich schon eine Zeile. Die Worte sind das Schwerste, das kann ich doch nicht. Aber wenn ich an etwas so Schönes, so Liebenswertes dabei denke, muß dann nicht jedes Wort klingen? Eines der Lieder soll enden: – ich pfeife es eben vor mich hin, hör einmal: Oh, ich meine, Du müßtest es hören. Summ die Worte, Gabriele, versuch es! Sie müssen in Dir klingen wie in mir:

»Und alle Deine Tränen, die fallen auf mein Herz« –

Ich will, daß es fröhlich wird, tröstend – aber es ist so viel Traurigkeit in mir.

Südabschnitt, Mitte September 1941

Wie wir doch außer uns sind, wenn *das* über uns kommt! Dieses blinde Zerstören, aus Angst, aus Ohnmacht, Wut, aus dem verzweifelten Wunsch zu leben – herauszukommen –

Wieviel Schüsse werden abgegeben, die kein Ziel

mehr haben; was wird zerstört und könnte heil bleiben, nur weil wir, jeder einzelne von uns, das Maß verlieren, uns austoben, bis sich der Krampf löst und wir zusammenfallen, müde, ernüchtert – abgekämpft.

Hast Du einmal darauf geachtet, wie unsere Sprache eine richtige Soldatensprache ist? Wir »rüsten« zum Spazierengehen, wir werfen »die Flinte ins Korn«, mir fällt jetzt nichts anderes ein –

Wenn ich wiederkomme, will ich das nie mehr sagen. Ich will auch nie wieder so ab-gekämpft sein wie heute.

Ich weiß nicht, wie sie es fertigbringen, daß wir glauben, das Vaterland in Belgien, in Frankreich, in Rumänien, in Afrika, in Norwegen, in nun bald ganz Europa verteidigen zu müssen – aber sie glauben daran, manchmal tue ich es auch. Das Bestechende ist, daß alles funktioniert. Kannst Du Dir vorstellen, was für ein gewaltiger Apparat da in Bewegung ist? – Ich war einmal in einer Zeitungsdruckerei und sah zum ersten Male eine Rotationsmaschine. Jetzt muß ich manchmal denken, daß ich in so einer Maschine ein Buchstabe bin, vielleicht nur das kleine q, das man gar nicht oft braucht, aber wenn man die Taste anschlägt, dann komme ich genau an die richtige Stelle und genau wie jedes MG, jedes Pferd, jedes Kommißbrot. Natürlich gibt es Ausnahmen, es klappt einmal nicht, aber bewundernswert bleibt es deshalb doch.

Ich weiß nicht, ob es gut ist, daß der Krieg kein Gegenüber mehr kennt. – Ich wenigstens habe es noch nicht kennengelernt. Man sieht nicht, was man anrichtet. Man ist der eigenen Verantwortung enthoben. Ist das eine Eigenschaft des Krieges, ohne Verantwortung zu sein? Das Gewissen hat man zu Hause gelassen. Recht und Unrecht, darüber entscheiden wir nicht mehr selbst. Das ist sehr bequem. Wie können wir uns dahinter verschanzen! Wenn mein Gewissen zu Hause geblieben ist, hat es sich gewiß in Deinen Augen eingenistet, und mit ihnen wird es alles sehen, wenn ich wieder vor Dir stehe. Wenn ich dann doch Bestand haben möchte! Wenn doch Deine Augen noch ein Wohlgefallen an mir fänden!

Im Osten, am 8. Oktober 1941

Kleine liebe Ellen! Wo ist denn Deine Zuversicht geblieben! Deine Tapferkeit! Dein zärtliches, frohes Lachen, das sonst in Deinen Briefen war? Schreib, daß es eine flüchtige Depression war! Wenn ich doch sagen könnte, komm noch einmal zu mir, wie damals! Aber an Urlaub ist nicht zu denken, mit jedem Tage entferne ich mich weiter von Dir, doch wir wissen beide, daß Raum keine Rolle spielt bei uns. Wenn wir nicht beieinander sein können, ist es gleich, ob 100 Meter oder Tausende uns trennen –

Südabschnitt, im November 1941

Es sieht nicht so aus, als ob wir das Asowsche Meer vor Einbruch des Winters erreichen würden. Die Front stagniert. Der Donez ist nicht weit. –

Mutest Du Dir auch nicht zuviel zu mit der Pflege Deines Vaters? Ich weiß, daß Du nicht an Dich denkst. Tu es um meinetwillen, um seinetwillen! Wie muß er unter all dem leiden. Er, der alles so viel deutlicher sieht aus dem klärenden Abstand des Alters. Aber ich begreife auch, wie schwer es für Dich ist, in einer Welt leben zu müssen, die er mit jedem Wort für nichtig und böse erklärt. Wie Dich das zur Opposition ruft. Wir schwanken ja immer. Wir möchten so gerne zu den Begeisterten gehören, die sich alle Ideale zu eigen gemacht haben – und können es doch nicht. Aber wir wollen auch nicht zu den Zweiflern, den Unzufriedenen, den Nörgelnden gehören, die sagen, ein gutes Ende des Krieges bedeute unseren Untergang. Wir Jungen haben es entsetzlich schwer. Man hat sich nie mit diesen Fragen beschäftigt, plötzlich wird man mitten hineingeworfen. Man hätte Zeitschriften und Bücher lesen müssen – aber was hätten wir alles gemußt! Wir waren so jung. Das wird einmal unsere einzige Entschuldigung sein.

Sprecht Ihr manchmal von mir? Du und Dein Vater? Wie beneide ich Euch darum. Was gäbe ich dafür, einmal Deinen Namen nennen zu dürfen! Wenn ich nur jemanden hätte, zu dem ich ihn ohne Scheu sagen könnte. Weißt Du, was Du darin hast, alle unsere Wege gehen zu können, wenn es Dir so ums Herz ist? Daß Dir das alles geblieben ist, sichtbar geblieben, was mir nur in wenigen, glücklichen Augenblicken als flüchtiges Bild erscheint: die Hecke hinter der Gärtnerei, wo wir zusammen die Haselnüsse ernteten, unsere Bank am Teich – wie schön, daß es diese Zauberworte noch gibt, die uns über alle Zeit hinweg verbinden.

November 1941

Kleine liebe Ellen! Da wunderst Du Dich, daß auf diesem Blatt Papier einmal meine Hände gelegen haben und es nun in Deinen ist. Ich habe das noch nie bedacht, daß es nicht nur Worte sind, sondern etwas Greifbares. Es muß ihm doch noch etwas anhaften von Dir, von dem Tisch, auf dem es gelegen hat, von dem Geruch der Schublade, es muß etwas wissen von Deinen Händen und von Deinen Augen, die es so lange Zeit angesehen haben, von Deinen Lippen, die den Umschlag anfeuchteten, und den Fingerspitzen, die ihn zudrückten. –

Wie begreiflich wird mir, daß man Handschriften von Beethoven und Goethe wie Kostbarkeiten hütet!

Meine Augen und meine Ohren tragen Dich ganz fest in sich verschlossen. Wenn ich mich auf Dich besinne, die Augen zusammenkneife und die Hände zu

Fäusten balle und mich in mich zusammenziehe, dann ist Dein Bild da. Immer das gleiche: Du stehst am Fenster Eures Hauses, und ich stehe draußen. Du lächelst mir zu und hebst die Hand, aber immer bleibt die trennende Glaswand zwischen uns. Sekundenlang kann ich dieses Bild festhalten. – Begreifst Du, wie elend mir ist, wenn ich wieder allein bin?

Auch Deine Stimme kann ich hören. Dazu hab ich ein einfaches Rezept. Erst stelle ich mir das Zimmer bei uns vor: Mutter sitzt am Fenster und schreibt, ich greife nach der Geige und suche ein Lied aus – dabei sehe ich *mich* nie. – Zuerst höre ich nur die Begleitung, nicht mit den Ohren, sondern mit den Fingerspitzen – Du verstehst mich doch?? – und dann setzt Deine Stimme ein!

Nur den Duft Deiner Haut habe ich vergessen. Nichts erinnert mich mehr daran. Wie verzweifelt habe ich mein Gesicht des Nachts in den Schal vergraben. Nichts! Kein Hauch von Dir. Er riecht wie alles hier – und doch weiß ich noch, wie ich es liebte, Deine Haut zu schmecken. Einmal habe ich Dir gesagt, daß Du nach lauter Geheimnissen duftest – da hast Du gelacht.

Ich glaube nicht mehr daran, daß sie mir offenbar werden. Wenn mich etwas heil hier herauskommen läßt, ist es die Sehnsucht nach Dir und die Überzeugung, daß es nicht damit getan ist, ein paar Menschen getötet zu haben. Aber er frißt mich Stück für Stück auf, der Krieg. Meine Verzweiflung wird zu groß für mich allein – verzeih diesen Brief und hilf mir, Gabriele!

28. November 1941

Liebes, laß mich nicht so im ungewissen! Das war doch immer mein Trost: allezeit zu wissen, was Du tust, wo Dich meine Gedanken suchen können. Was ist denn mit Deiner Mutter? Sie war in der Anstalt doch gut aufgehoben. Geht es ihr denn schlechter? Warum drückst Du Dich nicht klar aus? Wovon soll ich gehört haben? – Wenn doch niemand sonst Ansprüche an Dich stellen dürfte, wenn Du doch nur für mich da wärest, ich brauche doch Deine ganze Kraft!

Bei Slawjansk, 2. Januar 1942

Ich habe Dein Blatt vor mir liegen. Unter der Karbidlampe, damit es der Eiswind nicht fortweht, der durch unsere Baracke weht.

Vater ist tot. Oh, mein Liebes! Jetzt brauchtest Du mich, und ich bin nicht bei Dir. Was ist das für eine Welt, in der wir leben müssen! – Ich bin in dieser Stunde, seit ich es weiß, alle Wege mit Dir gegangen – doch er liegt längst unter der Erde. Erde, die er so vielfach gesegnet hat. Ich sehe die schneebeladenen, alten Bäume des Kirchhofs vor mir und Dein kleines Dorf, das sich an den Berghang duckt. Wieviel

Trauer und Dankbarkeit wird ihn begleiten, wieviel Anteilnahme wird um Dich sein! Sterben im Frieden der Heimat, am Ende eines erfüllten Lebens.

Lies in den Gedichten von Matthias Claudius, der hat es besser gekonnt:

»Ach, sie haben einen guten Mann begraben,
und mir war er mehr.«

Ich weiß nicht, wie das ist, wenn man seinen Vater verliert – aber den Tod kenne ich. Sei tapfer, Gabriele! Ich habe oft gesagt, ich wollte Dich für mich allein – so habe ich es nie gemeint. Wenn Du doch Trost fändest in meiner Liebe!

Majaki, Ende Januar 1942

Wir haben entsetzliche Verluste. Es ist nur noch ein Rechenexempel, wann man »dran« ist. Manchmal denke ich, wenn ich Dir schreibe, daß dieser Zettel nun wohl der letzte von meiner Hand sein könnte und ich etwas Bedeutsames schreiben müßte, etwas, wodurch schon die großartige Todesnähe weht. Aber ich denke nichts Großartiges, vielleich bin ich doch nicht dran. Ich habe alle Deine Briefe verbrannt, die ich bisher bei mir trug. Sie sollen nicht in fremde Hände fallen. Ich bin nun noch einsamer geworden.

Ach, wenn doch in meinem letzten Brief an Dich noch einmal stände, was mir Deine Liebe war –

Mitte Februar 1942

– Schick mir ein Bild von Dir, Gabriele! Ich werde kleingläubig. Manchmal gelingt es mir nicht mehr – manchmal kann ich Dich nicht mehr sehen. Was ist denn mit Dir? Es ist doch etwas!! Du mußt es mir sagen. Ich bin geübt im Hinnehmen. Nur keine Lügen, Gabriele – ach nur ein Wort, und ich bin getröstet –

Ich könnte nicht noch einmal auf Urlaub fahren. Es wäre wie erlaubte Flucht. Einmal fort von hier, einmal noch bei Dir, ich ginge nicht zurück. Meine Kraft reicht zum Bleiben, zum Aushalten, nicht mehr zum Entscheiden –

März 1942

Tagelang nach Norden. Warum? Da steht »warum«, und ich lese es wie ein fremdes Wort. Ich hatte es schon vergessen –.

Ohne Deinen Zuspruch – seit über drei Wochen schon! – ist alles so viel schwerer.

Siehst Du, wie mühsam das Schreiben geht. Die Hände sind erfroren und aufgebrochen. Der Handrücken der Linken eitert und wässert seit Tagen. Jeder hat hier die Füße oder das Gesicht erfroren. Ob ich je wieder eine Oktave fassen kann? – Daß man doch diesen Gedanken an das »Nachher«, an das »Später« nicht los wird. Woher erwächst uns nur immer neue Hoffnung? Aber Musik wird bleiben, unzerstörbar und unverlierbar wie unsere Liebe –

Oberer Donez, 10. März 1942

Hier gibt es immer nur eines, was unser Dasein bestimmt, kein Nebeneinander: jetzt sind es die Läuse, mal ist es Dreck. Mal Kälte; das ist viel schlimmer als kämpfen. Wenn es losgeht, sind nicht einmal mehr die Läuse wichtig. Man kann wohl nur unter einem leiden.

Lies Mutters Briefe, darin steht das Äußere. Dir kann ich davon nicht schreiben. Ich zittere, wenn ich denke, wie Du Dich ekeln mußt vor diesem Stück Mensch, das noch übrig ist –

Mit Dir will ich reden über das, was sonst stumm bleiben müßte. Was nutzt es, wenn Du weißt, wo ich vor Wochen war, ob ich damals satt oder übermüdet, durstig war oder von dieser erbärmlichen Kolik befallen – die Wirklichkeit ist längst anders. Briefe müssen die Zeit und diese grauenhafte Ferne vergessen machen. – Welche beschwörende Macht haben unsere Herzen! Hast Du den Mond gesehen? Diese goldene Sichel, die wie eine zierliche Schaukel am Himmel schwebt. Das tut er doch sonst nicht, so auf seiner Rundung ruhen – sieht man ihn zu Hause genauso –, oder ändert sich auch das Bild des Mondes? Mit ihm zieht die Venus. Sagt man nicht, daß dieser Stern Unheil bringt?

Du mußt wieder singen, Gabriele! Meine Lieder. – Manchmal denke ich mir aus, wie wir später am Radio sitzen und es dann heißt: Sie hören jetzt fünf Nachtlieder für eine Altstimme, von Reinhold Lenz, gesungen von Gabriele Feldcamp, am Flügel der Komponist. Oder – wird er dann sagen, »gesungen von seiner Frau«?

Oder denk Dir: Du würdest die Altstimme in einer von Bachs Passionen bekommen, und ich stände am Dirigentenpult –. Laß mir diese Zukunftsbilder. Mehr habe ich ja nicht.

Ich habe nicht viel geschlafen in jener Nacht. Was war da aufgestört in mir! Erlebnisse, die ich totgeschwiegen hatte, Gedanken, die ich einmal hatte denken wollen, vor denen ich Angst gehabt hatte, Gefühle, nach denen ich mich als junger Mensch sehnte. – Das alles hat einmal *ihr* gehört.

Ich weiß nicht, ob mich schon einmal Briefe so sehr bewegt haben. Gewiß waren es keine, die an mich gerichtet waren. Mit welcher Scham müßte ich meine Berichte an Hanna aus jenen Jahren aus der Hand legen. Ich glaube nicht, daß sie sie für wert hielt, aufbewahrt zu werden.

Obwohl ich nur wenige Stunden geschlafen hatte, wachte ich ausgeruht auf in dem Gefühl, einen guten

Tag vor mir zu haben, den einzuteilen und zu nutzen allein in meinem Belieben stand.

Nach dem Frühstück, das ich wiederum allein in der Gaststube eingenommen hatte, schrieb ich auf eine Briefkarte: »Ich danke Ihnen für Ihr Vertrauen«, und packte die Briefe in einen Karton, den ich mir vom Wirt ausgebeten hatte. Ich ging selbst und gab ihn in der Apotheke ab. Noch einmal mochte ich der Frau nicht begegnen. Es konnte sein, daß sie sich den gestrigen Freimut nicht verziehen hatte. Ich hätte ihr gern eine Freude gemacht. Aber ich war darin nie einfallsreich. Es ist immer beim Erfüllen der eindringlich wiederholten Wünsche oder bei konventionellen Geschenken geblieben.

Ich war bei meinem Stadtrundgang unversehens an die Tore der Schloßgärtnerei gekommen, die mir am Vortage in der Dämmerung entgangen waren. Sowohl das große Tor als auch die Nebenpforte standen weit offen. Ich ging, ohne zu zögern, den Mittelgang zum Treibhaus. Das war nun schon die zweite Gärtnerei, die ich in diesem Herbst besuchte. Heute bedrückte mich der Gedanke an Gabriele nicht. Ich hatte etwas vor, ich fühlte mich unternehmungsfroh, ich war wiederum ein gut Stück weitergekommen in meinen Nachforschungen. Die Gärtnerei gefiel mir. Auch hier roch es gut. Ganz anders als in unseren städtischen Blumenläden. Man bekam ordentlich Lust, sich einen Strauß selbst zu pflücken oder gar die Schubkarre, die am Wegrand stehengeblieben war, aufzunehmen. Sogar eine leise Sehnsucht nach meinem Garten zu Hause meldete sich, und ich dachte, daß er noch für den Winter besorgt werden mußte und daß nicht einmal die Reinetten geerntet waren.

Ich dehnte meinen Aufenthalt in dem Gewächshaus so lange wie möglich aus, fragte dies und jenes, roch an einer Blume, legte die Finger um die behaarten Blätter einer fremdländischen Pflanze und fühlte mich angenehm verborgen hinter den Glaswänden, die von Blumenatem und Heizungsdampf tropfend beschlagen waren und dichte Vorhänge vor den hellen Oktobermorgen hängten. – Ich fragte nicht nach ihr. Es hätte mich traurig gemacht, wenn man ihren Namen vergessen hätte. Das Mädchen, das dabei war, einen Weidenkorb mit Chrysanthemen zu füllen, mußte damals ein Kind gewesen sein, so lange war alles schon her. Außer ihr bekam ich niemanden zu sehen. Ich wählte endlich eine Campanula und freute mich an dem Gedanken, daß der Blumentopf im Zimmer am Kirchplatz stehen würde.

Gern wäre ich noch bis an das Ende der Gärtnerei gegangen, das sich hinter mancherlei Gesträuch verlor, bis zu der Hecke aus Haselnüssen, die gewiß schon mit ihren braunen Kätzchen den Frühling vorbereitete. – Man hätte es mir auch wohl gestattet. Niemand konnte fürchten, daß ich mich auf den abgeernteten Feldern bereichern wollte. Aber diesmal hielt mich etwas zurück. Es war genug; mehr zu wissen stand mir nicht zu. Es war viel, wenn ich ein paar gute Tage hier verbringen konnte und vielleicht einmal einen ihrer Wege entdecken. Vorsätzlich wollte ich es nicht tun. –

Ich blieb länger, als ich vorgesehen hatte. Ich schloß Bekanntschaften, mittags im Hotel zur Post und nachmittags, wenn ich auf einer der Bänke am Schloßteich saß, zusammen mit alten Leuten aus dem Städtchen, die den späten Fremden mit Freundlichkeit und Neugierde betrachteten. Ich hütete mich, von ihr zu sprechen, wohl aber brachte ich gern das Gespräch auf die Jahre vor dem Krieg.

Einmal kam ein Brief von Hanna. Ich machte ihn mit Unruhe auf. Ihre geraden, aufrechten Schriftzüge lösten kein heftiges Gefühl in mir aus, wie ich es von diesem ersten Brief nach unserer Trennung erwartet hatte. Ich sah sie vor mir, wie sie mit Bedacht den kurzen Brief abgefaßt hatte, jedes Zuviel sorgfältig abwägend, wie sie im voraus jede meiner Empfindungen beim Lesen einkalkulierte. Ein solcher Brief konnte mich nicht erreichen, auch wenn die Anschrift richtig war. Er brachte auch keinen Mißklang in diese Tage, in denen ich mich eher mit mir selbst als mit *ihr* beschäftigte. Bald waren mir die gepflegten Wege in den nahen Wäldern bekannt, ich wußte, wann die Hirsche wechselten, und genoß sechs Tage lang den ruhigen Rhythmus der kleinen Stadt.

Es geschah unbewußt, daß ich zur Weiterfahrt den

Sonnabendnachmittag wählte und aus der Stille der Kleinstadt in den Sonntagsfrieden eines Dorfes kam. – Es bestand eine regelmäßigc Autobusverbindung. Ich hätte sogar am gleichen Abend in die Stadt zurückkehren können. Aber ich wollte auch diese Reise in aller Muße tun und hatte darum mein Gepäck mitgenommen.

Ich hatte gefürchtet, daß meine Ankunft Aufsehen erregen würde, aber man nahm sie gelassen hin, wenn man sie überhaupt wahrnahm. Seit dem Krieg kamen oft Fremde. Ich blieb unbehelligt, das bedeutete aber auch, daß ich nicht wußte, an wen ich mich hätte wenden sollen. Ein Wirtshaus sah ich nicht, aber das wäre auch kaum der rechte Weg gewesen, um über den ehemaligen Pfarrer etwas zu erfahren. In das Pfarrhaus gehen? Auch das behagte mir nicht. Ich entschloß mich zu dem korrektesten Wege. Ich fragte nach dem Haus des Bürgermeisters. Man zeigte mir ein braunzopfiges Mädchen, das mich führen würde. Wir mußten durch das ganze Dorf, dessen Straßen mit breiten Reiserbesen mehr geharkt als gefegt wurden, was ihnen ein sonntägliches Aussehen gab. Als wir zu dem höher gelegenen Dorfteil stiegen, läutete eine Glocke. Als sie endete und nur noch ein paarmal anschlug, blieb das Kind stehen, faltete die Hände, sah zu mir hoch und ließ mich nicht aus den Augen. Ich blieb gleichfalls stehen und setzte mich erst wieder in Bewegung, als meine Führerin es auch tat.

Sie war die Enkelin des Bürgermeisters, das erfuhr ich erst, als wir vor der Hoftür standen und sie den Hund anrief. Hier war man mit der Sonnabendarbeit bereits fertig. Der Platz zwischen Scheune, Stall und Wohnhaus lag sauber gefegt und aufgeräumt, die Milchkannen standen umgestülpt zum Trocknen auf der Bank neben dem Deelentor. Das Kind rief: »Opa.« Dann noch einmal: »Oooopa! Hier ist wer!«, und als unter der Haustür ein Mann erschien, lief es weg. Ich nahm den Hut ab, vergewisserte mich noch einmal, daß dieser Mann, der mir sehr alt erschien, der Bürgermeister war, und fand mich in der unangenehmen Situation, zu einem alten Mann empor sprechen zu müssen, der keine Anstalten machte, die Treppe herunterzukommen oder mich heraufzuholen. Es blieb mir nichts weiter übrig, als von unten her zu sagen, daß ich gekommen wäre, um etwas über Gabriele Feldcamp zu erfahren. Zunächst wollte ich den Vater vorschieben, entschloß mich unter den prüfenden Augen jedoch anders.

Er gab den Eingang frei, ging vor mir her auf eine Tür zu, an der »Amtsstube« stand, und hieß mich erst Platz nehmen, nachdem er sich hinter seinen Schreibtisch gesetzt hatte. Es sah nach einer Amtshandlung aus, was mich vielleicht erheitert hätte, wenn mir der Anlaß meines Besuches nicht deutlich vor Augen gestanden hätte.

Er legte seine gefalteten Hände vor sich hin auf

den leeren Schreibtisch und sah mich an. Es bestand keine Aussicht, daß ich ihn zum Sprechen bringen könnte, bevor ich ihm nicht genau mein Anliegen auseinandergesetzt hatte. Auch dann war es fraglich. Der Mann zwang zu Klarheit und Sachlichkeit. Trotzdem war es leichter, als ich gedacht hatte.

Anschließend meinte er: »So. Ich dachte schon, Sie wären der Bruder von der Frau, auf den hat das Mädchen nämlich immer gewartet. Aber der hat sich genausowenig um sie gekümmert wie die Schwägerin. Was wollen Sie denn wissen von ihr? Da hätten Sie gleich das Riekchen fragen können, meine Enkelin, die Sie hergebracht hat. Die ist nämlich geboren, als das Mädchen hier war, und sie ist ihre Pate. Aber gern haben sie sie hier alle, auch wenn sie nicht mehr wiedergekommen ist. Ich habe es mir auch denken können, vergessen hat sie uns gewiß nicht. Dem Kind hat sie zu Weihnachten und zum Geburtstag immer was geschickt, und für das Grab sorgt sie auch.« Er sprach schwerfällig und unterbrach seine Worte oftmals mit einem »Soso« und »Jaja«, schloß einen Satz mit »da« und »dann« ungefüge an den nächsten, wie es die Art alter Leute ist. Was in seinem Kopf vor sich ging, konnte man nicht erraten, seine Züge spiegelten nicht mehr Freude und Erschrecken wie ein junges Gesicht. Ich hatte genug Zeit, ihn zu betrachten. Er sah aus wie einer der Bauern auf den Bildern des hessischen Malers Bantzer, nur war der Kontrast des braunen, hageren Halses zum weißen Hemdbund noch auffälliger, das Weiß seiner Augen härter, das Gesicht gefurchter. Er hätte, so wie er hinter dem Eichentisch saß, die Füße in bestickten Pantoffeln auf den blankgescheuerten, rohen Dielen, in jedes Lesebuch gepaßt. Trotzdem wirkte er nicht eigentlich bäuerlich.

Er hatte wieder eine längere Pause gemacht. Plötzlich sagte er:

»Es geht Sie im Grunde nichts an. Ich brauchte Ihnen das nicht zu erzählen. Sie haben keinerlei Befugnisse, wie ich erst dachte, und Sie sind nicht verwandt mit ihr. Damals hat sich keiner darum gekümmert, und vor jedem Fremden haben wir gezittert, das Mädchen und wir auch. Wenn ich es Ihnen trotzdem erzähle, ich habe mich nämlich entschlossen, es zu tun, dann nur, weil es gut ist, wenn das nicht vergessen wird. Verstehen Sie? Vielleicht waren Sie auch so einer, ich weiß es ja nicht.«

Er stand auf und holte aus einem Schrank eine Flasche Wacholder und zwei Gläser ohne Fuß, die er vor uns hinsetzte und randvoll goß. Er sagte »Prost«, trank seines aus, goß es gleich noch einmal voll und meines auch und setzte sich wieder hinter den Schreibtisch, die Hände weit vor sich liegend, die Augen auf mich gerichtet, und begann:

»Der alte Pastor, so sagen wir hier noch immer, stammte aus unserem Dorf. Sein Vater, der war hier Lehrer. Bei dem bin ich noch zur Schule gegangen, und daran habe ich auch gedacht, als das Mädchen an dem Morgen vor mir stand. Das war ein guter und tüchtiger Mann, bei dem hat man was gelernt, und der Sohn war genauso, nur feiner, nicht so handfest wie der Vater. Wir hatten darum auch Respekt vor ihm, weil er etwas Besseres war, obwohl er noch jung war, als er unsere Pfarre bekam. Im ersten Weltkrieg, da war er außerdem noch Kreisschulaufseher, da hat er dann wohl die Frau kennengelernt. Die Hochzeit war nicht hier. Er brachte sie gleich mit. Sie war eine Fremde. Im Anfang hat sie sich viel Mühe gegeben. Sie hat in der Kirche allein gesungen, sie war nämlich eine Sängerin. Aber das war nicht üblich bei uns, und der Kirchenvorstand hat es dem Pfarrer auch gesagt. Sie hätten das nicht tun sollen, es störte keinen, und ihr machte es vielleicht Freude, sie war ja auch fremd bei uns. Sie wollte einen Kirchenchor gründen. Die Männer gingen da nicht hin, und unsere Frauen, die schämten sich, vor dem Altar zu stehen und zu singen. Vor den Altar gehört nur der Pastor. Manchmal hat der Pastor mit ihr Besuche gemacht im Dorf, aber sie kannte uns nicht. Was sollte man da erzählen? Was wußte sie denn, wo unsere Felder liegen, wie weit es bis zu der Wiese ist, wenn man mittags zum Melken raus muß und mit dem Jungvieh. Sie wußte nicht einmal den Sommerklee vom Winterklee zu unterscheiden, und das gehört sich nun mal für eine Pfarrfrau auf dem Lande.

Dann kam der Junge. Sie ging nicht mehr ins Dorf,

sie saß an dem weißen Korb im Garten und häkelte. Unsere Frauen gingen immer und guckten über die Mauer, weil das so hübsch aussähe, und das tat es auch. Der Krieg ging zu Ende. Man wußte, wie das war, im Pfarrhaus war es auch knapp. Wir brachten immer mal was hin, vom Schlachten und wenn Brot gebacken wurde. Sie verstand es auch nicht so, einzuteilen, und der Pfarrer sah schlecht aus. Bei der vielen Arbeit, denn er mußte drei Pfarrstellen versorgen und war immer mit dem Fahrrad unterwegs, und dann der Grippewinter. Die hatten hier auch ihre Sorgen. Der Pfarrer hat immer, wenn einer gefallen ist aus der Gemeinde, einen Gottesdienst gehalten, und er ist nicht nur das eine Mal in das Trauerhaus gegangen, wenn er die Nachricht brachte. Wenn wir das Korn nicht einfahren konnten, weil es wochenlang regnete, und es schon schwarz wurde und auswuchs, dann hat er läuten lassen zu einem Bittgottesdienst, und da sind wir alle hingegangen; und er kam auch, wenn einem das einzige Pferd einging, und er hat immer das erste gegeben, und dann mußten wir anderen auch, und er hat dafür gesorgt, daß die Nachbarn mitpflügten, bis ein neues da war. Geld war bei uns immer knapp.

Nach dem Kriege erwartete die Frau noch einmal ein Kind. Das war die Gabriele. Als die getauft wurde, ein paar Tage vor Weihnachten, und der Krieg war noch nicht lange aus –. Wenn meine Frau noch lebte, die wüßte Ihnen das zu erzählen, wie das

Kind getauft wurde. Da haben unsere Frauen alle geweint, so schön war das. Ich weiß den Text noch, denn meine Frau hat ihn mir wiederholt, als das Mädchen zu uns kam, und hat gesagt: ›Karl, lies mal, was der Pastor bei ihrer Taufe gesagt hat, der muß das alles schon geahnt haben.‹ Im Matthäus-Evangelium steht es: ›Wer ein solches Kind aufnimmt in meinem Namen, der nimmt mich auf.‹

Aus dem Jungen hat sich keiner was gemacht, aber das Mädchen, als das eben laufen konnte, da war es auf jedem Hof wie zu Hause, bei den kleinen Leuten und bei den großen Bauern, genau wie der Pastor; sie ging mit, wenn er das Abendmahl zu den Kranken brachte. Sie trug das Sonntagsblatt aus und sammelte für die Mission. Sie ließ sich Birnen und Ostereier in die Schürzentasche stecken, kannte jede Kuh, wußte, wann sie kalben sollte, und ging mit in die Ställe, um zu füttern und zum Heueinstampfen. Sie sah aus wie die Mutter, nur kräftiger, und hatte das gute Herz von dem Vater. Alle mochten sie gern, sie sprach Platt wie wir. Wir riefen sie Elli, weil wir den fremden Namen nicht behalten konnten. – Das wäre eine Frau für einen Pastor geworden!

Mit der Frau Pastor ging das damals schon los. Erst schimpfte ich mit meiner Frau, ich wollte nicht, daß man so was über die Pfarre sagte. Dann bin ich ihr mal selbst begegnet, wie sie am Abend unten an der Sägemühle herumstrich mit so merkwürdigen

Augen; und als ich auf sie losging und sagte: ›Guten Abend, Frau Pastor, wir könnten wohl zusammen zurückgehen‹, da rannte sie auf den Wald zu. Sonntags kam sie nicht mehr mit in die Kirche, und der Stand blieb leer. Das war noch nie da; keiner im Pfarrstand. – Und dann kam das mit dem Jagdherrn. Das wußten bald alle, nur der Pfarrer nicht. Ihn konnte man das nicht entgelten lassen, der war keiner, der auf seine Frau aufpaßt. Es wurde rasch schlimmer mit ihr. Man erzählte, daß sie sich im Wald hat erschießen wollen, im Herbst, als der Jagdherr, der hier die Gemeindejadt gepachtet hatte, wieder fortfuhr. Der Pastor hat sie gefunden, mitten in der Nacht. Er hat am Tage drauf den Kirchenvorstand zu sich gerufen und ihm mitgeteilt, daß seine Frau schwer krank sei, ihre Seele sei krank, nicht ihr Leib, und sie sollten entscheiden, ob er sie zu Hause behalten dürfte oder ob er sie fortbringen müßte in eine Anstalt. Sie ist dann noch ein halbes Jahr hiergewesen. Man hat sie nicht viel zu sehen gekriegt, dann mußte sie doch fort. – Für das Kind hat es einem leid getan und auch für den Pastor. Die Frau hat man nicht vermißt, wir waren alle froh, als sie fort war, für eine Pfarrfrau paßt sich das nicht.

Bald drauf kam die Kleine in der Stadt zur Schule. Nachmittags ging sie immer noch zu den Bauern mit aufs Feld. – Dann kamen die Nazis. Ich war im Jahr vorher Bürgermeister geworden. Bei uns machte das nicht soviel aus, wir hatten keine Kommunisten gehabt im Dorf und richtige Nazis auch nicht, wenigstens nicht im Anfang. Aber Sie wissen ja, wie das war, ich wollte nicht gleich wieder abgesetzt werden, man war noch jünger, man wollte mitreden, und dann mußte man mitmachen. Schließlich hieß es, der Pastor sei dagegen. Die Sache mit der Frau kam auch wieder zur Sprache. Er hatte sich auch nicht mehr so recht um die Gemeinde gekümmert. Es kam zu Auseinandersetzungen mit dem Lehrer wegen des Religionsunterrichtes. Eines Tages wurde abgestimmt, weil das Konsistorium nachgefragt hatte, und ein Vierteljahr später wurde er pensioniert, das Alter dazu hatte er wohl.

Sie sind dann in die Stadt gezogen. Die Kleine war in den Ferien immer im Dorf, auch mal bei uns, mein Sohn war nicht viel älter.

Hier ist das so, wenn einer fort ist, dann ist er fort. Da wird nicht viel von geredet, und schreiben tut man auch nicht. Wenn mal einer hinfuhr, hat er guten Tag gesagt, aber der Pastor saß nur immer über seinen Büchern, da konnte man nicht von der Ernte und vom Wetter reden.

Die Elli kam nach wie vor, und wenn sie mal in den Ferien nicht hier war, vermißte man sie. Als sie so sechzehn war, kam sie nicht mehr regelmäßig; einer wollte sie mal mit einem jungen Mann gesehen haben, und gleich sagten welche, sie wäre wie die Mutter, die es auch mit den Männern hatte, aber das haben meine Frau und ich nie geglaubt.

Als der Krieg ausbrach, mußte der Junge fort, und da hatte ich alles allein am Hals, die Landwirtschaft und das Bürgermeisteramt, weil sie mich wiedergewählt hatten. Da ging die Arbeit erst richtig los, mit Bezugscheinen. Den Papierkram hat später meine Frau gemacht. – Manches war einem nicht recht, und manchmal dachte ich, daß der alte Pastor wohl vieles gewußt haben mußte; man machte sich ja auch seine Gedanken. Ich hatte keinen Knecht mehr, nur noch die Magd, die konnte mit den Pferden und dem Pflug umgehen wie ein Mann, aber zuviel war es doch, auch für meine Frau. Man wollte doch auch nicht, daß der Hof zurückging, während der Junge draußen war.

Im Winter, so um Weihnachten herum, 1941, haben wir den alten Pastor begraben. Wir gingen alle mit auf den Kirchhof. Der Kirchenvorstand hat den Sarg getragen, das ist bei uns so Brauch, wenn der Pfarrer stirbt. Da hat uns das Mädchen leid getan, als es allein hinter dem Sarg herging. Der Bruder war in Rußland, die Tante war krank, und sonst hatte sie keinen. Sie ist vom Friedhof aus mit zu uns gegangen und erst am nächsten Tag zurückgefahren.

Im Frühjahr drauf stand sie dann plötzlich vor der Tür. ›Herr Hoppe‹, hat sie gesagt, ›Sie brauchen doch noch eine Magd. Nehmen Sie mich. Ich kann füttern, melken, misten, ich kann kochen und den Garten machen.‹

Sie sah nicht aus, als ob sie mich zum Lachen bringen wollte. Sie hat es mir offen ins Gesicht gesagt, für hintenrum war die nicht. Heute klingt das alles merkwürdig. Damals bin ich nicht schlecht erschrokken, und wenn nicht meine Frau dazugekommen wäre, hätte ich mich auch nicht drauf eingelassen. Oft genug habe ich es bereut. Also das war so: Die Mutter war doch in der Anstalt. Die Geisteskranken sollten getötet werden. Ich hatte auch schon mal so was gehört. Die Elli wußte es von einem Krankenpfleger, der den Vater gut gekannt hatte, und der hatte ihr heimlich sagen lassen, wann der Transport abgehen sollte. Da kam sie zu mir und wollte, daß ich sie und die Mutter aufnähme. Es war wie eine Entführung. Der Arzt hatte ihr gesagt, die Mutter sei nicht gefährlich, und der Pfleger hatte gemeint, sie könnte wohl auch zu Hause gepflegt werden. Bis auf den Kopf war sie ganz gesund. Die Tochter wollte, daß ich sie als Magd nähme und sie dafür die Mutter mitbringen dürfte.

Sie ließ mir keine Zeit, mich zu besinnen. Am gleichen Abend noch mußte sie die Mutter mit dem Auto abholen, sonst war es schon zu spät. Wenn Sie das Mädchen gesehen hätten, diese Augen! Da hätte ein anderer ›nein‹ sagen sollen. Und als ich noch so stand und meine Bedenken hatte, sagte meine Frau: ›Ich mache schon mal die Betten fertig.‹ So war die, bei der gab's keine Bedenken. Aber sie kam noch mal zurück und zog mich mit sich und sagte: ›Karl, denk an unseren alten Pastor, wir sind es ihm schuldig‹, und dann sagte sie das mit dem Spruch von der Taufe.

Als ich zu dem Mädchen zurückkam, sah sie es mir gleich an und legte die Arme um meinen Hals und weinte, den Kopf fest an meiner Brust.

Es war tief in der Nacht, als wir das Auto hörten, wir saßen noch auf. Wir hatten nicht schlechte Angst! Wir hatten beide noch keinen gesehen, der in der Irrenanstalt gewesen war. Und wenn man sie hatte töten wollen, dann mußte es schon schlimm sein. Aber sie sah aus wie früher, hatte ein glattes Gesicht und noch ganz schwarzes Haar. Sie reichte uns die Hand, sagte guten Tag, aber erkannt hat sie uns damals nicht und in all den Jahren auch nicht. Sie hat wohl nicht einmal gewußt, daß sie wieder in unserem Dorfe war. Den Nachbarn hat es meine Frau erzählt, die hatte die richtige Art dafür. Ihr war auch ein Grund eingefallen, der bei keinem ein Mißtrauen wecken konnte. Dasselbe habe ich dann in der nächsten Bauernversammlung gesagt und auch dem Ortsgruppenleiter. Nämlich, daß die Elli das viele Geld für die Anstalt nicht hätte, wo doch der Vater tot sei, und daß es auch besser sei, wenn ein Kind seine kranke Mutter pflegte. Das mit dem Geld leuchtete allen ein; so viel kann ein Mädchen nicht verdienen, was das kostet. Und Essen und Wohnen, das ist auf dem Land immer da.

Weil niemand Last damit hatte, außer uns, und ich der Bürgermeister war, gab man sich damit zufrieden. Unten im Dorf ist auch eine Familie, die alle nicht ganz richtig sind im Kopfe, die laufen auch herum, ein bißchen was tun können sie alle, und zuleide tun sie keinem was. Im Dorf findet jedes seinen Platz, ob das nun alt oder krank oder irre ist.

Unser Hof liegt abseits. Herunter ins Dorf ist sie nie gekommen. Als die erste Neugierde über die alte Frau Pastor vorbei war, vergaß man sie fast. Der neue Pfarrer tat, als ob er von nichts wüßte, und das war vielleicht das beste. Die Elli setzte sich in die Bank zu meiner Frau, aber oft ist sie nicht zur Kirche gegangen.

Bei uns war es zuerst schlimm, bis wieder alles seinen Gang ging. Im Haus konnte die Frau nicht bleiben. Am Tage ging es ja, aber nachts wurde sie unruhig und schrie, und das hörte sich schlimm an. Bei uns sind im Sommer die Nächte kurz genug, Schlaf mußten die Leute haben. Meine Frau nahm es sich ordentlich zu Herzen, und dann die Schwiegertochter, die mit dem ersten ging, daß die sich nicht verschrak. Im Haus mußte Friede sein. – Wir hatten noch die alte Scheune, wo die Maschinen stehen und das Kleinvieh drin ist und oben der Heuboden, da habe ich den beiden zwei Stuben zurechtgemacht, ordentlich geweißt und auch gedielt; es war nicht fein, aber sauber; da konnten sie für sich sein. Das Mädchen stellte ein paar Blumentöpfe vor das Fenster, und nach einiger Zeit sah es ganz freundlich aus.

Im Anfang hatten wir nicht viel Hilfe an ihr. Die Mutter war verstört durch den Wechsel von der Anstalt hierher, es mußte immer einer bei ihr bleiben, man wußte auch noch nicht, was sie tat, wenn sie ohne Aufsicht war. Langsam wurde sie ruhiger. Vormittags schlief sie immer, am Nachmittag stellte ihr meine Frau manchmal einen Korb grüne Bohnen zum Abziehen hin, Erbsen zu döppen oder Äpfel schälen. Zuerst schämte sie sich, weil es doch die Frau Pastor war, aber solange sie was zu tun hatte, ging es mit ihr. Sie müssen nicht denken, daß man ihr kein Messer in die Hand geben konnte. So war sie nicht! Nur am Abend wollte sie immer raus, dann irrte sie in den beiden Stuben herum und über die Deele in der Scheune, da mußte man die Türen fest zumachen, weil sie dran rüttelte zum Erbarmen. Darum ging die Elli immer, wenn es dämmrig wurde, rüber, dann war die Hauptarbeit getan, das Füttern machten meine Frau und ich allein, und kochen tat die Schwiegertochter.

Das Mädchen war früh immer die erste, da brauchte kein Hahn zu krähen. Wenn ich wach wurde, hörte ich sie schon im Stall oder beim Sensendengeln im Hof, wenn sie Klee holen ging zum Füttern. Sie hat besser gearbeitet als die Magd; sie dachte mehr dabei. Sie tat nicht nur, was man ihr sagte. Wenn sie so auf den Himmel guckte und nach dem Wetter sah, hätte man denken können, sie sei ein Bauernkind gewesen. Aber mager wurde sie, und gelacht hat sie auch nicht mehr. Das waren stille Jahre bei uns: der Junge in Rußland, hinten in der Scheune die kranke Frau, die Schwiegertochter, die sich nach dem Kindbett nicht recht erholen konnte, und dazu die Sorgen mit denen aus der Stadt, die man im Dorf unterbringen mußte. Da gab es kaum ein frohes Gesicht im Haus. Wenn man abends in seinem Bett lag, konnte man draußen das Mädchen und seine Mutter hören, die dann weggingen oder wiederkamen. Stundenlang ist sie mit ihr durch die Nacht gelaufen, wenn sie sie nicht halten konnte in der Stube, und auch weil die Mutter müde werden mußte, um bis Mittag zu schlafen, und die Elli mitkonnte aufs Feld. Wir hätten nichts gesagt, wenn sie zu Hause geblieben wäre und nicht mitgekommen, das Essen für die zwei fiel immer ab, aber das hätte sie nicht gewollt. Sie wollte es sich ehrlich erarbeiten, und seinen Stolz muß man dem Menschen lassen. Sie hatte Spritzen, wenn die Mutter ihre Zustände kriegte und weinte und schrie und sich auf den Fußboden warf – ich habe das nie gesehen, aber meine Frau, die hat dem Mädchen manchmal geholfen, den Arm festgehalten, damit sie die Spritze einstechen konnte. Oft ist das nicht vorgekommen, meist saß sie auf ihrem Stuhl und starrte vor sich hin oder schlief. Man hatte sich schließlich dran gewöhnt. Es ging einen auch nicht so an; es war, Gott sei Dank, nicht das eigene Blut. Aber wenn man mit ansehen mußte, wie das Mädchen litt und nicht mehr aussah wie ein junges Ding von Anfang Zwanzig, sondern wie eine abgearbeitete Frau, da konnte einem das Herz weh tun. Nicht einmal kam sie aus dem Dorf heraus, sie besuchte auch nicht die anderen Mädchen, die zur Spinnstube gingen wie früher, oder daß man sie mal bei den jungen Burschen gesehen hätte.

Aber wenn sie das Riekchen auf dem Schoß hatte, das war ein Bild! Dann lachte sie und sang ihr was vor und schaukelte sie auf den Knien und ließ sie laufen lernen. Sie schleppte das kleine Ding überallhin mit, setzte sie oben auf das Fuder Klee, wenn sie über den Hof fuhr, und ließ sie auf dem Schafbock reiten. Man hätte denken können, es sei ihres. Und das Riekchen hing an ihr mehr als an uns anderen. Das Kind hatte auch keine Angst vor der Kranken. Sie war ganz zutraulich, stellte sich neben ihren Stuhl, als sie größer war, und streichelte ihren Arm und sagte: ›Arme Tante, biste krank?‹ Dann konnte es sein, daß die Frau sich über es beugte und es auf den Schoß zog und sich mit ihm unterhielt. Wir verstanden das nicht, aber die beiden. Wir hörten das Riekchen juchzen vor Freude. Die Schwiegertochter sah es nicht gern, aber meine Frau bestimmte damals noch hier, und wenn die sagte, Riekchen darf hingehen, dann durfte sie das.

Im Herbst wurde es schlimmer mit ihr. Ein paarmal mußten wir die Elli vom Kartoffelacker holen, damit sie ihr die Spritze geben konnte. Wenn sie zu spät kam und der Anfall schon im Gange war, dann bekamen wir das Mädchen den Abend über nicht mehr zu sehen, und am nächsten Tage hatte es ein verweintes Gesicht.

Manchmal kamen die beiden erst im Morgengrauen zurück, so lange waren sie draußen rumgerannt, ob es regnete oder der Wind ging. Sie trugen beide graue Lodenumhänge und Gummischuhe, sie sahen aus wie Schwestern. Wenn ihnen nachts einer begegnete, der konnte wohl denken, er hätte einen Spuk gesehen: die Mutter redete vor sich hin, und manchmal lachte sie gellend auf oder brach unvermittelt in Schluchzen aus, daß es sie nur so schüttelte. Das Mädchen hielt sie fest am Arm und ging mit starrem Gesicht nebenher, todmüde, aber getreulich.

Einmal war ich abends bei dem Müller draußen. Seine Kuh wollte nicht kalben, den Tierarzt hatten sie nicht erreichen können, die hatten damals ja mehr zu tun als die Ärzte, denn wenn einem da ein Tier einging – hier ist ein Mensch eher zu ersetzen als ein Pferd oder bei den kleinen Bauern eine Kuh. Man holt mich schon mal, wenn im Stall was los ist. Ich habe das von meinem Vater, der sah auch mit dem ersten Blick, was einem Tier fehlt.

Es war ein Abend, an dem man keinen Hund vor die Tür hätte jagen mögen. Graupelschnee und dazu ein Ostwind, daß einem die Augen zufroren. Als das Kalb da war und im Stall wieder Ruhe, trank ich mit dem Müller noch ein paar Schnäpse, bevor ich mich auf den Heimweg machte. Wir sind im gleichen Alter und haben bei der gleichen Kompanie gedient, er hatte auch zwei Söhne draußen, da hat man manches miteinander zu besprechen; dazu kommt es bei uns selten, besuchen tut man sich nicht, da muß schon eins sterben, daß man sich am Grab trifft. Es wurde spät. Er ging noch mit an der Mühle vorbei bis zu dem kleinen Wehr, wo der Bach gestaut wird, der das Wasserrad treibt. Der Wind peitschte die großen Pappeln über das Mühlendach, daß das Holz nur so splitterte, und noch immer mischten sich Graupeln in den Regen. Ich ging eilig den lehmigen Abhang runter an dem Mühlrad vorbei, das stillstand und von dem ich nur den vereisten, hellen Umriß wahrnahm. Ich hatte Mühe, den Weg zu erkennen, hatte vielleicht auch ein Glas zuviel getrunken, ich geriet zu weit nach links und wäre beinahe in den Wassergraben gestürzt, der unterhalb des Rades bald fünf Meter tief ist – hätte ich nicht Stimmen gehört, die der Wind von mir wegtrieb, die aber ganz nahe sein mußten. Dann sah ich sie. Ich konnte gerade noch zuspringen. Die Frau wollte in das Wasser. Sie schlug um sich mit einer Kraft, die man ihr nicht zugetraut hätte. Ich hatte meine Not, ihre Arme auf den Rükken zu kriegen und da festzuhalten, erst dann wurde ich das Mädchen gewahr. Es stand zwei Schritte weiter mit hängenden Armen. Ich ging, die Frau mit der rechten Hand fest in der Gewalt, auf sie zu, bis ich ihr ins Gesicht sehen konnte. Ich mußte wegsehen, ich wollte nicht wissen, was da in ihren Augen war. Ich weiß es bis heute nicht. Haß, Angst, Verzweiflung, vielleicht nur Müdigkeit. Sicher ist, daß sie die Mutter nicht zurückhalten wollte. Ich hatte noch so den Schrecken in den Knochen, daß ich sie beinahe angefahren hätte, da drehte sie sich weg und fing an zu weinen. Lautlos in sich hinein, und so ist sie neben mir hergegangen, ich immer die Frau fest an den Armen. Keiner hat ein Wort gesagt. Ich war durchgefroren bis aufs Mark. Wissen Sie, was ich damals bei mir dachte: die wird wie ihre Mutter. So irr hatten die Augen ausgesehen in dem verzerrten Gesicht und dazu das schwarze Haar, das ihr naß um den Kopf hing. Man konnte sich fürchten, und ich tat es auch, mit den beiden Frauen in dem schrecklichen Wetter.

Meine Frau war noch einmal aufgestanden. Die hatte es immer im Gefühl, wenn man sie brauchte. Sie hatte die Lampe an das Fenster gestellt, auch wenn man das nicht durfte wegen der Flieger. Einen Topf mit heißem Fliederbeersaft hatte sie auf dem Herd stehen. Sie fragte nicht viel, sie zog den beiden die Mäntel aus und holte warme Tücher zum Abtrocknen und stellte mir einen Wacholder hin. Das Mädchen ließ erst alles mit sich geschehen, dann brach es plötzlich in ein wildes Schluchzen aus, sprang auf und lief raus, rüber auf die Scheune zu. Nach einer Weile hat dann meine Frau die Kranke, die ganz ruhig war, zu Bett gebracht.

Es dauerte wohl eine Stunde, ich war schon eingeschlafen, bis sie wiederkam und auch zu Bett ging. Dabei seufzte sie in sich hinein, was nicht ihre Art war. Ich war ganz in der Stimmung, auf den Tisch zu schlagen und zu sagen: ›Jetzt ist Schluß, so was dulde ich nicht in meinem Haus.‹ Aber als ich meine Frau ansah und merkte, wie nahe es ihr ging, wollte ich nicht nachstehen. Als sie neben mir lag und alles still war und nur noch der Wind ging und der Regen klatschte, daß man sich so recht geborgen fühlte in seinem Haus, da legte sie ihr Gesicht an meine Schulter und sagte: ›Mußt immer denken, Karl, daß Gott es vielleicht unserem Jungen vergilt. Sind arme Menschen.‹

Wir haben nicht viel Worte drum gemacht. Am nächsten Tag mußte geschlachtet werden, da waren alle Hände nötig. Meine Frau steckte dem Mädchen was extra zu, machte ihm eine Tasse Kaffee, weil es noch blasser und dünner aussah als sonst, und alles ging wieder weiter. Wenn die eine Sorge vorbei war, wartete immer schon die nächste vor der Tür. Von Jahr zu Jahr kamen mehr Fremde in das Dorf, die einen gingen wieder, andere blieben. Man wußte nicht, wem man trauen konnte. Die Städter wußten besser Bescheid mit den neuen Gesetzen. Man mußte immer Angst haben, daß jemand uns verriet. Die Frau hatte nicht einmal Papiere, und darum bekam sie auch keine Lebensmittelmarken und was so alles damit zusammenhing. Meine Frau sorgte dafür, daß kein Fremder weiter als bis zur Küche kam und daß keiner, der was eintauschen wollte oder kaufen oder betteln, ärgerlich wegging und uns böse wollte. Jeder bekam etwas, erst mehr, später weniger, aber ein Stück Brot und eine Tasse Milch und ein Säckchen Kartoffeln hatte sie für jeden. Als sich das herumgesprochen hatte und kein Tag mehr verging, ohne daß jemand bei uns in der Küche saß und klagte, da hätte ich noch manches Mal auf den Tisch schlagen mögen. Was wußten die denn von unseren Sorgen! Die sahen besser aus als das Mädchen, und so viel Kummer hatte keiner, und meine Frau weinte sich bald die Augen aus, weil fast zwei Jahre lang kein Brief mehr von unserem Jungen kam und doch weitergearbeitet werden mußte, als ob noch alles seinen Sinn hätte. Manches Mal hatten wir selbst kein Mus mehr auf unser Brot zu streichen und keine Milch mehr in den Kornkaffee, nur weil meine Frau alles weggab. Wenn ich wohl mal sagte: ›Warum denn immer wir, Anna?‹, dann sah sie mich an und meinte: ›Weil wir's können, Karl, deshalb!‹ Und damit hatte sie recht.

Im Oktober 1944 mußte ein neuer Bürgermeister gewählt werden. Ich hatte mich nicht wieder aufstellen lassen, dreimal hatte ich gemacht, das war genug für einen. Bei uns hat man nie einen jungen Heißsporn gewählt, sondern einen von den Langsamen und Bedächtigen. Auch damals. Dem habe ich das mit der Frau gesagt und daß sie keine Papiere hätte.

Sie bekam bei uns, was sie brauchte, es ging ja immer nur um die Lebensmittelkarten und die Bezugscheine. Hier im Dorf ist keiner so, daß er einen anzeigt, wenn der ihm nichts zuleide getan hat, noch dazu, wenn einer so arm dran ist wie die alte Frau Pastor und die Elli.

Nachher, als die Amerikaner kamen, da wäre es uns bald zum Verhängnis geworden. Sie mußte wohl was von der allgemeinen Aufregung mitbekommen haben, sie schlief nicht mehr so viel, und abends irrte sie schlimmer denn je herum. Die Elli mußte mit aufs Feld, gesät mußte ja werden, ob wir den Krieg nun verloren hatten oder gewonnen. Wir waren alle draußen, bis auf meine Frau und die Kranke, als die mit ihren Panzern durch das Dorf kamen. Ausgerechnet vor meinem Hof hielten sie an, wo sie schon fast aus dem Dorf heraus waren. Die Kranke hatte sich in ihrer Angst hinter der Hoftür im Holzschuppen versteckt, und als die fremden Soldaten in den Hof kamen, ist sie schreiend hervorgestürzt. Sie muß in schrecklicher Verfassung gewesen sein, sagte meine Frau, die gerade beim Schweinefüttern war und erst nichts gehört hatte, weil die Tiere so laut waren. Die Soldaten sind gleich zurückgewichen vom Hof, nur einer ist geblieben und hat auf die Kranke gezeigt und meiner Frau zugerufen: ›Wir sie einsperren.‹

Meine Frau hat das Haus nicht allein lassen wollen und auch die Kranke nicht und hat sich zu ihr gesetzt in ihrer Angst, daß sie sie holen würden, bevor wir zurückkämen. Als ich dann mit der Elli nach Hause kam, hockten die beiden zusammen in der Küche. So hatte ich das Mädchen noch nie gesehen: ›Sollen sie sie doch einsperren, unsere Befreier! So sieht deren Freiheit also aus! Das erste, was sie sagen, ist »einsperren«, sollen sie doch kommen!‹ Sie war außer sich.

Aber es kam keiner mehr bis zu uns herauf. Auf dem Lande ist alles anders als in den Städten, hier änderte sich nicht viel, die Abgaben blieben die gleichen bei der Milch, den Eiern, den Rüben, nur daß immer mehr Leute kamen, die von uns was haben wollten, und daß sie jetzt zu Fuß und mit den Fahrrädern kamen. Im Sommer mußte man sie von den Kornfeldern treiben, weil sie die Ähren abschnitten, bevor sie reif waren; stoppeln ließ man sie ja, nur stahlen sie immer nebenbei die Frühkartoffeln. Im Herbst sammelten sie Heidelbeeren und Buchekkern im Walde. So viele Menschen hatte unser Dorf noch nie zu sehen gekriegt. Jetzt ist es wieder still hier, aber damals war es unsicher, und den Polen saß das Messer lose.

Die Elli hätte nun gehen können. Der Mutter hätte niemand mehr was zuleide tun können. Damals war schon von den ›Opfern‹ und den ›Geschädigten‹ die Rede und was alles für sie getan werden sollte. Aber das Mädchen sagte nichts, und drängen wollten wir nicht. Ich konnte sie auch schlecht entbehren. Alle wollten was von einem haben, aber ernstlich arbeiten wollte keiner, und jeden konnte man auch nicht nehmen. Die Gefangenen, die im Dorf gearbeitet hatten, waren alle weg. Sie wußte mit dem Vieh umzugehen und saß wie ein Junge auf der Mähmaschine. Das hat ihr auch immer Spaß gemacht, so hinter den Pferden, und wenn der Roggen rauschte beim Mähen, dann sang sie manchmal. Auch Treckerfahren hatte sie gelernt.

Nach dem Kriege merkte man erst richtig, was für Angst sie gehabt haben muß. Als die Männer und die Jungen einer nach dem anderen aus den Lagern kamen, erbärmlich genug und mancher als Krüppel, aber sie kamen doch, da wurde ihr erst klar, daß ihr Schatz nicht wiederkam. Über all der Sorge in den vergangenen Jahren hatte sie nicht an sich selbst denken können. Meine Frau hat das gemerkt, und sie haben in dem Sommer manchmal zusammen abends auf der Bank vorm Haus gesessen, und sie hat von ihrem Reinhold erzählt und meine Frau von unserem Henner. Mal hatte die eine das Riekchen auf dem Schoß und mal die andere, und man hätte denken können, daß es Großmutter, Mutter und Kind wären. Meiner Frau wäre es wohl auch lieb gewesen. Die Schwiegertochter hat das gewußt und war der Elli nie grün, sie hat es nur nicht merken lassen, denn vor meiner Frau hatte sie Respekt.

An einem Abend, es war Ende August, wir kamen gerade von der letzten Wiese hinten im Tal, die wir nur einmal mähen. Ich gehe so neben den Pferden und mache mir meine Gedanken; die Elli sitzt mit dem Riekchen oben auf dem Fuder, und weil die Kleine müde war, hat sie sie im Schoß und singt ihr was vor. Wie wir auf die Landstraße einbiegen, hör ich die Elli sagen: ›Riekchen, Riekchen, nun wink mal und ruf mal den Papa!‹

Ja. Da kam doch mein Junge hinter dem Fuder hergegangen. Ich konnte ihn nicht sehen, weil die Pferde dazwischen waren, aber als ich anhielt und zur Seite trat, dachte ich doch, das Herz bliebe mir stehen: der Henner! Und heil kam er wieder.

Er hatte kaum Augen für die Schwiegertochter, nur die Mutter, und dann das Riekchen auf den Arm und in die Ställe. Bei jedem Schaf sind wir stehengeblieben, die Sau hatte noch nicht lange geworfen. Das war der schönste Augenblick, wie ich ihm alles zeigen konnte. Dafür hatte es sich gelohnt.

Die Elli hatte er erst nicht erkannt. Sie hatte sich auch sehr verändert. Aber als sie dann jeden Morgen zusammen aufs Feld gingen, waren sie bald gut Freund. Sie hatten beide was durchgemacht, da weiß eines bald um das andere Bescheid. Das ging ein paar Wochen so. Mit der Schwiegertochter wollte es nicht recht gehen. Meine Frau bekam es als erste heraus: der Junge war hinter der Elli her. Die hatte wieder runde Backen, und wenn man die beiden sah, dann lachte sie, und manchmal hörte man sie beim Füttern zusammen singen. Das Riekchen war immer dabei. Es muß dann mal etwas vorgefallen sein. Das Mädchen ist am gleichen Abend zu meiner Frau gekommen und hat es ihr gesagt. Es war nicht recht, was sie getan hat. Aber sie war wenigstens ehrlich.

Am nächsten Morgen ist sie in die Stadt gefahren, und innerhalb von zwei Tagen waren sie und die Mutter fort.

Wenn man so alt geworden ist wie ich, hat man keinen starren Kopf mehr. Trotzdem hätte ich mir den Jungen und das Mädchen wohl vorgenommen. Aber meine Frau sagte: ›Karl‹, sagte sie, ›laß sie. Die finden beide wieder auf den richtigen Weg. Die haben nicht viel zu lachen gehabt, und die Sorgen kommen rasch genug wieder. Mit der Martha‹ – das ist die Schwiegertochter – ›ist er nie glücklich gewesen. Die kann ruhig einmal merken, wie ein Mädchen zu einem Mann sein muß, daß er wieder fröhlich wird, auch wenn er Schweres hinter sich hat.‹ Meine Frau sah mit dem Herzen, wo wir nur mit den Augen sehen.

Das Mädchen hat uns im Anfang sehr gefehlt, und auch an die Frau hatte man sich doch gewöhnt. Die beiden Stuben in der Scheune haben wir bald danach an Flüchtlinge abgegeben. Mein Junge hat sich in ein ordentliches Leben geschickt, und auch mit der Schwiegertochter ging nachher alles besser, als der Junge geboren wurde und dann noch ein Mädchen kam und sie mit den Kindern zu tun hatte.

Als meine Frau starb und den Hof der Junge besorgte, wieder ein Knecht da war und ich nichts Rechtes mehr zu tun hatte, haben sie mich noch einmal zum Bürgermeister gewählt. Wenn man um das Eigene keine Sorgen zu haben braucht, hat man den Kopf frei für das Ganze, und das tut not in solchen Zeiten. –

Ja, das Mädchen. Sie hatte jemanden gefunden, der dafür sorgen wollte, daß die Mutter wieder in eine Anstalt kam. Sie fuhr mit einem amerikanischen Auto weg, Jeep nennt man die wohl. Sie wollte wieder in einer Gärtnerei arbeiten, aber erst wollte sie noch auf eine Schule und ein Examen machen. Als sie sich verabschiedete und jedem die Hand gab und sich bedankte – nur der Henner war nicht dabei –, sagte meine Frau nachher zu mir: ›Die kommt nicht wieder. Aber man darf es ihr nicht übelnehmen, die will das vergessen.‹«

Der alte Man hob das Glas und leerte es wieder in einem Zug. Er langte nach der Flasche und goß es noch einmal voll und stellte es hin wie vorher.

Als er schwieg, war mir, als nähme er eine schwere Hand von meinem Nacken, unter der ich zusammengeduckt gesessen hatte.

Genauso sicher wie dieser Bürgermeister hatte ich vor zwei Monaten hinter meinem Schreibtisch gesessen und mit Kunden verhandelt. Jetzt bewegte ich mich auf ungewohntem Boden; ich hatte die Barriere aus Kontokarten und Zahlen weggerissen und alle meine vermeintlichen Sicherheiten selbst entfernt. Ich mußte es dem alten Mann überlassen, diese Unterredung abzuschließen. Ihm schien es nicht eilig damit zu sein. Er hatte zuletzt mit einem gewissen Behagen erzählt, wie einer, der einmal in den Schwung des Erzählens geraten ist, Gefallen daran findet, auch wenn seine Geschichte traurig ist.

Wie wir da noch saßen, öffnete sich die Tür, und das kleine Mädchen kam mit einem Tablett herein, auf dem ein Teller mit Wurstbroten stand und ein Glas Most. Es schob mir das Tablett hin, und ich mußte die Brote essen und den Most trinken, während sie neben mir stehenblieb und mich wieder unverwandt ansah.

Der Bürgermeister schob den Stuhl zurück, und das bedeutete, daß die Unterredung vorbei war. Ich erhob mich gleichfalls, griff nach Mantel, Tasche und Hut. Er befahl dem Kind, den Herrn durch das Dorf zu führen, und »zeigst ihm die Mühle und die Kirche und was er sonst noch sehen will«.

Von den restlichen Hausbewohnern bekam ich keinen zu Gesicht. Ich zögerte unter der Tür, den jungen Bauern hätte ich gern kennengelernt. Aus den Ställen schrie das Vieh, es war die Zeit des Fütterns.

Wir waren kaum auf der Straße, als das Kind seine Hand in meine schob und sagte: »Hast die Tante auch lieb, gelt?« – Sie war ganz anders als meine

Ingrid, ein zutrauliches, kleines Ding mit braunen Zöpfchen. Ich mußte immer denken, daß so Gabriele durch das Dorf gelaufen war, vor sehr langer Zeit –.

Das gute Gefühl, das ich in den Vortagen gehabt hatte, stellte sich nicht wieder ein. Ich war beladen mit vielen fremden Schicksalen, und das war keine Last, die man nach eigenem Belieben aufnehmen und wieder absetzen konnte. Die Dämmerung mochte schuld sein, daß das Dorf jählings einen feindlichen Eindruck machte, Nebel brodelte um die Mühle, und die Pappeln ballten sich zu dunklen Schatten hinter den Dächern. Die Lichter, die da und dort hinter den Stallfenstern brannten, hatten nichts Einladendes wie in der Stadt, die freundlich erst am Abend wird, sie verstärkten eher das abgeschiedene Für-sich-sein-Wollen der einzelnen Höfe. Meine Schritte lösten Hundegebell aus. Von Osten her, wo sich das Tal öffnet, schob sich eine hellere Nebelwand in die Dämmerung, in die das Dorf schon getaucht war. Mich fröstelte. – Ich schickte das Kind nach Hause, nachdem ich ihm ein paar Süßigkeiten gekauft hatte, und ging zur Haltestelle des Postautos, um noch am gleichen Abend zurückzufahren.

Die Dunkelheit war jetzt so weit vorgeschritten, daß ich die Abfahrtszeiten in dem gelben Metallkästchen nicht mehr lesen konnte. Ich klopfte an eine der erleuchteten Fensterscheiben. Auf meine

Anfrage nach einer Verbindung zur Stadt hieß es, daß der Omnibus um 21.35 Uhr noch einmal fährt. Das waren beinahe drei Stunden, die ich noch hätte in dem Dorf verbringen müssen. Als die Frau merkte, daß mir das zu spät war, sagte sie, daß der Viehhändler ein Auto habe und manchmal jemanden zur Bahn führe; sie könnte ja einmal telefonieren. Ich lehnte ab, bat aber, daß sie meine Reisetasche dem Postauto mitgeben möchte, ich würde sie in Empfang nehmen und den Weg zu Fuß machen.

Ich wollte mich mit der Nacht auseinandersetzen, ähnlich empfand ich es wohl. Darum ging ich auch nicht gleich zurück auf die Landstraße, sondern schlug den Pfad an einer Gartenmauer entlang ein, wo ich den Umriß des Kirchturms wahrnahm.

Ich habe den Kult, der um Geburtshäuser gemacht wird, nie verstanden; derartige Gedenktafeln veranlaßten mich stets zum Lachen. – Über die Tür des niedrigen Hauses neben der Dorfkirche hing mein Herz eine Gedenktafel. Kirche, Haus, Baum und Garten blieben im ungewissen, keine Tagesnüchternheit konnte mich hindern, den Ort, an dem sie als Kind gelebt hatte, mit zauberhaftem Glanz auszustatten. Ich löste mich nur schwer von diesem Platz, der mir inmitten des feindlichen Dorfes wie eine umfriedete Insel erschien. Wieder war es Hundegebell, das mich aufschreckte. Ich zog den Hut fester in die Stirn, schob die Hände in die Manteltaschen und ging auf die Landstraße, deren Baumreihen sich dunkler aus der Nacht hoben als der blanke Asphalt.

Ein Abend ohne Sterne, ohne Mondlicht, aber auch kein Wind, kein Regen. Eine ausdruckslose, stille Nacht, keine von denen, die einem das Herz weit aufreißen. Und doch war es diese Lautlosigkeit und Verborgenheit, die mir guttat, auch wenn sie die Beklommenheit meines Herzens nicht sogleich löste.

Der Abend hatte kein Gegenüber. Ich weiß nicht, ob man mich versteht. Der Mond kann ein Gegenüber sein oder die Sterne, auch der Wind vermag sich unserer Gedanken zu bemächtigen. Damals hingen sich meine Gedanken an die Bäume, die mit mir zu wandern schienen. Ein Stück Straße vor sich haben und eine Nacht für sich, das braucht ein Mann, wenn er aufräumen will in sich und in die letzten Verborgenheiten seines Inneren hineingelangen muß, damit er alles, was sich angesammelt und versteckt gehalten hat, sondieren kann nach Tauglichkeit und Untauglichkeit.

Wenn die Scheinwerfer der Autos von hinten nach meinen Beinen langten, trat ich zur Seite in den Schutz der Bäume und ließ sie vorbeijagen. Ohne mich besser zu dünken als ihre Besitzer, fühlte ich mich befreit, weil ich mich herausgelöst hatte aus ihrer hastigen Welt, die bisher und bald wieder meine sein würde.

Als ich den Wald erreicht hatte, blieben die

Bäume, die mich bisher begleitet hatten, stehen. Mir war, als ob ich nun, ohne Gefährten, langsamer vorwärts käme. Ich horchte auf die kleinen Geräusche des Waldes. Einmal meinte ich das verschlafene Gurren einer Holztaube wahrzunehmen, dann wieder Ruf und hastigen Flug eines Kauzes. Ich sah eine Kröte schwerfällig aus dem Schutz des Grases auf die Straße hüpfen. Ich hätte sie wohl hinübertragen mögen, aber mir schien, als sollte ich sie eines so erregenden Abenteuers, wie es die breite Nachtstraße darstellte, nicht berauben, und knüpfte auch daran meine Betrachtungen. Mir schienen die vergangenen Wochen ein einziges, großes Abenteuer, in dem ich noch mittendrin stand und von dem ich noch lange nicht wußte, welchen Ausgang es für mich haben würde.

Ich mochte eine reichliche Stunde unterwegs sein, als der Wald aufhörte und ich beobachten konnte, wie sich zwischen die Dunkelheit der Erde und die Schwärze des Himmels ein heller Nebelstreif gelegt hatte, der über den Feldern ein schmales dunkles Band stehenließ. Schon konnte ich die Lichter der Stadt unterscheiden, deren sauber geordneter Schachbrett-Bauplan sich in den Lichterreihen der Straßenlampen widerspiegelte.

Ich ging schneller, spürte, daß ich Hunger bekam, und hatte das angenehme Gefühl, das einen überkommt, wenn man das Ziel nahe weiß.

Noch einmal nahm ich für zwei Tage Quartier in meinem Gasthof. Das Wetter war endgültig herbstlich geworden; es regnete bedächtig, und wenn ich in den langen Dämmerungen meinen Weg durch die große Allee nahm, klebte das nasse Laub an meinen Schuhen, als wollte mich diese Stadt nicht mehr loslassen.

Am letzten Abend rückte ich mir wieder Tisch und Stuhl in die warme Nähe des Kachelofens und begann, den Brief an Hanna zu schreiben.

»Meine liebe Frau«, schrieb ich, weil ich so an sie dachte, aber ich wußte auch, daß sie es so nicht verstehen würde. Sie würde es für pathetisch halten. Wenn ich ihr schrieb, dann mußte es so geschehen, daß wir uns verstanden, sonst hatte es keinen Sinn. Ich mußte in ihren Worten schreiben und nicht in meinen. Es war nicht ihre Schuld, daß ich jetzt vieles anders sah. Sie hatte nicht erlebt, was ich erlebt hatte, und mußte mich noch für den halten, der ich einmal gewesen war.

Später erst habe ich erkannt, daß alles, was von Herzen kommt, auch zu Herzen geht und daß es falsch war, mich ihrer Sprache zu bedienen, die unwahr ist, sobald ich sie benutze.

»Liebe Hanna«, habe ich schließlich geschrieben, »ich muß mich ganz auf Deine Klugheit und Dein Einfühlungsvermögen verlassen, wenn ich um Dein Verstehen bitte. Ich bin ein Stück auf einem Weg gegangen, auf den ich Dich nicht mitnehmen konnte, weil ich glaubte, ich würde bald zurückkommen und dann wieder mit Dir den vertrauten, gemeinsamen einschlagen. Aber ich bin unversehens auf einen Kreuzweg geraten und habe eine andere Richtung genommen. Du mußt versuchen, meinen Weg nachzugehen, und das kannst Du, wenn Du es ernstlich willst. – Ich habe erkannt, daß in unserer Ehe etwas gefehlt hat. Damit will ich Dir keine Schuld geben, denn niemand kann geben, was er nicht hat. Wir haben nach außen hin eine gute und glückliche Ehe geführt. Aber wir waren immer zu sehr auf das Nach-außen-Hin bedacht. Ich weiß noch nicht, wie das anders werden kann, aber es muß anders werden, sonst kann ich nicht zu Euch zurückkehren. Ich habe auf meiner Reise viele Menschen kennengelernt, mit denen ich früher niemals in Berührung gekommen bin –.«

Hier brach ich ab, schrieb dann, und das war ein Satz aus dem Brief, den ich hätte schreiben sollen:

»Ich habe mir den Korbstuhl an den Kachelofen geschoben. Es riecht nach Kiefernholz. Wir sollten einen Kachelofen haben und keine Zentralheizung – es wird einem wärmer dabei.

Paß weiter gut auf die Kinder auf. Ich denke, daß ich in der letzten Oktoberwoche zurück bin. Ruf in der Kasse an und sag, daß ich zur Vorstandssitzung dasein werde.«

An diese Vorstandssitzung mußte ich mich mit Anstrengung erinnern. Ich las die Eintragung in meinem Terminkalender jedesmal wie etwas völlig Fremdes, nicht mich Betreffendes.

Es blieb mir nicht mehr viel Zeit, wenn ich mein Vorhaben zu Ende führen wollte.

Ich riß mich schwer los. Widerwillig ging ich auf den Bahnhof und fragte nach Zügen, und nur ungern führte ich eine Reihe von Telefongesprächen, um die dünne Spur, die 1945 der Jeep mit dem Mädchen und seiner Mutter hinterlassen hatte, weiterzuverfolgen. Es war zweifelhaft, ob es Sinn hatte, den unsicheren Angaben, die ich zusammengetragen hatte, überhaupt zu folgen. Manches Mal geriet ich in Sackgassen. So verlor sich die Spur der Freundin Claudia im dunkeln, ebenso wie ich niemals eine Antwort von dem Onkel aus Pernambuco erhielt. Von beiden hatte ich mir wesentliche Fingerzeige erhofft. Detektivischen Spürsinn besitze ich nicht. Ich muß mich auf mein Gefühl für Wahrscheinlichkeit und Folgerichtigkeit verlassen. Der Glaube, daß mich die Welle, die mich an jenem Augusttag erfaßt hat, weitertragen würde, immer ihr nach, hat mich nie verlassen.

Wie konnte ich ihren Weg weiter verfolgen! Was wußte ich von jener Fahrt mit der schwachsinnigen Mutter über die Landstraßen im Jeep eines Amerikaners! Wieviel Zeit war seitdem vergangen, in der ich bestrebt gewesen bin, die Erlebnisse jener Jahre zu vergessen, wie wir alle. –

Ich saß in einem Speisewagen, trank einen Wermut und sah in die verregnete Landschaft. Niemals vorher auf meiner Reise war ich so ernüchtert gewesen über das, was sie getan hatte. In dieser bedrückten Stunde war ich anmaßend genug, sie zu verurteilen. Ich benahm mich wie ein Vater, der unnachsichtig die Schritte seines Kindes zu bestrafen gedenkt, ohne zu wissen, wo denn ein besserer, gangbarerer Weg für es gewesen wäre. Ich faßte das in einem »auch das noch« zusammen, als ob – »auch dies mir nicht erspart bleiben würde«, wobei sich Enttäuschung und Mitleid nicht mehr die Waage hielten.

Ein weiteres dunkles Kapitel erwartete mich. Vermutlich war es besser, ich ließ es auch im dunkeln. Schließlich wußte man, wie sich die Amerikaner ihre Hilfeleistungen bezahlen ließen. Die Höhe des Preises konnte man sich errechnen, wenn man ihre Furcht vor Krankheiten und Abnormitäten mit in die Rechnung einbezog. – Wieder würde da ein Mann sein, dem *sie* ihre Liebe geschenkt hatte, wieder würde sie nach kurzer Zeit aus der Stadt verschwinden und ihre Spuren verwischen, als ob sie damit gerechnet hätte, daß einmal einer kommen könnte, der nach ihrem Woher und Wohin fragen würde.

Zunächst sah es aus, als hätte ich hier ihre Spur endgültig verloren, und für die Zeit, bis sie im Garten des Herrn Claasen auftauchte, würde sie für mich verschollen bleiben. Bis ich durch einen der zahlreichen Zufälle auf dieser Reise wieder einer Frau gegenüberstand, bei der sie damals Wohnung genommen hatte. Es war nicht eine der üblichen Zimmervermieterinnen. Sie wußte, wer bei ihr gewohnt hatte. Sie ließ mich eintreten, aber etwas Neues erfuhr ich zunächst nicht. Mehr als ein paar freundliche Bemerkungen über das »Fräulein« hatte sie nicht zu machen, und es kamen zu der Sammlung von Adjektiven über sie keine eigentlich neuen hinzu. Bis sich plötzlich ihr Gesicht aufhellte und sie sich an ein kleines Paket erinnerte, das vor ein paar Jahren gekommen sei, »von drüben«, wie sie sagte. Sie hätte die Adresse nicht gewußt, das Fräulein hätte noch keine neue Wohnung gehabt, als es fortzog. Post sei sonst auch keine gekommen, bis auf dieses Päckchen. Wie es damals auch zugegangen sein mag, ich bekam das Paket ausgehändigt, das vor mehr als fünf Jahren in einer mir unbekannten Stadt in Florida aufgegeben war, bedankte mich und verließ das Haus und wenig später auch die Stadt, ohne versucht zu haben, weiteren Menschen zu begegnen, die mit ihr zusammengewesen waren in den Jahren, die sie nachweislich in dieser Stadt gewohnt haben muß. Ich machte mir nicht einmal die Mühe, die Gärtnerei aufzusuchen, wie ich es sonst mit Regelmäßigkeit tat, sondern bestieg wieder den Zug, um ungeduldig die nächsten Kapitel ihres Lebens zu überfliegen. Wie es immer im Zusammenleben mit einem geliebten Menschen Tiefpunkte gibt, so hatte ich eben jetzt einen solchen in meiner Liebe erreicht und darüber nicht bemerkt, daß ich eines der entscheidenden Kapitel ihres Lebens, und nur um die geht es mir hier, buchstäblich in der Tasche hatte.

Das Paket. Erst im Zuge besann ich mich darauf, es aufzuschnüren. Aus dem Format ließ sich unschwer erkennen, daß es sich um ein Buch handeln mußte, und ich war dann auch nicht weiter überrascht, als ich einen Bildband in der Hand hielt. Wohl aber, als ich feststellte, daß es sich um Landschaftsbilder der Gegend handelte, die ich soeben durchfuhr. Es trug keine Widmung. Ich wußte nichts Rechtes damit anzufangen, zumal es englisch geschrieben war und ich nur eben so viel herausbekommen konnte, daß es Berichte eines Amerikaners aus dem Deutschland von 1945 waren. Die Bücher über jene Jahre, mögen es nun Tatsachen- oder Rechenschaftsberichte sein, sind Legion geworden, allein das Lesen der Titel ermüdet und verstimmt mich. Ich packte das Buch wieder ein.

Meine langsam arbeitenden Gedanken registrierten erst Minuten später, daß der Name des Absenders mit dem des Verfassers identisch war. Ich holte das Buch wieder hervor, und mit diesem Schlüssel bekam ich plötzlich Zugang. Ich las auf der dritten Seite: »Ich schreibe dieses Buch im Gedenken an eine Frau in Deutschland, Florida 1947.«

Ich verließ bereits am nächsten größeren Bahnhof den Zug. Ich hatte mich noch nicht weit von der

Stadt entfernt, in die Gabriele damals mit dem Jeep gefahren war. Zunächst besorgte ich mir ein englisch-deutsches Wörterbuch, dann nahm ich in einer Pension ein Zimmer und machte mich an die mühevolle Arbeit, das Buch zu übersetzen. Erst das letzte Kapitel führte mich zum Ziel. Es trug die Überschrift:

Vom Glücke enttäuscht und müde des Krieges ...

Nebel über dem Fluß. Nicht der aufsteigende Nebel eines sonnigen Oktobertages, sondern die Schleier, die ein früher Abend über die Wunden der Stadt breitet wie einen lindernden Verband. Daraus hob sich ein Bild:

Wo das flache Wasser des Flusses sich ausbuchtet im Schutze von Erlen und Hasel, beugte sich eine junge Frau über den milchigen Spiegel des Wassers und spülte ihre Wäsche. Sie zog sie mit kräftigen Armen durch den Fluß und wrang sie Stück für Stück aus, warf sie in ein Gefäß, das ich von meinem Beobachtungsposten auf dem halbzerstörten Brückenpfeiler nicht erkennen konnte.

Ich nahm mein Fernglas und fing mir das Bild ein. Die Frau schüttelte das Wasser von den Armen und strich das braune Haar mit nassen Händen aus der Stirn, spülte die nackten Füße im Fluß und wendete sich gelassen ab, wohl wissend, daß meine Blicke ihr folgten, denn sie hatte mich wahrgenommen. Sie setzte sich den runden Wäschekorb auf die linke Hüfte und ging mit ruhigen Schritten, den Kopf erhoben, auf eine Gartentür zu, hinter der sie entschwand.

Der Nebel senkte sich nun auch auf dieses Fleckchen Erde, wer wollte sagen, ob ich nicht wirklich eine Frau gesehen hatte, die am Jordan ihre Wäsche spülte. Denn sie sah aus, wie wir uns die Frauen aus dem Alten Testament vorstellen, wie Rahel, um die man sieben Jahre diente, oder wie eine Ruth, eine Rebekka. Sie trug einen Rock aus handgesponnener Wolle und eine Bluse aus Leinen, ihre Haut war braun wie nasser Sand und ohne Glanz. –

Sie kehrte noch einmal zurück. Diesmal trug sie zwei Eimer, die sie am Fluß füllte. Ich wunderte mich, daß sie nicht einen Krug hatte und ihn auf dem Kopf trug, sondern gewöhnliche Zinkeimer. Mir schien, als ob sie lächelte, als sie mich noch immer auf der Brücke stehen sah mit meinem Fernglas, bevor sie die Eimer aufnahm und mit wiegenden Schritten zurückging.

Am nächsten Abend bezog ich meinen Posten aufs neue. Es gab anderes zu beobachten als dieses Mädchen, aber nur auf ihr Erscheinen wartete ich. Ich hatte einen Pfad erspäht, der zwischen den Wiesen und dem Gebüsch, das den Fluß säumte, entlangführte. Als sie mit ihren Eimern aus der Gartentür kam, verließ ich den Betonpfeiler, der einmal den Schwung des Brückenbogens aufgefangen hat, stieg den Abhang hinunter und ging die hundert Meter, ihren Augen durch das Erlengesträuch verborgen, durch nasses Gras und Schilf. Ich traf bei ihr ein, als sie die nassen Arme schüttelte, daß die blanken Tropfen nach allen Seiten spritzten. Sie trat noch einen Schritt näher an das Wasser, um die Füße abzuspülen. Als sie sich umwandte, um die Eimer aufzunehmen, kam ich aus meinem Versteck hervor und sagte so deutsch, wie ich es nur eben vermochte, daß ich ihr helfen wollte beim Tragen. Sie sah mich abweisend, aber nicht hochmütig an, doch so, daß ich erkannte, daß sie keine Magd war, oder wenn, dann eine aus dem Heiligen Land und nicht aus Deutschland und dem Jahre 45.

Mir schien wieder, als ob sie lächelte, nicht mit den Augen und nicht mit dem Mund, ihr Gesicht blieb düster, eher mit den Schultern, die ein wenig zu beben schienen vor verhaltenem Lachen. Sie wandte den Blick von mir ab, nahm die Eimer auf, und ohne ein Wort gesagt zu haben und ohne weiter Notiz von mir zu nehmen, ging sie mit ihren wiegenden Schritten auf nackten Füßen an mir vorbei, im ruhigen Gleichmaß eines Menschen, der gewohnt ist, Lasten zu tragen.

Am folgenden Abend blieb ich länger in meinem Versteck und konnte beobachten, daß sie suchend zur Brücke aufsah und ein wenig zögerte, bevor sie ihre Eimer ergriff. Doch sie errötete nicht, als ich hervortrat, nur schien mir wieder, als bebten ihre

Schultern unter dem weißen Leinen. Ich hatte mir einen Kanister mitgebracht und bat sie um Wasser, das ich, wie ich ihr mit umständlichen Worten beibrachte, für mein Auto brauchte. Obwohl sie den Vorwand sogleich als solchen erkannte, setzte sie bereitwillig den einen Eimer zur Erde und füllte mir aus dem zweiten den Kanister, ohne einen Tropfen zu verschütten. Sie half, aber sie ließ sich nicht helfen. Sie gab, aber sie nahm nichts an. Und doch war sie ein deutsches Mädchen, und ich traf sie im Jahre 1945 an einem Fluß, der durch eine der Städte zog, die in Trümmern lagen und in deren Ruinen sich das Böse versteckt hielt und das Schöne begraben lag.

Ich dankte ihr und griff in die Tasche, um ihr zu geben, was ich bereits seit dem Mittag für sie bei mir trug. Wieder schüttelte sie den Kopf, beugte sich, um ihren Eimer aufs neue zu füllen, und ging, den Kopf zum Abschied geneigt, an mir vorbei. Daran, daß sie den ersten Eimer vergaß, merkte ich, daß sie nicht so gleichgültig war, wie sie tat. Ich stellte meinen Kanister neben den Eimer und wartete. Es dauerte nicht lange, bis sie zurückkam. Wortlos nahm sie den vergessenen Eimer auf und trug ihn zur Gartentür. Neben den hübschen Abdrücken ihrer Füße lief eine dünne Spur von Wassertropfen.

Am nächsten Abend erschien ich wieder mit meinem Kanister, und wieder ließ sie den zweiten Eimer zurück und kehrte wieder, um ihn zu holen; keiner sagte etwas.

Am vierten Abend wiederholte sich das gleiche, nur stieg das Lächeln diesmal bis zu ihrem blassen Mund. – Ich mußte fürchten, daß darüber der Winter einbrach, der Fluß zufror und wir beide mit einer Hacke ein Loch in das Eis schlagen mußten, nur um unser Spiel weiterzutreiben. Ich war mit dem Studium ihres Gesichtes ein Stück weitergekommen. Ich wußte, daß seine Schönheit in dem harmonischen Zueinander von Augen und Mund lag und der Nase, die, nicht eben schmal in der Wurzel, gerade verlief und sich eine Spur nur öffnete zu den Nasenlöchern, gewiß nicht verbreiterte. Das Haar lag dunkel und glatt über der niedrigen Stirn. Um wirklich schön zu sein, fehlte dem Gesicht der Glanz. Es war ein unerleuchtetes Gesicht, ein vorchristliches Gesicht, und damit war ich wieder bei den Frauen am Jordan. Ich wußte, wie sie den Fuß sorgsam aufsetzte, wie sich ihr Körper bog beim Wasserschöpfen und wie sie die Schultern im Gehen zurückschob, aber sonst wußte ich nichts von ihr.

Über die Mauer, die den Garten umschloß, streckte ein Pflaumenbaum seine Zweige. Es hingen ein paar verkümmerte, unreife Früchte daran. Ich machte ihr deutlich, daß ich wohl ein paar davon haben möchte. Sofort ging sie, um sie für mich zu pflükken. Als sie zurückkam, trug sie wieder ihr düsteres Gesicht. Sie legte drei der erbärmlichsten Pflaumen, die man sich vorzustellen vermag, in meine Hände, die ich ihr hinhielt, und zum ersten Male sprach sie zu mir. Sehr langsam, damit ich sie gewiß auch verstand:

»Spott steht dem Reichen nicht zu, nur den Armen.«

Sie nahm beide Eimer zugleich und trug sie, ohne einen Tropfen zu verschütten, zu der Gartentür, die sie wie an jedem Abend von mir trennte.

Ich hatte sie verloren. Am nächsten Abend wartete ich vergeblich und auch am übernächsten. Aber ich beschloß damals schon, in meinem Buch von ihr zu schreiben.

Es mochte eine Woche vergangen sein, als ich auf den Mauervorsprung einer Hausruine stieg, um von dort aus die unversehrten Türme des Münsters zu fotografieren. Ich hatte mich bereits eine Weile vergeblich bemüht, einen sicheren Platz für das Stativ ausfindig zu machen, ohne meinen unsicheren Standort allzusehr zu gefährden, als mich ein leises Lachen anrief. Ich drehte mich um und sah in das Gesicht der Frau vom Jordan. Sie zog unter den bröckelnden Steinen ein Brett hervor und schob es mir zu. Ohne Spott, auch diesmal wieder ganz ernst, sagte sie zu mir: »Das Unzerstörte werden Sie nicht in Bildern mitnehmen können«, und wandte sich ab und ging. Ich sah ihr nach, bis sie hinter der Ecke eines Hauses verschwand, dann sprang ich von der Mauer herunter und lief ihr nach, Stativ und Apparat unter dem Arm. Sie hörte mich kommen, und ohne sich umzuwenden, blieb sie stehen. Als ich neben ihr war, ging sie ruhig weiter. Die Länge ihres Schrittes war die gleiche wie die meine. Mit leichten Sprüngen ging sie über die Löcher der Straße hinweg, wie ein Tier, das an Unebenheiten gewöhnt ist. Wir stiegen Treppen hinauf, die in die Weinberge führten, und die Sonne warf unsere Schatten in grotesken Bildern an die Mauern. Ihre bloßen Füße steckten in Sandalen, die sie von Zeit zu Zeit im Gehen ausschüttelte, mit einer Achtlosigkeit, als könnte ihr kein Steinchen unter den nackten Fußsohlen etwas anhaben.

Oben angelangt, wandte sie sich um und wies mit ihren braunen Armen weit über Fluß und Tal. Ich wußte, daß sie meinte: dies alles war geblieben, und niemand hatte ihm seine Schönheit nehmen können. Aber es war auch Anklage in dieser Geste, die sagte: Ihr. Ihr habt –

Sie sah den Glanz der Landschaft, die sie liebte. Ich sah den Glanz, der ihre Augen feucht überzog, und fand sie schön und liebte sie.

Sie ließ mir ihre Hand. Eine harte Hand, die weich in der meinen lag, als wir weitergingen. Manchmal schwang sie unsere Arme im Takt unserer Schritte, und als ich sie ein wenig näher zu mir zog, ließ sie auch das geschehen. Nur ansehen durfte ich sie nicht. Als ich ihr Gesicht wieder zu sehen bekam, leuchtete es, das hatte sie vor mir verbergen wollen.

Ich wußte, daß sie hungerte, alle Bewohner der Stadt hungerten. Aber sie nahm auch weiterhin nichts an; nur wenn ich ihr Blumen mitbrachte, war sie glücklich. Blumen waren das einzige, was ich nicht hatte und nur schwer besorgen konnte. – Mochte sie nicht, daß ich ihr von meinem Überfluß gab? Wollte sie nicht, daß es ihr besser ging als anderen?

Ich hatte in viele Gesichter gesehen, aber ich hatte in allen das gleiche gelesen: Haß oder kriecherische Demut. In ihrem Gesicht las ich, was alles ein leidender Mensch empfinden kann, Trauer und Angst und Freude und Dankbarkeit dem Leben gegenüber. Sie lebte gern. Ich hatte in ihr ein Stück unverfälschter Natur vor mir. Sie war wie jede Kreatur; sie wollte leben, nicht anders als eine Pflanze und ein Tier; dazu brauchte sie Licht, und instinktiv war sie zu mir gekommen, weil ich einer von denen war, die ihr den Schutz geben konnten, den sie brauchte, weil sie damals ohne eigene Kraft war.

Ich will sie hier Abigail nennen, wie sie es einmal selbst im Scherz tat, als ich ihr erzählte, daß ich sie bei mir die Frau vom Jordan nannte. Ich begriff nicht gleich, daß sie von der Frau des biblischen David redete. Ich erkannte in ihrem »David« zunächst nicht einmal meinen Namen »Dave«. Aber nie zuvor war mir mein Name so lieb gewesen, wie sie ihn rief: David.

Sie kam eine Woche lang in der Dämmerung auf den Weinberg, an jedem Abend, und jedesmal war mir, als zögen meine Wünsche sie aus der Tiefe der

Treppenschlucht herauf; sie kam aus der Dunkelheit, und bei mir oben war noch das Licht des vergehenden Oktobertages.

Es regnete viel. Sie verbarg sich unter dem Umhang aus grauem Loden und sah aus wie eine Hirtin. Am Tage klopfte sie mit einer Gruppe anderer Frauen am Marktplatz Steine ab. Dafür erhielt sie Lebensmittelmarken und ein weniges an Stundenlohn. Wohnrecht in der Stadt besaß sie nicht. Ich habe niemals erfahren, wo sie gewohnt hat. Ich kannte jene geheimnisvolle Gartenpforte, die zum Fluß führte, aber ich fand die Straße nicht, an der ein Haus, das bewohnbar gewesen wäre, hätte liegen können. Als ich sie am ersten Abend nach Haus begleiten wollte, schüttelte sie den Kopf. Ich fragte, ob sie sich schäme. Gewiß war es eine erbärmliche Unterkunft, die sie hatte. Sie sah mich überrascht an:

»Ich?« fragte sie. »Nein, nicht ich. Sie würden sich schämen. Das möchte ich nicht.« – Ich verstand sofort, was sie meinte, wieder klang das »Ihr« durch. – Sie reichte mir die Hand und verschwand in Dunkel und Armut.

Wenn ich sie gewinnen wollte, durfte ich keine Zeit verlieren. Meine Tage in diesem Lande waren gezählt; es war der letzte der Kriegsschauplätze, die ich aufzusuchen hatte vor meiner Rückkehr in die Staaten. Ich hatte das Material für mein Buch zusammen und ging bereits daran, es zu sichten. Wenn ich geglaubt hatte, von ihr etwas zu erfahren, ein einzelnes Schicksal, das für Tausende stehen konnte, wie ich es auch bei anderen herausgegriffen hatte, so erfüllte sich diese Erwartung nicht. Ich hatte im Anfang mit Befremden, später mit zunehmender Abneigung wahrgenommen, daß unter denen, die der Krieg am grausamsten getroffen hatte, den Vertriebenen und Geflüchteten aus dem Osten Europas, ein Wettstreit im Gange war, wer von ihnen am meisten gelitten habe. Sie pflegten sich in ihren Schilderungen in immer grausigeres Elend hineinzusteigern, in einer Konkurrenzsucht, wie ich sie niemals kennengelernt habe, wenn es darum ging, festzustellen, wer unter ihnen am glücklichsten gewesen war. Eine Erscheinung, die unserem Jahrhundert vorbehalten geblieben ist: der Neid des Unglücks. Sobald ich in einem Durchgangslager mir einen herausgriff und ihn aufforderte, mir sein Schicksal zu erzählen, öffneten sich Schleusen, die nur durch sachliche Zwischenfragen zu dämmen waren und wegen derer sie mich mehr noch haßten als wegen meiner guten Kleidung, die mich als Angehörigen der Alliierten auswies, wegen meines Autos und meiner Zigaretten.

Abigail blieb stumm, auch später, wenn ich ihr Abschnitte aus meinem Buch vorlas, die sie zum Widerspruch reizten. Sobald ich sie fragte, machte ich sie scheu, und ich erschrak vor dem Leid in ihrem jungen Gesicht.

Gegen ihren Willen beschloß ich, etwas für sie zu tun. Ich forderte bei dem Arbeitsamt der Alliierten eine neue Hilfe für das Haus an, das ich am Nordhang des Berges bewohnte. Gleichzeitig entließ ich die Frau, die bisher die Arbeit verrichtet hatte, mit einem Vielfachen an Lebensmittelrationen, mit denen wir zu bezahlen pflegten. Ich forderte das Mädchen namentlich an, wobei ich mir der Schändlichkeit der Gewalt, die ich über sie hatte, bewußt war und damit rechnete, daß ich sie dadurch erneut verlor. Ich hielt mich zu der Stunde, in der man sie schicken wollte, im Haus. Sie überraschte mich auch diesmal. Ihr Mund öffnete sich zu einem so herzlichen Lachen, daß ich mitlachte. Sie legte mir zum ersten Male die Arme um die Schultern, und, dicht an meinem Gesicht, lachte sie mir zu. Als ich es ihr erklären wollte, machte sie: »Psst! Ein Wunder!« Sie holte eine Schürze hervor und war fortan meine »Magd« oder, wie sie es nannte, »Eure Dienerin, Herr!« Sie bezog ein kleines Zimmer in der Mansarde, weil von dort die Aussicht über die Stadt am schönsten war. Besonders am Abend, wenn die Lichter angingen und der sanfte Schein der Sterne die wüste Stadt verzauberte. Abigail setzte sich dann auf die Fensterbank und sang mir Lieder, die alle ihre Heimat in der Landschaft hatten, die der silberne Fluß durchzieht. Ich verstand nur wenig, aber der warme Klang ihrer Stimme umfing auch mich heimatlich, wenn ihre Augen zärtlich auf mir ruhten.

Sie arbeitete, während ich an meinem Schreibtisch saß, viele Stunden im Garten. Sie beschnitt die Sträucher für den Winter, grub das Gemüsefeld um, das in diesem Jahr unbestellt geblieben war, da das Haus seit dem Frühjahr beschlagnahmt war, und in den warmen Mittagsstunden nahmen wir zusammen das Obst ab. Sie trug wieder ihren braunen Rock. Wenn sie mir aus dem bunten Gelaub der Baumkronen die Äpfel zuwarf, damit ich sie auffing und in den Korb legte, fiel mancher ins Gras, weil meine Augen nicht dem Apfel gefolgt waren, sondern an ihr hängenblieben. Manchmal schüttelte sie einen Ast, daß ich mich ducken mußte unter dem Gepurzel der kleinen, gelben Früchte, während sie lachend in den Zweigen stand wie eine Göttin der Fruchtbarkeit.

Das Obst, das wir in den Mittagsstunden ernteten, holten sich gegen Abend die Frauen, mit denen sie an der Baustelle zusammen gearbeitet hatte. Sie teilte es redlich aus. Aber die Frauen nahmen das Obst mit verkniffenen Gesichtern entgegen, und jedesmal kam sie den Gartenweg mit müden Armen zurück, an denen die leeren Körbe schwerer hingen als damals die gefüllten Eimer. Ich wartete hinter der Haustür auf sie und schloß sie in meine Arme und flüsterte ihr zu, daß die anderen das nicht verstehen könnten und neidisch seien auf uns. Dann lächelte sie mühsam, und einmal meinte sie: »Der Dachs will zurück in seinen Bau.« Ich verstand sie nicht. Sie versuchte es schließlich mit ein paar englischen Vokabeln, über die sie verfügte. Auch das geriet nicht. Aber nun wollte ich es wissen, denn es schien mir etwas Wichtiges zu sein. Ich besaß nur ein englisch-deutsches Wörterbuch, das half uns nicht weiter. Sie holte einen Bleistift und malte ein kurioses Tier, das aussah wie ein Igel, aber auch wie ein Schwein. Bis ihr plötzlich ein Gedanke kam. Sie lief in das Badezimmer und holte meinen Rasierpinsel herbei. Sie wies zuerst auf das gemalte Tier und dann auf die Borsten des Pinsels.

»A badger! Ein Dachs!« Endlich. Und dann bekam ich auch heraus, daß sie sich mit einem Dachs verglich, der zu früh seinen Bau verlassen hat, in dem er den langen Winter verbracht hat, und nun in die Frühlingssonne blinzelt, die ihm zu grell ist, und sich nach der Dunkelheit seiner Höhle zurücksehnt. So meinte sie es wohl. Ich war es, der sie hervorgeholt hatte aus ihrer Dunkelheit. Ich war sehr glücklich, daß sie es so ansah. Ich strich mit der Hand über die Borsten des Rasierpinsels und dann über ihre blanke, braune Haut, legte mein Gesicht an das ihre und beteuerte, daß es das gleiche Gefühl sei. Dann lachten wir uns an, und immer, wenn sie später ihr düsteres Gesicht machte, rief ich »badger« und deutete mit den Armen an, wie ich den armen, kleinen Dachs zurück in die Sonne scheuchen wollte, bis endlich der Glanz in ihren Augen festsaß und nicht mehr wich, bis auf die wenigen Male. –

Sie war ein Mädchen, als ich sie kennenlernte. Keine Frau vermag zu gehen wie ein Mädchen, und auch ihr Duft ist anders. Sie roch nach Garten und frischen Nüssen. Ihre Zärtlichkeit war scheu und zugleich bestürzend.

Sie war ein Mädchen, als ich von ihr ging.

Die Abende waren kühl. Die Heizungsanlage war gestört, und ich hätte mich wohl mit einem elektrischen Ofen begnügt. Wahrscheinlich aber hätte ich dieses Land längst verlassen gehabt, wenn sie nicht bei mir gewesen wäre. Sie entdeckte im Keller einen kleinen eisernen Ofen, den wir zusammen heraufttrugen. Sie verschmierte ihn kunstgerecht mit Lehm und setzte zwei neue Backsteine ein, schlug ein Loch in die Kaminwand, paßte das Ofenrohr ein, und am gleichen Abend prasselte ein Feuer aus Reisern, die sie im Garten gesammelt hatte. Sie legte Kastanien und Äpfel auf die heiße Ofenplatte, und das Geräusch der platzenden Kastanien, der Duft des schwelenden, knisternden Holzfeuers, in den sich der Geruch des bräunenden Zuckersaftes der Äpfel mischte, ist mir zum Inbegriff der Geborgenheit eines Winterabends geworden. Das Mädchen saß im Sessel mit angehockten Beinen, über die es den weiten Rock gezogen hatte. In ihrem Schoß lagen Walnüsse, die sie von ihren grünen, eben aufgeplatzten Hüllen befreite. Sie rieb sich die Arme mit dem hervorquellenden Saft und hielt sie mir hin, damit ich bestätigte, daß ihre Arme das gleiche grünliche

Braun hatten wie der Saft der Nußschalen. Sie knackte die Nüsse zwischen ihren Zähnen und schob die weißen Kerne zwischen ihre Lippen und reichte sie mir in zärtlichem Übermut. Ich hatte die Nuß aus ihrem weichen Gefängnis zu befreien, was mir erst gelang, wenn meine Lippen den ihren ganz nahe waren, dann schob sie mich sanft mit den Händen von sich und wies auf die vielen Nüsse in ihrem Schoß, die alle noch den gleichen Weg nehmen würden.

Während die Äpfel aufzischten und die Schalen der Kastanien sich lösten und aufsprangen, das Mädchen neben mir saß mit hochgezogenen, nackten Beinen und das Zimmer nur durch die drei kleinen Fenster des Ofens erhellt war, erzählte ich ihr von meiner Heimat. In meiner Sprache, die sie gut verstand, nur sprechen konnte sie sie nicht.

Lateinisch konnten wir beide, und damit behalfen wir uns manches Mal; nur daß alles, was wir sagten, klang, als hätten wir es Cäsars gallischem Krieg oder Vergils Äneis entnommen. – Sie besaß eine kleine ledergebundene Ausgabe der Äneis. Wie oft hat sie mir des Abends daraus vorgelesen! So unähnlich war mein Schicksal nicht von jenem des Äneas.

Ihre Kenntnisse in der griechischen und römischen Geschichte und Philosophie überraschten mich. Sie erzählte – das einzige Mal, daß sie von ihrem Elternhaus sprach –, daß sie ihrem Vater in den

Jahren vor seinem Tode des Abends vorzulesen pflegte, weil seine Sehkraft nachgelassen hatte. Mehr nicht. Wer dieser Vater war, der in solchen Zeiten Vergil zu hören wünschte, habe ich nicht erfahren. Ihre Kenntnisse in den alten Sprachen waren um so überraschender, als sie nicht intelligent war, wenn man sie mit den Mädchen vergleichen würde, die unsere Colleges besucht haben; trotzdem war sie gebildeter, in jenem europäischen Sinne, da sie in eine Welt hineingeboren war, die durchtränkt war von einem Geistesgut, das wir uns durch Studium sehr viel schwerer erwerben müssen.

Wir wußten nicht, ob es Tage waren oder Wochen, die so vergingen. Das Mädchen Abigail blieb. Im Anfang horchte ich morgens, ob ich ihren Schritt auf der Treppe vernähme oder das Gesumm, das mir ihr Wachsein ankündigte. Einmal bin ich mitten in der Nacht hinaufgegangen an ihre Tür, um auf ihren Atem zu horchen, weil ich die Leere des fremden Hauses plötzlich drückend empfand wie in den Wochen, bevor sie bei mir war. Kein Knarren der Stufen konnte mich verraten haben, und doch rief sie nach mir: »David.« Wollte sie mir sagen, daß sie noch da war, oder rief sie mich zu sich?

Ich drückte vorsichtig auf die Klinke. Die Tür war nicht verschlossen. Ich wurde von einem jähen Glücklichsein erfaßt: das Mädchen hatte Vertrauen zu mir.

Das Zimmer war vom Mondlicht ein wenig erhellt. Ich konnte erkennen, daß sie mir entgegensah. Ihre Arme lagen braun und still auf der weißen Decke.

»David!« rief sie noch einmal. Ich setzte mich auf den Rand ihres Bettes. Sie holte sich meine Hand und strich sanft und gütig darüber hin.

Das Mädchen wußte besser als ich, daß ich nicht nach körperlicher Liebe verlangte.

»David«, mahnte sie mich einmal noch, als sich meine Hand in die Dunkelheit ihres Bettes flüchten wollte. Und was sie nie getan hatte, sie sprach zu mir. Mit abgewandtem Gesicht und abgewandter Stimme, mir nur durch die Berührung unserer Hände verbunden:

»Du hast mich wieder ans Licht geholt, David. Die Welt war dunkel geworden. Ich lebte nur noch in Angst, die Menschen trugen verzerrte Gesichter. Wir sind arm, David, und unser Stolz ist alles, was wir besitzen. Ihr meint, daß es Hochmut sei, und wollt uns demütig sehen. Aber arm sein und demütig sein, das können wir nicht, so viel Kraft haben wir nicht mehr. – Ich liege jeden Abend lange wach, und in den vielen Stunden ist es still geworden in mir. Wenn ich horche, geschieht es ohne Grauen, und sie kommen alle wieder zu mir, meine Toten, an die ich nicht mehr denken konnte, weil – –. Sieh, David, unsere Herzen haben keine Kraft mehr zu lieben, sie sind verbraucht und ganz leer. Wenn du gut zu mir bist, fällt jedes Wort in mein Herz wie ein warmer

Tropfen – aber das Herz gibt die Wärme nicht weiter, es braucht sie alle für sich. Es möchte dich liebhaben können, aber es kann es nicht. Es kann nur dankbar sein, David. Ich weine über dieses arme Herz.

Nun mußt du gehen, David.«

Sie legte ihr nasses Gesicht in meine Hand und drückte einen raschen Kuß hinein, ließ sie los, zog die Decke höher und wandte sich ab.

Ich ging hinunter, setzte mich an meinen Schreibtisch und schrieb, bis der Morgen kam.

Manchmal erschien sie mir wie eine Blume, die kurz vor dem Aufblühen fast erfroren war und die man in letzter Minuten in ein Treibhaus gebracht hat, wo sie sich rasch entfaltet. Sie war nicht mehr jung. Ihr Gesicht trug schon Zeichen. Aber sie hatte die wunderbare Kraft, sich zu verjüngen. Als ich an einem Mittag zwei Pampelmusen mitgebracht hatte, mußte ich mit ihr Ball spielen, im Garten hinter dem Haus; sie lachte und trieb mich von Baum zu Baum, bis ich völlig außer Atem war. Sie war wie ein Kind.

Ein anderes Mal traf ich sie beim Feueranzünden. Sie hockte vor dem Ofen und hatte aus Spänen, Holzscheiten und Kienäpfeln ein kleines Haus aufgeschichtet. Ich sah ihr zu. Sie war ganz vertieft in ihr Spiel, legte vorsichtig das Dach darauf, setzte einen Schornstein ein und griff nach den Zündhölzern. Sie strich eines an. Da wurde ihr bewußt, was sie tun wollte. Sie sah mit erschreckten Augen zu mir hoch, als ob sie mich nie so gesehen hätte, bis die Flamme ihre Finger ansengte und sie das brennende Zündholz fortwarf. Es ging etwas in ihr vor. Ich kannte ihr Gesicht so gut. Sie stand schwerfällig auf, warf mir die Schachtel vor die Füße und sagte: »Das könnt ihr besser, tu du's!« und ging weg. Da war es wieder, das »Ihr«, diesmal klang es wie »ihr Brandstifter«.

Und doch kehrte sie noch einmal um und kam zu mir zurück, strich mir durchs Haar und sagte: »Verzeih, David« und verließ das Haus.

Keiner von uns brachte es an dem Tage fertig, das Feuer anzuzünden. Wir hockten jeder für sich in dem kalten Zimmer; gegen Abend machten wir einen Spaziergang; jeder ging in einer anderen Richtung, auch wenn wir scheinbar den gleichen Weg nahmen. Wir quälten uns sehr, und es schien keine Brücke zwischen uns möglich zu sein, so breit war die Kluft geworden. Ich war der Feind und der Eindringling. Meine Einsamkeit war nie größer als an jenem langen Novembertag. Ich hätte viel darum gegeben, ein Flugzeug zu haben und zurück zu können, heraus aus diesem Land, in dem das einfachste Gefühl von einem Menschen zum anderen zu einem Konflikt wurde.

Es war lange schon dunkel, da hörte ich sie immer noch durch den Garten gehen. Schließlich kam sie zu mir. Ich erschrak: Ihr Gesicht war fahl und grau, das Haar hing ihr wirr um den Kopf, aber am schlimmsten waren die Hände, die sich zuckend aneinander festhielten.

Was nutzte es, daß ich sie in meine Arme nahm? Das Wort, das sie zum Sprechen bringen würde, fand ich nicht. Fremde Hände, die eine fremde Frau trösten wollten. – Ich holte uns einen Whisky, und sie trank ihr Glas gierig aus und dann noch ein zweites. Dabei vermochte sie schon zu lächeln: »Merkwürdige Arzneien habt ihr, David«, meinte sie und trank mir zu. Es war uns nicht mehr so kalt, aber es blieb eine falsche Wärme.

Noch einmal wurde alles gut. Die Sonne kam noch einmal hervor und vertrieb den Winter ein letztes Mal. Das Mädchen fand im Garten vier Veilchen, die sie uns auf den Tisch stellte, und es war, als würde Frühling. Täglich fand sie etwas, das mich freute, unerschöpflich waren ihre Einfälle, mit denen sie mir den Tag heiter zu machen wünschte. Wir hatten nur meine Rationen. Für sie etwas Neues, für mich das Alltägliche seit Jahren. Aber was machte sie daraus! Sie backte Apfelstrudel, und ich sah ihr zu, wie sie den Teig auf einem Tuch ausbreitete und zog, bis er dünn wie Pergament war und sie die Apfelscheiben darin versteckte. Ein anderes Mal kochte sie Knödel, wie man dort eine Mehlspeise nennt, und ich fing bereits an, unter ihrer Pflege zu gedeihen. Ich kannte es nicht, verwöhnt zu werden.

Was sie nicht verstand, war, sich beschenken zu lassen. Ich hatte ein paarmal Kleinigkeiten für sie mitgebracht aus dem P. X., Strümpfe und einen hellblauen Pullover, der ihr gewiß gut gestanden hätte, aber sie sagte weder danke noch zog sie die Sachen an. Ich hätte sie gern mitgenommen auf meinen Fahrten zum Hauptquartier oder zum Flugplatz, wo ich mir die Post holte. Aber sie stieg nicht in mein Auto und ging auch nicht mit mir durch die Stadt. Auf meine Frage, ob es ihr unangenehm sei, mit einem Amerikaner gesehen zu werden, sah sie mich überrascht an, als hätte sie nie darüber nachgedacht; schließlich gab sie es zu: »Ich glaube ja, David.«

Ich hatte angefangen, ihr einzelne Kapitel aus meinem Buch vorzulesen. Sie hörte zu, ohne sich jemals dazu zu äußern, bis auf das eine Mal, als sie erregt hochfuhr: »David, es ist schrecklich. Du hast recht, so war es auch. Aber es war auch ganz anders, du wirst das nie sehen können, oder man müßte dir neue Augen und ein ganz neues Herz einsetzen. Du mußt ihnen sagen –.«

Aber was ich ihnen sagen muß, habe ich nie erfahren. Das ganze Hindernis der fremden Sprache türmte sich wieder einmal zwischen uns auf und lähmte uns die Zungen; man konnte es weder mit Cäsars noch mit Vergils Worten sagen. Nur wenn sie sich vor das Feuer hockte und sang, schien mir, als ob ich dem nahe käme, was sie mir nicht hatte sagen können.

Etwas entdeckte ich, das ihr Freude machte. Ich brachte ein Grammophon mit und einige Schallplatten. Ich wußte bald, was sie gern hatte. Was ich vorher nicht gewußt hatte, war, daß sie genauso gern tanzte wie sang. Fortan wurden unsere Abende fröhlicher, wir tranken ein paar Gläser, und dann tanzten wir. Jeden Abend wurde es schwerer, sie freizugeben und zu wissen, daß ihre Tür unverschlossen war.

Ich hatte bereits ein Gesuch für ihre Einreise in die Staaten abgesandt. Vor Jahresende mußte ich zurück. Das wußte sie, jedoch nicht, daß ich sie mitnehmen wollte. Erst wenn wir drüben waren, wollte ich sie fragen, ob sie meine Frau werden wollte. Ich wollte ihr die Möglichkeit der Freiheit nicht an eine solche Bedingung knüpfen. Ich kam mir sehr großartig vor mit meinen Überlegungen und dachte nicht einen Augenblick daran, daß es in diesem Land einen einzigen Menschen geben könnte, der ein solches Angebot ausschlagen würde. Ich hatte mir einen genauen Plan gemacht, wie ich ihr unser Land zeigen würde und wie ich es machen wollte, daß sie sich dort wohl fühlen konnte wie ich in unserem Haus am Berghang, in dem ich oft vergessen habe, was mich dorthin geführt hat.

An einem Morgen war sie fort. Ich hatte mich nun schon so daran gewöhnt, daß sie um mich war, daß ich es zunächst nicht bemerkte. Warum sollte sie nicht einmal länger schlafen dürfen? Konnte ich denn nicht auf mein Frühstück warten? Konnte ich nicht den Ofen anzünden und das Wasser aufsetzen? Ich deckte uns den Tisch. Ja, ich ging in den Garten und suchte nach ein paar grünen Zweigen. Ich wikkelte die Kanne in eine Decke, damit der Kaffee nicht kalt würde, und setzte mich noch einmal an den Schreibtisch. Aber da wußte ich schon, daß sie fort war. Und doch hoffte ich noch.

Ich ließ den Kaffeetisch den ganzen Tag stehen, aß nur ein paar Kekse und trank einen Saft. Schließlich ertrug ich das öde Haus nicht länger und ging hinunter in die Stadt, suchte ein Kino auf. – Auf dem Rückweg kam ich am Bahnhof vorbei. Was ich lange nicht mehr getan hatte, ich beobachtete wieder die Menschen, die sich zu grauen Knäueln vor den Schaltern drängten und die so unterschiedslos aussahen, als trügen sie alle die gleiche Uniform, die der Armut. Auch die Gesichter waren sich im diffusen Licht der spärlichen, unbeschirmten Lampen ähnlich. Ich fühlte mich wieder als der, der ich hier zu sein hatte: der Berichterstatter auf den Kriegsschauplätzen Europas, im letzten Kapitel, das Deutschland nach dem Zusammenbruch heißen würde.

Ich hatte sie nicht einmal erkannt. Erst an ihrem wiegenden Gang wurde ich gewahr, daß Abigail unter ihnen war, und erschrak, wie ähnlich sie, noch immer, den anderen war. Hätte ich sie nur in dem grauen Kollektiv der Hast und der Armut gesehen, niemals wäre mein Blick auf ihr haftengeblieben. Aber nun gehörte sie zu mir. Ich war für sie verantwortlich.

Ich ging eilig aus der Bahnhofshalle zu meinem

Auto und fuhr, so rasch es die notdürftig von Trümmern befreiten Straßen zuließen, zu unserem Haus, damit sie mir nicht zuvorkam, denn sie konnte den kürzeren Weg über die Treppen nehmen. Ich hatte Angst, sie würde umkehren und nie zurückkommen, wenn das Haus dunkel lag und ihr kein Licht den Weg zu mir zeigte.

Ich lief durch alle Räume und drehte alle Lampen an. Sie liebte das Licht so. Licht, das frei und unbeschirmt in den Garten und die Nacht leuchtet. Dann setzte ich mich an meinen Schreibtisch, als ob ich den ganzen Tag dort verbracht hätte in der Gewißheit, daß sie am Abend zu mir zurückkehren würde. Und sie kam zurück. Sie hatte ihr müdes, graues Gesicht und lehnte im Türrahmen. Ich konnte sie kaum erkennen, weil sie im Dunkel stand. Das Licht meiner Schreibtischlampe beleuchtete nur die Platte.

»Immer bist du im Licht, David, und ich im Schatten.«

Sie sah den unberührten Frühstückstisch und wußte, wie es um mich stand. Sie lief zu mir und warf sich vor mir auf den Boden und legte ihr Gesicht in meinen Schoß.

»Oh, David! Der Dachs mußte noch einmal zurück in seinen Bau.«

Sie lag ganz still unter meinen Händen, die leise über ihr Haar gingen. Ich war so voll Mitleid und Hilflosigkeit, daß ich nicht sprechen konnte. Ich wußte nichts Besseres, als ihr zu sagen, daß ich hungrig sei. Wenn ich sie an ihre Pflichten erinnerte, würde sie am leichtesten in unseren Alltag zurückfinden.

Wo war sie gewesen? Warum war sie nicht offen zu mir? Es lag nicht daran, daß sie mir nicht vertraut hätte. Aber sie glaubte nicht, daß ich ihr Leid, ihr Schicksal, oder was es auch war, begreifen könnte.

In den folgenden Tagen verdoppelte sie ihre Fürsorge. Es war kaum ein Tag vergangen seit ihrem Fortsein, da hatte sie ihr helles Gesicht wieder; sie sang mehr als sonst, und mir war, als ob sie an sich zöge, was immer nur schön und heiter war in unserem Zusammensein.

Wenige Tage bevor das Flugzeug uns nach Florida bringen sollte, habe ich es ihr gesagt. Es war ein Abend wie viele vordem. Sie saß mit angehockten Beinen in ihrem Sessel, und in ihrem Schoß lagen Nüsse, deren grüne Schalen längst abgefallen waren und deren Kerne nicht mehr frisch und weiß, sondern braun und trocken waren. Ich habe ihr von dem Haus erzählt, das mir gehört, von meinen Hunden, von einem Garten, in dem Rosen wachsen wie hier, und daß am Abend die Lichter aus den Fenstern helle Flecken auf den Rasen werfen, und vom Meer, das man in stürmischen Nächten hören kann. Ganz beiläufig tauschte ich das »mein« gegen »unser« aus, sagte »wir«, wo ich bisher »ich« gesagt hatte, und ging schließlich zu dem Großen, unserer

Freiheit, der Sicherheit und Unabhängigkeit unseres Landes über.

Sie sah nicht hoch. Ihre Hände spielten mit den Nüssen, die mit kurzem Pochen aneinander rasselten. Dann war ich fertig und rief sie an.

»Ja, David. – Aber du sagst das alles doch, um dich selbst zu überzeugen? Du hast daran glauben wollen, daß es weiterginge, und hast doch immer gewußt, daß ich hierbleibe. Ich danke dir, daß du mir die Entscheidung überlassen willst. Sie ist längst gefallen. An dem Abend, an dem du auf meinem Bettrand saßest.«

Sie hatte recht. Ich hatte es immer gewußt, aber noch wehrte ich mich. Ich machte viele Worte, um sie zu überzeugen: welch ein armes Leben hier auf sie wartete und wie schön es drüben sein würde für uns beide. Aber mit jedem Wort riß ich die Kluft zwischen uns ein Stück weiter, die ich hatte abstreiten wollen, und verschärfte die Gegensätze zwischen ihrer und meiner Welt.

Schließlich mußte ich auch das noch fragen: »Liebst du mich nicht? – Warum bist du zu mir gekommen und bei mir geblieben? Warum hast du mir diese Wochen so schön gemacht und mir ein Bild vorgetäuscht, das sich nie verwirklichen soll?«

Sie kam zu mir, setzte sich auf den Rand meines Sessels und zog meinen Kopf in ihren Schoß.

»Sieh, David, du warst gut zu mir, du hast mir gezeigt, daß es das andere auch noch gibt, und ich habe gespürt, daß ich eine Frau bin und noch jung, und ich hoffte zu hören, daß ich schön sei.

Aber das war es nicht. Ich wollte, daß –

O verzeih mir, es klingt so großartig. Aber ich wollte, wenn du zurückkehrst in dein Land und ihnen erzählst von uns und dein Buch schreibst, daß du eine letzte, schöne Erinnerung mit dir nehmen solltest und ihnen erzählen, daß sich hier unter den Trümmern nicht nur das Böse versteckt und die Schuld, wie du damals gesagt hast, sondern auch ein – ein kleines Glück –.«

Ich wollte sie trösten und zog sie näher zu mir. Aber ihre Erregung hatte sich mir mitgeteilt, ich bebte vor Verlangen nach der Frau, deren Leidenschaft noch keiner geweckt hatte. Sie weinte und lachte und küßte mich, bis ich endlich begriffen hatte, daß sie mich liebte.

Fast war es Morgen, als ich sie auf ihr Zimmer brachte. Die Lichter der Stadt waren fast alle erloschen. Ich küßte sie ein letztes Mal und ging dankbar und frohen Herzens die Treppe hinunter. Ich meldete ein Ferngespräch an und bestellte die zweite Flugkarte, und als alles bedacht und gesichert schien, legte ich mich für ein paar Stunden hin. Noch ein Tag in Europa, dann war auch das vorbei.

Beim Frühstück saß sie mir blaß und still gegenüber. Sie hatte den Tisch besonders hübsch gedeckt und Schinkenhörnchen gebacken, die ich so gern mag. Sie mußte lange vor mir dazu aufgestanden sein. Sie selbst aß nichts.

Ihre Stimmungen waren so ausgeprägt, daß sie sich mir sogleich mitteilten. Ich wußte schon eine Weile, daß sie mir etwas sagen wollte, schließlich half ich ihr: »Was gibt's, little badger?«

»David, hast du heute drei Stunden Zeit? Fährst du mich mit dem Auto nach ...« Sie nannte den Namen einer Stadt, durch die ich früher einmal gekommen war.

Ich hatte keine Zeit. Aber wer hätte es ihr abschlagen können? Es war der erste Wunsch, den sie von sich aus äußerte. Sie zog die Sachen an, die ich ihr geschenkt hatte, vermutlich nahm sie an, daß es mir peinlich sei, wenn sie ihr altes Lodencape umhing. In der Mittagsstunde fuhren wir ab. Es war stürmisch, und von Zeit zu Zeit ging ein heftiger Regenschauer über uns hin. Ich dachte mit Besorgnis an den Flug. Meine Gedanken waren bereits nicht mehr in diesem Land, sondern waren uns vorausgeeilt und rüsteten sich zum Empfang des deutschen Mädchens. Auch sie schien mich vergessen zu haben. Es mochte vorzeitiges Heimweh sein, das sie nachdenklich und still machte. Über das Ziel unserer Fahrt hatte sie mir nichts gesagt. Wieder belehrte mich ein Seitenblick, daß sie noch immer das alttestamentliche Gesicht haben konnte wie im Herbst am Fluß. Aber ich liebte dieses düstere Gesicht, in dem ich mit Zaubermitteln das Leuchten anzünden konnte.

Von Zeit zu Zeit sagte sie: »Nun rechts« oder »geradeaus; dort die Straße«.

Dann: »Das großc Haus dort ist es.«

Wir stiegen aus. Sie ging vor mir her zum Pförtner. Wir mußten längere Zeit warten. Schließlich erschien ein Mann in einem weißen Kittel, dem sie mich als amerikanischen Berichterstatter vorstellte. Was sollte das? Warum auf einmal die Mühe, mir neues Material zu beschaffen? Dann sprach sie mit dem Mann so rasch, daß ich nicht folgen konnte und in leisem Ärger den Gang auf und ab ging. Endlich entschlossen sich die beiden loszugehen und nahmen mich in die Mitte. Endlose Gänge, Türen ohne Griffe, drückende Stille, in die hie und da ein Schrei einbrach, daß man zusammenfuhr. Vor einer Tür blieben wir stehen. Abigail trat zu mir und faßte nach meiner Hand. Der Pfleger schob vor einem kleinen Fenster eine Klappe zur Seite. Man ließ mich hineinsehen.

Sekunden später gingen wir durch alle die Gänge zurück. Kein Wort weiter. Nach fünf Minuten saßen wir wieder in meinem Auto und fuhren zurück.

Schließlich hielt ich es nicht mehr aus. Ich stoppte und sah das Mädchen an: »Es ist deine Mutter?«

Sie nickte. Sie nahm noch einmal meine Hand in ihre. »Nun weißt du es, David, warum ich nicht fortkann. Sie hält mich fest. Und –.«

Ich wehrte ab. »Das ist der wahre Grund? Du hast es mir nicht sagen wollen?«

»Nicht können, David«, verbesserte sie.

Ich fuhr weiter. Ich versuchte, sachlich zu sein. »Wieso ist sie am Leben geblieben? Oder ist das erst seit kurzem? Das andere sind doch wohl Kranke, die auf Grund von Kriegserlebnissen irrsinnig geworden sind?« So redete ich weiter.

Auch sie sprach jetzt mit unbeteiligter Stimme:

»Als ich erfahren habe, daß sie einem Transport in ein Vernichtungskrankenhaus zugezählt war, habe ich sie in einer Nacht mit der Hilfe eines Krankenpflegers, der Vater noch gekannt hat, fortgeholt. Ich habe sie drei Jahre lang in einem Dorf versteckt gehalten und allein gepflegt. Im Oktober habe ich sie hierher gebracht, drei Tage bevor du mich zum ersten Male gesehen hast, am Fluß.«

»Wäre es nicht besser für sie gewesen – –«, ich vollendete den Satz nicht.

»Ich weiß es nicht, David.«

Zu Hause wollte ich sie an mich ziehen: »Little badger–.« Aber mein Lockruf drang nicht mehr bis zu ihr: »Badger.« Sie sah mich mit ihren düsteren Augen an: »Badger!« wiederholte sie. »Du hast ihn dir gut gezähmt, deinen kleinen Dachs. Er fürchtet sich nicht mehr vor dir. Jetzt bist du es, der ihn fürchtet. Ich habe dich unterwegs beobachtet. Man hätte denken können, wir wären durch einen riesigen Zoo gefahren, so hast du uns alle angesehen. Als ob wir wilde, verwahrloste Tiere wären, von denen man nie wissen könnte, ob sie nicht im nächsten Augenblick ausbrechen wollen. Gleichzeitig hattest du Mitleid, weil wir elend, eingesperrt und hungrig sind. Wirklich! Ihr seid wie die Zoowärter. Wenn es euch gefällt, gebt ihr uns was, und gefällt es euch nicht, laßt ihr uns hungern. Hunger war schon immer die wirksamste Peitsche.«

Das sagte Abigail, die Frau vom Jordan.

Der letzte Abend. Er dehnte sich endlos. Sie hatte meine Koffer gepackt, ich hatte alle Papiere und Briefschaften, die ich nicht mehr brauchte, in unserem kleinen Ofen verbrannt. Schließlich saßen wir in unseren Sesseln und sahen in das Feuer. Zu sagen war nichts mehr.

Über ihre Zukunft haben wir nicht gesprochen. Würde sie zurückkehren zu den Trümmerfrauen? Würde sie weiter in der Abendstunde am Fluß Wasser schöpfen? Oder hatte ich sie dem Lichte ein wenig näher gebracht und die Sehnsucht nach einem schöneren Leben in ihr wachgerufen? Ich hoffe es, aber ich weiß es nicht.

Sie stand auf und holte den Vergil herbei, in dem wir lange nicht mehr gelesen hatten. Sie sah mich fragend an. Ich nickte. Vielleicht verging damit noch eine Stunde. Sich hinzulegen hatte keinen Sinn, um 4.30 Uhr startete das Flugzeug, zwei Stunden würde ich bei dem schlechten Wetter mit dem Wagen brauchen.

Die Verse des zweiten Gesanges gingen in angenehmem Wohlklang an meinem Ohr vorbei und untermalten meine Gedanken.

»Lies das noch einmal, Abigail.«

Sie wiederholte:

»Fracti bello fatisque repulsi –
Vom Glücke enttäuscht und müde des Krieges –.«

Um 4.30 Uhr startete das Flugzeug, das mich von den Kriegsschauplätzen Europas zurück nach Amerika bringen sollte. Abigail stand in ihrem grauen Lodencape auf dem braunen Rasen wie eine Hirtin. Es regnete.

Im Hause meiner Großeltern gab es eine Tür, die den Hausflur von dem Treppenaufgang trennte. Diese Tür gehörte zu den wenigen wunderbaren Geheimnissen meiner Kindheit, denn sie besaß verschiedenfarbige, sechseckige Glasfenster. Stand nun die Haustür auf, und ich konnte durch die bunten Scheiben bis zu dem goldenen Gong des Friseurs an der anderen Straßenseite sehen und vermochte selbst das Bild zu verwandeln in Rot, Gelb, Grün und Blau, kannte mein Entzücken keine Grenzen. Eine der Scheiben war durch gewöhnliches Fensterglas ersetzt worden. Wenn ich nicht achtgab und unversehens durch sie blickte, nachdem ich lange eine

Welt in warmem rotem Licht oder gar die »goldene« Welt besehen hatte, wurde mir ganz elend vor Enttäuschung. Aber auch die blauen Scheiben liebte ich nicht. Manchmal weinte ich vor Zorn, wenn jemand die große Haustür schloß, die ich nicht allein öffnen konnte. –

Bis zu diesem Augenblick hatte man mir durch solche Fenster Ausschnitte aus *ihrem* Leben gezeigt. Immer in einem anderen Licht, immer in neuen Farben; der Blick durch jedes neue Fenster veränderte ihr Aussehen. Was mir nun noch bevorstand, war der Blick durch ganz gewöhnliches Fensterglas, das durch keine zärtliche Erinnerung getrübt war. Wen kann es wundern, daß ich davor zurückwich, wie wir vor jeder Ernüchterung zurückweichen? Aber ich war mir auch darüber im klaren, daß ich eine Ernüchterung brauchte vor meiner Rückkehr. In diesem Zustand konnte ich nicht zurück an meine Arbeit und noch weniger in meine Ehe kommen. Erst mußte mein Wahn zerstört werden, in dem ich mir vorstellte, daß ich allein sie zu lieben gewußt hätte, so daß sie bei mir geblieben wäre. Wie viele Zeichen glaubte ich empfangen zu haben, die mir das bestätigten.

Die Mutter lebt noch in derselben Anstalt. Die langen weißen Gänge, der Wärter, der mich führte, es ist alles noch, wie es der Amerikaner beschrieben hat. – Ich war zuerst in der Verwaltung und habe die Sterbeurkunde der Tochter vorgelegt und geregelt, wie in Zukunft die Bezahlung zu erfolgen hat. Dabei stellte es sich heraus, daß die Frau noch immer ohne Papiere lebt und offiziell tot ist. Ich werde bei dem zuständigen Landeskirchenamt vorstellig werden müssen, damit von dort die Anstaltskosten getragen werden. Sie hat Anspruch auf eine Pension. Wieder einmal war ich überrascht, mit welcher Nachlässigkeit *sie* alle geldlichen und amtlichen Dinge als nebensächlich abtat. Sie hatte seit Jahren das Geld selbst aufgebracht. Unter Opfern. Jene 150,– DM. An jedem ersten Mittwoch im Monat hat sie die Mutter aufgesucht und mit dem Arzt gesprochen. Sie war dort gut bekannt. Meine Bedenken, wie die Patientin ihr Nicht-mehr-Kommen aufnehmen würde, zerstreute der Wärter noch auf dem Wege zu dem Saal. Für die Kranke sei es nur gut, meinte er, »alles, was ihre Ordnung stört, schadet ihr. Sie lebt ganz für sich und nimmt an nichts mehr teil.«

Er führte mich in einen Raum, in dem sechs Frauen zusammensaßen und Schurwolle zupften, die aus zwei hohen Körben herausquoll. Sie sahen auf, als wir hereinkamen. Der Wärter sagte leise: »Nummer einundfünfzig.« Die Nummern waren auf dem linken Ärmel nicht eben auffällig eingestickt. Aber ich hatte sie schon vorher erkannt.

»Wollen Sie sie begrüßen?«

Ich verneinte. Die Frauen hatten sich wieder ihrer

Wolle zugewandt und zupften sie mit der Eintönigkeit von Maschinen. Nur die eine wurde unter meinen Blicken unruhig, nestelte an ihrem dunklen Haar, fuhr mit unruhigen Händen über die graue Seide des Anstaltskittels und lächelte mir zu. Ich war so entsetzt, daß mich der Wärter am Arm nahm und mit sich zog: »Sie ist sonst fleißig und ruhig, nur wenn ein Mann in der Nähe ist –.«

Ich hörte nicht hin. Was konnte er mir schon sagen. Ich hatte es gesehen, mit eigenen Augen. Keiner außer mir hat das gewußt, nur dieser Amerikaner, obwohl ich nicht sicher bin, denn davon schreibt er nichts.

Es dauerte noch fast zwei Stunden, bis ich den behandelnden Arzt sprechen konnte. Was ich wissen wollte, hat er mir nicht gesagt. Aber das habe ich erfahren: Jedesmal, wenn Fräulein Feldcamp ihn aufgesucht hat, hat er auf die gleiche Frage gewartet. Gestellt hat sie sie nie. Er hat ihr vorgeschlagen, die Besuche zu unterlassen, die sie sichtlich angriffen und der Mutter nichts nutzten. Aber sie hat es abgelehnt mit den Worten, daß sie selbst das brauche.

Der Arzt war knapp und kühl, er hieß mich nicht einmal Platz nehmen. Trotzdem brauchte ich Stunden, um zu überdenken, was ich dort erfahren habe. Obwohl mir zweifelhaft bleibt, ob ich die Lösung jemals finden werde.

Ich hatte meine Rückkehr in zwei Telegrammen meinem Vertreter und meiner Frau angekündigt, für einen Montag. Fünf Wochen würden dann vergangen sein seit dem Tage meiner Abreise. Längst war meine Frau zurück, längst gingen die Kinder wieder zur Schule. Ich rief mir ins Gedächtnis zurück, was mich erwartete, auch daß ich ohne ein Wort der Entschuldigung bei der Sitzung der Sparkassendirektoren, die der Leiter der Provinzialbank einberufen hatte, ferngeblieben war.

Als ich, zwei Tage vor dem angegebenen Datum, im Zuge saß, waren meine Gefühle von jenen des ersten Reisetages sehr verschieden. Damals war ich erfüllt von dem Gedanken, zu *ihr* zu fahren, jetzt mußte ich mich ein für allemal von ihr trennen. Das würde meine Rückkehr bedeuten, und darüber war ich mir mit allen Konsequenzen klar. Ich durfte mein Haus nicht betreten, solange ich immer nur *ihr* Bild vor Augen hatte und jede Bewegung und jedes Wort meiner Frau mit ihr verglich. Und wenn ich wollte, daß alle Kassengeschäfte liefen wie früher, dann mußte ich das Leben auf dem Umweg über die Zahlen ansehen wie früher und nicht durch buntgefärbte Scheiben. Und doch mußte alles anders werden. Nicht von heute auf morgen, aber einmal würde nicht nur ich spüren, daß etwas anders war.

Unser Bahnhof war mir fremd, wie alle Bahnhöfe, auf denen ich in den letzten Wochen angekommen war. In dem Haus mit den vielen Fenstern, das bunt und großartig auf die rechte Wand der Halle über die Tafel der Abfahrtszeiten gemalt ist, erkannte ich erst, nachdem ich den Vers gelesen hatte, die Sparkasse. Ich erwartete nicht mehr, sie unter den Menschen zu finden, die sich an der Sperre drängten. Ich nahm mir ein Auto und ließ mich in ihre Wohnung fahren. Diesen letzten Umweg brauchte ich noch. Ohne Übergang war die Rückkehr zu schwer.

Mit welchem Gefühl schloß ich die Korridortür hinter mir! Einen Abend und einen ganzen Tag gehörte mir noch alles: was ich mitgebracht hatte, und alles, was ich hier vorfand. Dann mochten es fremde Hände in Besitz nehmen.

Kurz nach mir kam der Junge zum Vogelfüttern. Ich schickte ihn weg, versprach ihm aber, bald einmal in die Gärtnerei zu kommen, und auch, daß er die Vögel haben sollte.

Es lag Post im Briefkasten. Ein paar Drucksachen, eine Zahlungsaufforderung für die letzte Rate des Fotoapparates und die Steuerkarte für das kommende Jahr. Wie lange das dauert, bis ein Leben erlischt! Es ist wie ein Feuer, aus dessen Asche immer wieder Flämmchen aufflackern. Vielleicht werden ihr noch nach Jahren Firmen Prospekte schicken, wie sie ihr Haar auffärben kann und wo sie eine behagliche, standesgemäße Unterkunft findet, wenn sie einmal nach London käme.

Aber man kann diese züngelnden Flämmchen nicht mit den Schuhen austreten, man muß immer gewärtig sein, daß sie eines Tages, wenn man sich dessen nicht versieht, alles in Brand setzen.

Noch einmal nahm ich Besitz von ihrer Wohnung. In dem Wiedererkennen und Neuerkennen lag schon der Abschied. Die Blumenkästen waren fort, der Junge mochte die abgeblühte und erfrorene Kresse weggeschafft haben. Das Leben, das ich damals festzuhalten versuchte, war in der Zwischenzeit aus den Räumen entwichen. Daran änderte auch nichts, daß ich die Porzellandose öffnete und den Nelkenduft ausströmen ließ. Erst als die Heizung die Räume erwärmt hatte, die Vögel sich im Efeu tummelten und ich in dem Bild über dem Sekretär das Pfarrhaus in dem Dorf erkannte, kam die alte Verzauberung noch einmal über mich. Ich saß kurze Zeit in meinem Sessel und bedachte alles, versuchte nun doch, das Resümee dieser Reise zu ziehen, bis mich die Müdigkeit übermannte und ich mich auf die Couch legte, mir die Wolldecke überzog und die Nacht in unruhigem, von eigentümlichen Träumen durchzogenem Schlaf verbrachte, der dem Wachsein ähnlich war.

Ich hörte deutlich, wie die Tür ging und leichte Schritte über den Teppich kamen. Ich träumte, daß ich davon wach wurde, mich aufrichtete und durch die Türöffnung sah, wie sie in dem Kleid aus gelber Seide auf mich zukam. Sie zögerte und lächelte mir sehr freundlich zu, ging zu dem Sekretär, zog die mittlere linke Schublade auf, nahm den altmodischen Revolver und kehrte sich mir wieder mit lächelndem Gesicht zu. Ich erwachte von dem Schuß. Ich lag mit zitterndem Herzen. Hatte sie auf mich gezielt oder auf sich? Wollte sie mich töten, weil ich sie getötet hatte? So überlegte ich und fiel darüber in einen neuen Traum.

Am Morgen fühlte ich mich übernächtig. Ich hatte wieder mein Ohrensausen und sehnte mich zum ersten Male danach, daß jemand fragte, wie ich geschlafen hätte, wann ich frühstücken wollte und ob ich ein oder zwei Eier oder lieber ein Joghurt hätte.

Außer einer Schachtel Kekse war nichts Eßbares mehr da, nicht einmal einen Kaffee konnte ich mir kochen. Ich schwankte, ob ich nach Hause gehen sollte und die Kinder und Hanna mit meiner vorzeitigen Rückkehr überraschen.

Ich tat es nicht. Der Traum fiel mir ein. Ich ging an den Sekretär und zog die linke mittlere Schublade auf, nahm den Revolver in die Hand und sah, daß er geladen und entsichert war. Ich brachte ihn in Ordnung und sah, daß in dem gleichen Fach eine Reihe loser Blätter lag, die mir bei der ersten Durchsicht der Schubladen nicht aufgefallen waren.

Keiner hatte mir von ihr eine Fotografie gezeigt, niemand schien einen Brief von ihr zu besitzen. Aber ich hielt ihre Aufzeichnungen in der Hand. Viele Seiten, mit ihren kleinen, undeutlichen Buchstaben gefüllt, mit weiten Abständen zwischen den Zeilen und vielen nicht ausgeführten Gedanken, die sich in einem unsicheren Strich verloren. Ich bin kein Graphologe, ich vermag aus ihrer Schrift sowenig Rückschlüsse zu ziehen, wie ich es aus der Wahl ihrer Bücher und ihrer Schallplatten, ihrer Möbel und ihrer Kleider vermochte. Aber ich bin es, der das alles aufgespürt hat und durch den sie am Leben bleibt –. Oh, ich war voll Genugtuung über das, was ich getan hatte, und meinte schon, ich hätte ihren Tod gesühnt.

Dies sind ihre Aufzeichnungen. Sie sind undatiert.

Wir tun, als ob es nur die eine Sünde gäbe. Warum nur bringen wir immer »das Böse« mit der Liebe in Zusammenhang? Ist nicht Liebe etwas, was so fern von Bösem und Sünde sein sollte wie nichts anderes auf der Welt? Und doch denken wir, wenn wir beten »und vergib uns unsere Schuld« immer an das, was unsere Liebe ausmacht, entweder, weil wir lieben, wo wir nicht lieben dürften, oder weil wir nicht lieben, wo wir lieben sollten.

Ich kann nicht glauben, daß es keine größere Sünde gibt als eine Liebe, die nicht durch ein Sakrament erlaubt – ich sollte wohl sagen, geheiligt – ist. Verstoßen wir nicht stündlich durch andere Gedanken und Taten viel ärger gegen Gottes Gebot und auch gegen die Gesetze? Durch Mißgunst, durch Lügen, kleine Betrügereien, mit denen wir unseren Vorteil anstreben?

Ich weiß, daß Vater einmal über diesen Text gepredigt hat. Ich war damals sechzehn Jahre alt, und wenn das Wort »Sünde« in der Kirche fiel, gingen meine Gedanken immer in diese Richtung. Vater sagte, vermutlich hat er über die Ehebrecherin oder die große Sünderin gesprochen: »Wir Menschen sehen die Sünde, Gott aber sieht den Sünder.« Ich habe das niemals vergessen. Ob Vater es auch heute noch sagen würde? Ob er an sein Kind dabei denken würde? Vielleicht sähe auch er über der Sünde die Sünderin nicht mehr?

Er war es, der mir den anderen Weg verschlossen hat – den, den ich nun gehe, hat er mir nicht gezeigt. Welcher Vater könnte das, und nun gar er!

Wenn Gott dies als die größte Sünde erdacht hat, in die wir fallen können, müßte es ein böser Gott sein, weil er selbst uns in Versuchung führt.

Ich weiß, daß ich büßen muß für das, was ich jetzt dem Leben an Glück abtrotze. Ich weiß, wie die Buße aussehen wird, ich weiß, wie sie endet – wenn ich auch wüßte, wann sie beginnt! Sie lauert auf mich. Manchmal weiß ich sie so nah, sie faßt schon nach mir – oft vergesse ich sie; nicht lange und nie, wenn ich mit ihm zusammen bin, aber wenn ich müde bin. Wenn ich im Regen stehe, die Sträucher hochbinde und das Wasser über mich rinnt und ich nur noch meinen müden Körper spüre, die feuchte Erde an den Schuhen, die nassen Blätter an den Armen – dann bin ich ohne alle Gedanken und ohne

Furcht. Das konnte ich früher nicht: nur die Hände arbeiten lassen. Aber es ist wunderbar, ein unendliches Ausruhen mitten in der Tätigkeit. Vielleicht lerne ich, was Vater mir sagte: ich muß Geduld haben mit mir –

Ich denke jetzt oft an Vater. Manchmal scheint mir, als wäre er die Sonne gewesen, die eine Weile über meinem Leben gestanden hat, und Mutter die Wolke. Ich las einmal, daß es unter den Menschen »Sonnen« gibt und »Monde«, die einen scheinen aus eigener Kraft, die anderen beginnen erst zu leuchten, wenn sie angestrahlt werden – ich bin nur so ein armseliger Mond. Was wäre ich, wenn nicht *er* mich anstrahlte! – Aber Mutter war nicht einmal ein Mond, sie hat sich wieder und wieder vor meine Sonne geschoben, bis schließlich nur die Wolke übrigblieb.

Wenn ich zurückdenke an zu Hause und meine ersten Erinnerungen suche, dann ist es dies: Vater war mit mir auf den Berg gestiegen, gleich hinter unserem Dorf. Als er oben haltmachte, wandte er sich um und zeigte mit der silbernen Krücke seines Spazierstockes auf die untergehende Sonne und ließ mich »Sonnenschein« sagen. Ich sagte jedesmal »Wonnenschein« und lachte, bis er mitlachte, mich in die Arme hob und sagte: »Du wirst es schon noch lernen, du kleiner Wonnenschein!« – Mutter kann es mir nicht erzählt haben, es muß eine eigene Erinnerung sein. Es hat bei uns kein liebevoll geführtes Buch gegeben mit unseren ersten Worten und kleinen Heldentaten – wer hätte es schreiben sollen? –

Ich war zehn Jahre alt, als das mit Mutter passierte. Es war ein Sonntagmorgen, eine halbe Stunde, bevor die Kirche anfing. Nachmittags kam schon das Auto und holte sie ab. Die Tante schickte mich in die Kirche, und ich saß allein in unserem Stand. Wo Gunther war, weiß ich nicht mehr. Ich weiß nicht, wie Vater damals hat predigen können. Aber der Gottesdienst verlief wie an jedem anderen Sonntag. In der Gemeinde wußte es noch niemand. Ich begriff nur dunkel, was geschehen war.

Als Vater vor dem Altar stand und gebetet hat und die Arme ausbreitete, um den Segen zu sprechen, brach plötzlich ein Sonnenstrahl durch die Wolken in die Kirche, gerade als er sagte: »Der Herr lasse leuchten sein Angesicht über dir und schenke dir Frieden.« Vater blickte auf und hielt einen Augenblick ein. Als er die Arme sinken ließ, sah er mich an. Ich habe das nie vergessen, wie Vater so im Lichte stand. Deutlich wurde es mir erst, als ich ihn zurückgebracht habe in seine Kirche. Es war kurz vor Weihnachten, das Dorf war verschneit. Wir kamen mit unserem Auto kaum vorwärts. Die Erde war so hart gefroren, daß sie Vater nur unter Mühe hatten sein Grab graben können. Als sie ihn aufgebahrt hatten vor dem Altar, an dem er über dreißig

Jahre sein Amt versehen hatte, und ich wieder auf dem Platz saß, auf dem ich als kleines Mädchen gesessen hatte, allein, weil Gunther nicht gekommen war – da brach die Sonne durch und schien auf den Platz vor dem Altar und lag in einem glänzenden Strahl auf seinem Sarg, während wir sangen »Befiehl du deine Wege«. Alle zwölf Strophen, die er so geliebt hat.

Später fing es wieder an zu schneien; man hörte kaum die Glocken zum Kirchhof hinklingen.

Wie gern führe ich zu seinem Grab. – Aber ich kann nicht mehr zurück in das Dorf. Ich kann diese Wege nicht wieder gehen. Ich würde Angst haben, daß ich immer mir selbst begegnen würde, so grauenhaft verzerrt.

O mein Gott! Wo werde ich gehen, wenn ich geworden bin wie sie. – Wer wird mit mir gehen? –

Oft ist mir unheimlich, daß zu jeder Stunde Menschen über mich sprechen können oder an mich denken. Menschen, von denen ich mich längst getrennt habe, können aus einer Laune heraus plötzlich einem dritten und vierten, ganz wildfremden Menschen von mir erzählen; sie können ein Bild von mir entwerfen, das mich entstellt und verzerrt. Ich weiß nichts davon und werde es niemals wissen, aber ich muß in der Gedächtniskammer von unzähligen Menschen leben. Ich habe das Gefühl, als sei das etwas

Verbotenes, als dürfe man sich nicht eines anderen Menschen bemächtigen gegen dessen Willen. So schön es ist, im Herzen eines Menschen weiterzuleben, auch wenn man ihm fern ist, so schrecklich ist es zu denken, daß er einen aus dem Gedächtnis hervorzerren kann und beim Wein, im Kreis von Freunden mit dem, was einmal geheimnisvoll und schön war, renommieren.

Merkwürdig, daß ich nicht spüre, wenn einer von mir träumt, an mich denkt, von mir spricht – in jeder Minute kann das möglich sein, ich bin gar nicht allein –

Ach, wenn ich doch so leben könnte, daß niemals ein Mensch etwas Böses denken oder sagen möchte von mir –

Man sagt, die Ohren klingen, wenn jemand an uns denkt – kein Gedanke dringt tiefer als an das Ohr?

Man kann Briefe verbrennen und die eigenen zurückverlangen, wenn man das auch mit den Gedanken könnte für alle Zeiten – und trotzdem, wenn wir nicht wagen, daß Mißbrauch damit getrieben wird – wie können wir hoffen, daß im Leben eines einmal so sehr geliebten Menschen ein Zeichen von uns zurückbleibt, irgendeine Spur, die verrät, daß wir einmal waren – wichtiger waren als alles andere auf der Welt. –

Sie sagen, daß eine Frau das ist, was die Männer aus ihr gemacht haben. Und umgekehrt? Ist ein Mann das, was die Frauen aus ihm machten? Vermögen wir nicht ebenso den Mann, den wir lieben, ein Stück weiter auf dem Weg zum Guten oder zum Bösen zu führen? Vertrauen, Sauberkeit, Ehrlichkeit – wie leicht können wir sie zerstören, und wie glücklich sind wir, wenn wir sehen, daß wieder wächst, wieder aufblüht, was schon verdorrt und zugeschüttet war! Salomon, der so stolz war auf seine leichtfertigen Ansichten – es war nicht schwer, ihm den Geschmack an »solchen Frauen« zu verderben. Seine Reden waren ein Schutzwall gegen Enttäuschungen, die kommen mußten – die kamen. Durch mich kamen. Ich bin von ihm gegangen, weil ich Angst hatte zu bleiben. Nicht einmal die Wahrheit konnte ich ihm sagen. Er machte es mir leicht, ihn zu belügen. Wenn er mir angesehen hätte, daß alles anders war – wenn er mir nicht geglaubt hätte –, ich spürte doch, wie aus meinen Augen die Lüge schrie. –

Dieses Warten auf ihn. Warten, daß er kommen würde und bitten: sag, daß es nicht wahr ist! Dann wollte ich ihm die Wahrheit sagen. Und er hätte mich in die Arme genommen und getröstet und gesagt: »Du wirst immer bei mir bleiben. Nie will ich dich allein lassen. Es wird nicht geschehen! Du bist doch gesund. Komm in unser Haus, Tulipan, in unseren Garten –.« Jedes Wort habe ich mir hundertmal selbst vorgesagt, so wie ich es von ihm hören wollte. Er hat es nie gesagt. Ich habe mich immer allein damit getröstet. Wochenlang – dann war auch das vorbei.

Jetzt ist es wieder soweit.

Es ist immer das gleiche. Oder nein. Es wird anders. Es wird leichter, das Kommen und das Gehen. Ich liege nicht mehr in den Nächten wach vor Glück, und ich weine nicht mehr, bis der Morgen kommt. Es gibt keinen Schmerz mehr, der mich nicht einschlafen ließe, und kein –

... und doch! Es gibt es noch, dies über alle Maßen Glücklichsein! Aber Glück ist nicht mehr Unruhe, es ist ein behagliches Sichrekeln des Herzens, unendliches Verströmen.

Felix sagt: »immer«, und ich lächle zurück und sage: »jetzt«.

Er sagt: »nein, ewig!«, und ich lächle und sage: »morgen.« Immer ist das so: Der Mann sagt »ewig« und meint »jetzt«, und die Frau denkt »ewig« und sagt »heute«.

Wie wunderbar das ist, daß wir einander glauben, unseren eigenen Worten glauben, und wenn wir hundertmal einen anderen hintergangen haben und tausendmal uns selbst – bei jedem neuen Menschen glauben wir aufs neue.

Ich kann nicht wieder zu ihr gehen. Ich kann nicht –

Ich kann es nicht ertragen, wenn sie mich nicht erkennt. Aber es ist genauso unerträglich, wenn sie mich plötzlich lockt, wie man einen kleinen Hund oder ein Kind zu sich lockt. »Püpa«, ruft sie. Ich erinnere mich noch, wie sie damals rief, als ich klein war: »Komm zu mir, Püpa, sei lieb, mein Püpa!« mit der gleichen, singenden Stimme und den lockenden Händen.

Daß ihr Gesicht unverändert schön bleibt! Es ist, als ob sich die Züge immer edler vervollkommnen, während das Gesicht an lebendigem Ausdruck verliert. Wenn sie die Augen geschlossen hält und die Mundwinkel zu einem Lächeln hebt, ist sie hinreißend schön. David sagte, ich sähe aus wie eine der Frauen aus dem Alten Testament, wie die Ruth oder die Rebekka. Wenn ich Mutter so ähnlich bin, wie man sagt, dann hatte er recht. Ihrem Gesicht fehlt das Licht, der Glaube. – Noch immer pflegt sie ihr langes Haar, durch das sich keine weiße Strähne zieht. Sie ist eitel, sie manikürt sich, sie benutzt ein aufdringliches Parfüm. Immer hat sie die oberen Knöpfe ihres Kittels auf, und man sieht den Ansatz ihrer Brust – oh, ich hasse dieses glatte Gesicht, diesen lächelnden Mund, diesen Körper, der immer noch verführen will – der so entsetzliches Leid in Vaters Leben gebracht hat und sein gutes Gesicht zergraben in Nächten, in denen er um Geduld und Kraft gerungen hat und die sein Haar grau werden ließen –. Ach, und das hilflose Zittern seiner Hände.

Und ich? Ich wage nicht in den Spiegel zu sehen, wenn ich von ihr komme. Mein Gesicht ist grau und verzerrt, der Mund hart, und in den Augen sitzen Furcht und Haß. Damals hat sie alle Spiegel verhängt. Ich fange an, die gleiche Angst vor meinem Gesicht zu haben. Darüber ist sie hinaus, sie liebt sich wieder. Sie hantiert den halben Tag vor dem Spiegel und lächelt sich zu und summt. Manchmal sind es Liedfetzen, die ich wiedererkenne, oft sinnlose Worte und Laute, die etwas Betörendes haben, wenn man nicht weiß, von wem sie kommen.

Alles Leid gräbt sich in den Gesichtern der anderen ein. Sie selbst leidet nicht mehr. Oder – was wissen wir von ihr? – Ich lechze nach Wissen und habe so grauenhafte Angst davor –

Sie wird nicht merken, wenn ich ausbleibe. Aber Vater. Er hat mich an sie gebunden, und ich kann sie nicht abschütteln, und wenn ich darunter zerbreche wie er. Manchmal glaube ich, daß Vater mir das Versprechen nicht nur um ihretwillen abgenommen hat. Er wollte, daß ich ihr Dasein immer vor Augen hätte, und es zieht mich auch zu ihr. – Wie oft wollte ich nicht mehr gehen. Damals, als ich sie in die Anstalt brachte, war ich wie erlöst. Als David ging, wußte ich, wo mein Platz war. Ich brauche nur an seine Augen zu denken –

Seit damals habe ich es niemandem mehr sagen können –. Und nun gehe ich zu ihr, wieder und wieder. Das sind meine Bußgänge: ihr irres Lachen, ihr sinnloses Gestammel, das holt mich schließlich wieder zurück, wenn mein Herz sein leichtsinniges Spiel mit mir treiben will und mir zuflüstert: »Du nicht, du nicht.«

Ob es eine Liebe gibt, die das erträgt? Vater hat es nicht geglaubt, nicht einmal er. Aber er hatte seinen Gott, den er am meisten liebte, vielleicht war deshalb in seinem Herzen kein Platz für eine so große Liebe, wie sie sie gebraucht hätte? Er hat es als Prüfung genommen, er wollte leiden und wehrte sich nicht. Aber ich will nicht! Ich will nicht mehr! Mitleid zerstört die Liebe. Was für eine Plattheit! Ich hätte sie pflegen können, ich hätte geduldig sein können, ich hätte auf jeden ihrer wirren Gedanken eingehen können – aber sie hätte nicht meine Mutter sein dürfen. Ich hätte nicht zur Liebe verpflichtet sein dürfen. Liebe wird zu Haß, sie kennt nichts anderes, sie macht keine Kompromisse.

Das ist wie Aussatz. Nur daß er sich in einem Körper verbirgt, den ein Irrtum der Natur schön und gesund gemacht hat.

Vater hat mich lange im Zustand der Gnade belassen. Aber er hat die Wahrheit nicht vor mir verbergen können. Dabei habe ich nie nach Mutter gefragt. Als sie fort war, war alles besser, niemand sprach von ihr, zumal nicht mit mir, und mein Instinkt ließ mich nicht fragen. Später hieß es dann, sie sei unheilbar krank; Vater fuhr am ersten Mittwoch des Monats zu ihr, und wenn er am Freitagabend zurückkam, schloß er sich ein, und wir Kinder bekamen ihn am Sonntag beim Gottesdienst wieder zu sehen. Er hat es mir erst gesagt, als das in der Schule passierte. Mutter hat ein paarmal versucht, sich das Leben zu nehmen. Er hat sie in eine Anstalt gebracht, weil er sonst nicht hätte in der Gemeinde bleiben dürfen. Das andere habe ich erst viel später erfahren. Er meinte, die Gemeinde sei die größere Aufgabe, und er müsse in erster Linie, so sagte er, ein Diener Gottes sein. Aber er hat es immer als eine Schuld empfunden, daß er sie allein ihren krausen, dunklen Weg gehen ließ.

Damals habe ich ihn gefragt, ob das erblich sei. Vererbung spielte in der Schule eine große Rolle. Er sah mich an und – er hätte so gern gelogen! Aber selbst da konnte er es nicht, und er sagte: »Wenn es Gottes Wille ist – ja.«

Bald darauf hat Vater mich zu ihr mitgenommen. Sie hatte ihren schwermütigen Tag. Später waren das meine leichtesten. Aber als ich Mutter, die ich fast sieben Jahre nicht gesehen hatte, dumpf vor sich hinbrütend in ihrem kahlen Zimmer sitzen sah, hinter dem doppelten, grifflosen Fenster, und wie sie dann erst Vater und mir gehorsam und teilnahmslos die Hand hinhielt und ihr Stück Stoff wieder aufnahm, durch das sie bunte Fäden zog, als ob wir nicht da wären –. Vater hat mich, als wir nachts zurückkamen, mit in sein Studierzimmer genommen, und wir haben miteinander geweint, und er hat gebetet für sie und für uns. Ich habe ihn damals gefragt, warum er sie gehindert hat, sich zu töten. Ob sie dann nicht glücklicher wäre und wir auch. Vater nahm meine Hände in die seinen und zog mich zwischen seine

Knie, als ob ich noch fünf Jahre alt sei: »Gott will es nicht, hörst du! Er hat uns das Leben gegeben, und er allein kann es uns nehmen. Etwas anderes weiß ich nicht, und daran muß ich mich halten, und du mußt es auch. Es gibt kein Leid, das größer ist als unsere Kraft, es zu tragen; wenn wir bereit sind, es auf uns zu nehmen, dann hilft uns Gott.«

Mir hat Gott nicht genug Kraft gegeben.

Wenn es soweit ist, wird keiner sein, der mich hindern will –

Wie teuer hat mein armer Vater die paar glücklichen Jahre bezahlen müssen! Wie hat man es ihn später fühlen lassen, daß ein Pfarrer keine Künstlerin hätte heiraten sollen. – Wie klug alle sind, wenn es um das Schicksal cines anderen geht! –

Gleich nach meiner Geburt hat es seinen schrecklichen Anfang genommen. Mutter hat kein Kind mehr gewollt, nach Gunther. Aber Vater, der eine christliche Ehe führen wollte, für den Kinder ein Zeichen von Gottes Segen waren – und dann kam ich, und er hatte sich eine Tochter gewünscht – unwissend, welch schreckliches Schicksal mit mir kam und auf mich wartet. –

Niemals hat Mutter einem Menschen gesagt, daß ihre Mutter und auch ihre Tante in einer Anstalt gestorben sind, auch Vater nicht. Nicht einmal er hat gewußt, ob sie es ihm absichtlich verschwiegen hat oder ob sie wirklich nichts von ihrer Krankheit geahnt hat. Damals sprach man noch nicht von Vererbung. Aber ich glaube, daß sie es wußte, genau wie ich. Denn sie hat mich niemals liebgehabt, sie hat immer Gunther bevorzugt. Mir gehörte Vaters Liebe, erst recht, als er wußte, wie nötig ich seine Liebe und Hilfe hatte. Aber er liebte mich auch, weil ich war wie sie. Ich habe ihre Gestalt und ihr Haar, jeder Zug ähnelt ihr, und ich habe ihre Stimme.

Trotzdem ließ er nicht zu, daß ich Musik studierte. Nur ein paar Gesangstunden durfte ich nehmen. Er wollte, daß ich einen gesunden Beruf lernte, der mich zur Ruhe und zur Geduld zwänge, zu körperlicher Arbeit, die müde macht – er war der beste Arzt, er suchte eine Rettung für mich mit dem Herzen. – Wie rührt mich heute die Erinnerung an die Abende, in denen er mit mir durch den Garten wanderte, wie er Bücher kommen ließ und mit mir durchging und mit mir über Pflanzen und Büsche und Bäume sprach! Aber damals war ich ungeduldig. Er redete von Blüten, die Früchte tragen, und dem wundersamen Aufgehen eines Samenkornes, von Lilien auf dem Felde und Vögeln unter dem Himmel, und ich wußte soviel besser, daß Gartenbau planieren und graben und Mist fahren heißt, schleppen von Bäumen mit schweren Erdballen, hochbinden der Reiser bei Oktobernässe und verschneiden der Obstbäume in Februarfrost. – Ach mein lieber, unpraktischer Vater! Er hat wohl gedacht, es sei mit dem Okulieren der Rosen und dem Aufsetzen der neuen Reiser auf einen alten Obstbaum getan. Und doch hat er recht behalten: es war das Richtige. Ich habe gelernt, mich nicht in den Mittelpunkt zu stellen, ich bin nicht mehr so wichtig. Ich arbeite mich müde, so müde, daß ich nicht mehr zum Grübeln komme –

... und ich singe nur zu meiner Freude und manchmal auch »zur Ehre Gottes«. Für andere singen hätte ich nicht gekonnt. Das hätte Unruhe, Unstetigkeit bedeutet. Wundervolle Höhen und Tiefen. Und vor den Tiefen muß ich mich hüten. Keine Verzweiflung, keine Enttäuschungen, keine Erschütterungen, ein sanftes Leben, ohne Auf und Ab. Gehen, bevor man sich allzusehr bindet und der Abschied zu schwer wird –

... ein vorsichtiges, behutsames Leben. Ich glätte es mir selbst, es ist niemand da, der mir die Unbill aus dem Weg räumt, ich bin mir alles selbst: Arzt, Seelsorger, und manchmal rede ich mir gut zu mit Vaters Worten.

Man schätzt mich wegen meines ausgeglichenen Wesens. Ich bin heiter, ich lächle, ich singe – kaum einer weiß, daß das meine Medizin ist, und bevor man es erfahren kann, gehe ich fort. Ich habe Freunde, aber niemand steht mir ganz nahe. Ich will nicht, daß sie das von mir wissen. Es ist immer noch die alte Scham. Sie sollen eine kleine angenehme Erinnerung an mich behalten, mehr nicht. Sie sollen sich nicht ekeln, wenn es eintritt, weil ich ihnen zu nahe stand. Schon die Vorstellung von ihren Augen, wenn sie es erfahren würden – oh, ich bin nicht sanft und nicht geduldig, ich bin noch immer zu stolz. Vater war demütig, er bekannte sich dazu. Aber – er war gesund!

Ich hätte mich untersuchen lassen müssen. Man kann das, glaube ich. Aber ich wage nicht einmal, einen Aufsatz darüber zu lesen. Ich habe Angst – solche Angst –

Dabei könnte doch sein –

Immer sitzt diese Versuchung in mir: du nicht. Warum nicht eine Ausnahme? Warum sollte nicht Vaters gesundes Blut stärker sein? Es hat doch auch in Mutters Familie Ausnahmen gegeben. Gunther hat den Stammbaum weit genug verfolgt. Aber es kehrt immer wieder. An irgendeinem Zweig flackert es wieder auf. Nur mit anderen Namen, frommen und beschwörenden, dunklen Namen.

Auch Gunther hat darunter gelitten. Nur anders. Darum ist er nicht mehr nach Hause gekommen. Er hätte auch nicht mehr in Vaters Stube gepaßt in seiner schwarzen Uniform. Erst verleugnete er Mutter, dann auch Vater. Dabei hätte Vater so nötig eine stärkere Stütze als mich gebraucht, als man ihm auch noch die Pfarrstelle nahm. Gunther hat geheiratet, obwohl er so viel von Rasse und Vererbung geredet hat. Wie gut, daß ihn der Tod daran hinderte, noch mehr Kinder in die Welt zu setzen. Er hat den Mut dazu gehabt. Ich weiß noch immer nicht, ob ich ihn darum bewundere oder verachte. Aber die Frau verachte ich. Sie mit den harten blauen Augen – am liebsten hätte sie das kleine Mädchen ertränkt. – Nun haßt sie mich, weil ich das alles weiß, weil ich Mutter gerettet habe – da schreibt sie mir einen Brief, maßt sich ein Urteil über mein Leben an. Nur weil auch sie Angst hat, weil Gott gesagt hat, bis ins dritte und vierte Glied.

Damals kam das auf, daß gesund soviel wie gut und krank soviel wie böse heißt, und das hat sich tief eingegraben. Ich schämte mich meiner Mutter. Wie oft habe ich das getan und tue es noch. Ich schäme mich dieser Scham –

Wenn es so einfach wäre, *das* auszumerzen! Früher haben die Menschen es doch anders angesehen: da hat man den Allerkränksten Gutes getan, das war wie ein Opfer, um eignem Leid abzuwehren. Aus der gleichen abergläubischen Furcht haben sie sie in jenen Jahren getötet. Und der Verstand sagt ja dazu. Auch meiner. Nur das Herz hat Angst vor so viel Schuld. Was ist denn besser: Leid und Opfer – oder Schuld?

Ich habe an der Grabanlage für einen Kohlenhändler gearbeitet. Was für ein großartiger Stein! Was für eine Summe, die er für die Familiengruft, wie er es nennt, auswirft. »Auf Wiedersehn« hat er auf den Stein gravieren lassen. Das gilt seiner Frau. Ich glaube, er will sie heute schon nicht wiedersehen, und er wäre gewiß bestürzt, wenn sie ihn »dort« erwarten würde –

Das himmlische Wiedersehen. Habe ich nicht

mehr die gleiche Vorstellung wie als Kind? Bei Vaters Tod glaubte ich noch fest daran. Ich saß bei ihm und hatte ihm wie an jedem Tag in der frühen Winterdämmerung ein Lied gesungen. Wieder hatte er von seinem Tod gesprochen und mir anvertraut, was sein Herz bewegt hat; dabei hielt er meine Hände in seinen hageren Fingern, und ihr Zittern teilte sich mir mit: »Ich werde auf dich warten, mein Kind«, sagte er, »laß dir das ein Trost sein, wenn du hier einsam bist. Ich vertraue so fest darauf, daß Gott mich zu sich nimmt. Es war mein einziger Trost in den letzten Jahren.« Dann besann er sich wieder auf mich: »Bleib auf dem rechten Weg. Du darfst nicht heiraten, versprich es mir, Kind!« Später wiederholte er noch einmal: »Laß mich nicht vergeblich auf dich warten –.«

»Ja, Vater, ich habe dann zwei Väter im Himmel, die mich lieben und bewachen –.«

Zwei Väter im Himmel, und doch habe ich den Weg verloren. – Wie oft habe ich mich bei einem Abschied getröstet, »nicht hier, aber in der Ewigkeit sehe ich ihn wieder« – und wenn es so wäre? Wenn wirklich alle, von denen ich es mir einmal gewünscht habe, auf mich warteten, daß wir in Ewigkeit vereint blieben? Wenn sie in einer Reihe beieinanderständen, untereinander fremd – wenn es Fremd-sein im Himmel gibt –: Vater, Claudia, Reinhold, David, Salomon, Felix, und jeder stellte Ansprüche an mein Herz, hätte an seine Treue geglaubt – mit wem würde ich mir ein Wiedersehen wünschen? Wenn sterben Ruhe finden heißt, o dann sollte niemand auf mich warten, nur Vater und Reinhold. Niemand sonst, auch Felix nicht.

Ich weiß, daß ich es nicht soweit kommen lassen darf – aber ich will es hören. Vorher kann ich nicht gehen. Ich wäre zu sehr gedemütigt.

Trotzdem müßte ich ihm die Demütigung meines Neins ersparen. Ich müßte rechtzeitig eine glaubhafte Lüge erfinden – aber ich warte bis zum letzten Augenblick, auch diesmal. Ich sehne mich, daß er mich fragt, und weiß doch genau, wieviel näher dann das Ende ist. Diesmal habe ich mich zu sehr gebunden, diesmal –

O wie ich ihn liebe! Wie ich diese Wohnung liebe. Zum erstenmal ein eigenes Heim. Und das alles aufgeben? Es ist nur äußerlich, ich weiß das. Aber welche Verführung, verwöhnt zu werden, sorglos zu sein, liebenswürdige Dinge um sich zu haben –

Wie lange werde ich es noch hinhalten können –

Wenn ich geahnt hätte, daß es so schwer sein würde –

Ob alle Frauen so von Herzen zu heiraten wünschen? Ich weiß, daß ich nichts so sehr brauche wie Sicherheit, Geborgenheit, Wärme, Verläßlichkeit – wieviel Stärke müßte mir daraus erwachsen, was für ein fröhliches Haus könnte es sein, voll Kinderlachen –

Wie ich meinen Körper hasse! Nur zur Liebe taugt er. Eine unfruchtbare Gärtnerin –

Ich weiß, daß ich Kinder haben würde. So etwas weiß eine Frau.

Oft kommen mir Zweifel. Hat Vater wirklich recht? Wenn ich bei Salomon geblieben wäre, in unserem Haus, in unserem Garten. Wie glücklich wären wir gewesen, nun schon drei Jahre, vielleicht noch einmal genauso viele? Und noch einmal drei Jahre; und in denen hätte nicht so viel Liebe und Zuverlässigkeit sein sollen, daß er es auf sich genommen hätte? Er hätte mich fortbringen müssen. Ich hätte ihn im letzten klaren Augenblick angefleht, mich niemals aufzusuchen –

Und er? Einmal hätte es doch aufhören müssen! Gott hat doch gesagt, bis ins dritte und vierte Glied –

Man muß einem Menschen doch etwas zutrauen, er kann doch auch standhalten! Er kann –. Ob Felix –?

Aber das ist richtig: Man kann das Maß des eigenen Unglücks ermessen, man findet schließlich eine Ursache, irgendeine Schuld, für die man sühnen muß – aber fremdes Leid bleibt unbegreiflich, und gar, wenn man selbst die Ursache des Leides wäre –

Welch müßiges Fragen, welche Liebe die größere war! Als ob es da ein »größer« oder ein »kleiner« gäbe. Beginnt man zu fragen, ist keine Liebe da. Beginnt man an ihrer vermeintlichen Größe zu zweifeln, ist sie vorbei. Auch die Dauer besagt nichts über ihre Stärke, sie ist unmeßbar.

Die »große Liebe« und »die ganz große Liebe«, davon weiß ich nichts, das ist ein Begriff, der mir fremd geblieben ist; die erste Liebe, sie allein nimmt einen besonderen Platz ein, oder nein: jede Liebe ist »besonders«, sonst wäre sie Wiederholung und unerträglich. – Wie nur ist es möglich, daß man mehrmals liebt? Ein wunderbarer Reichtum, der sich ansammelt, denn nichts geht verloren, was einmal geschenkt ist an Wärme und Zuneigung, an Gut-sein. Nur die Leidenschaft und das Habenwollen, das geht vorbei. Noch immer zieht eine Welle von Zärtlichkeit durch mich hindurch, wenn ich an ihre Namen denke: Reinhold – David – Salomon – Felix –

Keinen habe ich verloren.

Wie sich Trauer in das Erinnern an Reinhold mischt, den ich heute anders sehe. Wie eine Mutter einen Knaben ansehen mag: mit besorgter Trauer. Ich war zu jung und zu bange. Heute wüßte ich ihn zu lieben. Aber er? Würde er diese Gabriele noch lieben? Er liebte das Mädchen, das die gleichen Erwartungen, die gleichen Ängste und die gleichen heißen Wünsche an das Leben hatte; an ihn denke ich wie an Vater. Er ist zum Inbegriff der Heimat geworden.

David. – Das war wie ein Aufatmen. Ihm verdanke ich das Lebenkönnen; das Trotzdem und Dennoch, das hat er mir beigebracht. Er war wie ein

Prinz im Märchen. Ein Befreier. Er ging dabei über mich hinweg, oder ging er vorbei? Aber er ließ mich reicher zurück. Niemals wird ein Herbst sein, in dem sich unsere Gedanken nicht begegnen müssen. Er holte mich aus dem Schatten und stellte mich mitten in das Sonnenlicht.

Wenn ich an ihn denke, sehe ich den Berghang vor mir: ich liege im Gras, und der Duft von Bergamotten ist um mich, Wespen summen in den überreifen Birnen neben mir, Walnüsse fallen ins trockene Laub, und er schüttet immer neue Früchte in meinen Schoß: Pflaumen, Nüsse, zur Hälfte noch in ihre dicke grüne Schale gehüllt, Äpfel – und unter uns, durch das Obstbaumgehege verborgen, die Trümmer der Stadt –

Seit damals weiß ich, daß etwas schön sein kann, ohne Bestand zu haben. Um das Ende wissen – damals war es noch neu. Vorher glaubte ich, es gäbe nur das eine: IN AETERNUM – es war auch Oktober, als ich es Reinhold in die Kastanien schnitt –

Dies war anders, war neu und hatte allen Zauber des Fremden: die andere Sprache, die andere Art zu gehen, zu denken, zu sorgen. Er war ein Mann, Reinhold war – nein! Nicht, daß er ein Knabe gewesen wäre! Vielleicht wäre ein Künstler aus ihm geworden –

Salomon. Wieviel Bilder steigen auf! Sein gutes, zuverlässiges Gesicht vor dem weißen Segel, wenn unser Boot stromabwärts zog und die Sterne aufkamen, er seinen Kopf in meinen Schoß legte und sagte: »Nun sing, Tulipan, sing das Lied von den schlafenden Schiffen.« Sein Haus – mein Garten. Wie daraus unser Haus und unser Garten wurde – was für verführerische Worte!

Und wieder Allein-sein, ohne Liebe sein. Jahrelang, nur der Angst ausgesetzt und der Versuchung, zurückzulaufen und an der Tür zu rütteln, die ich mir selbst verschlossen hatte. Wie dann nicht nur das Herz nach Liebe verlangte, wie auch der Körper weitergeliebt werden wollte, bis beide dann still wurden, bis –

Bis Felix kam, der mich hier festband und mir alles gab, was mich nur irgend zu halten vermag. Nur mein Herz mißtraut, der Körper ist längst unterlegen. Nur das Herz weiß, wie weh das tun wird. Es will ein vernünftiges, kluges Herz sein; aber der Körper liebt seinen goldenen Käfig, will sich in diesem Stuhl schaukeln, will die blanke Seide der Kissen um sich spüren, das Gepiep der Vögel hören; Musik, den Blick auf die Pappeln.

Es wurde an jenem Sonntag kaum hell. Obwohl es die Mittagsstunde war, hatte ich die Blätter nur schwer entziffern können. Ein trüber, regenschwerer Tag. Der 2. November, an dem ich zurückkehrte. Allerseelen nennen sie ihn und setzen ein Licht auf die Gräber ihrer Toten. Sie hat sich vor der Dunkelheit gefürchtet, ich hätte ihr ein Licht bringen sollen. – Ich stützte den Kopf schwer in die Hände: wie ich sie liebte in ihrer Angst und Scham, ihrem Trotz und der Verzagtheit ihres Herzens.

Noch am Tage zuvor war ich meiner Sache sicher gewesen: ich hatte sie vor einem entsetzlichen Ende bewahrt, so deutlich glaubte ich sie in der Mutter zu erkennen, so sehr hatten sich die Hinweise verdichtet. Vielleicht hätte ein sehr erfahrener Psychiater entscheiden können, ob wirkliche Anzeichen vorhanden waren und nicht nur Furcht und Einbildung die Wurzeln der Veränderung bildeten, die sie wahrzunehmen schien. – Ich würde es so wenig wissen wie sie, und meine Schuld blieb die gleiche.

Ich mochte kein Licht anzünden. Es wurde noch dämmriger in dem Raum, dessen Wände mich bedrückten. Ich mußte hinaus, brauchte frische Luft, ein Gang durch den Novembernachmittag würde mir den Kopf freier machen. –

Wirklich fühlte ich mich, als ich nach etwa zwei Stunden zurückkehrte, wohler. Ich näherte mich dem Hause von hinten, da ich den Weg an den Pappeln vorbei genommen hatte, den ich noch nie gegangen war. Meine Augen versuchten den Nebel zu durchdringen und das Haus zu unterscheiden. Mir schien, als ob Licht sei. Hatte ich den Schalter angedreht im Hinausgehen? Es war müßig, darüber nachzudenken. Ich wollte jetzt nur noch in dem Sessel sitzen und Musik hören. Morgen würde ich die

Schlüssel am Amtsgericht abgeben, die Wohnung versiegeln lassen, mein Auftrag war erfüllt. Das Erbe würde vermutlich der Mutter zufallen, falls sie nicht entmündigt war – aber was ging mich das an –

Ich wollte noch einmal die Pastorale hören, den Ravel.

Inzwischen hatte ich die Korridortür aufgeschlossen, das Licht eingeschaltet und gesehen, daß ein fremder Mantel an dem Haken hing und ein Hut auf der Truhe lag. Ich hing meine Sachen ebenfalls auf und ging in das Zimmer. Ich sah ihn nicht gleich. Aber ich hörte ihn. Er pfiff eine einfache, kleine Melodie. Er saß auf dem niedrigen Tisch in der Veranda und flötete den Vögeln vor. Von mir nahm er keine Notiz, obwohl er mein Eintreten bemerkt hatte. Als er schwieg, setzte der Dompfaff ein und wiederholte die Töne, manchmal unterstützte ihn der Mann. – Bei mir hatten die Vögel nie gesungen.

Ich hatte den Eindruck, als hätte ich die gleiche Szene früher einmal in einem Film gesehen und die Handlung wäre stehengeblieben, weil das Stichwort noch nicht gefallen war.

»Guten Abend, Herr Gravenstein!«

»Guten Abend, Herr – –?«

»Sonnemann.«

Ich registrierte: F. Sonnemann, Wohnbaugenossenschaft m.b.H.

Sein Benehmen war flegelhaft. Er schien nicht zu wissen, wen er vor sich hatte. Er blieb sitzen, kehrte mir den Rücken zu und beschäftigte sich wieder mit den Vögeln, deren Zutraulichkeit mich kränkte.

Daß er nur zu gut wußte, wen er vor sich hatte, sollte ich bald merken. Mit einem Ruck fuhr er herum – ich war in der Mitte des anderen Zimmers stehengeblieben. Ich versuchte, mich auf einen Kampf gefaßt zu machen, aber ich fühlte mich sehr schlapp und war bestrebt, die in jahrelanger Gewohnheit geübten Konventionen einzuhalten. Er war hingegen entschlossen, sie umzustoßen.

»So also sieht der Mann aus, der sie getötet hat!«

Ich hatte darauf nichts zu antworten.

»Darf ich mich bei Ihnen bedanken, daß Sie meine Wohnung verwaltet haben während meiner Abwesenheit?«

Ich registrierte: meine Wohnung – F. Sonnemann, Wohnbaugenossenschaft m.b.H., der junge Herr hat die Angelegenheiten von Fräulein Feldcamp immer selbst geregelt, er ist zur Zeit im Ausland. F. – Felix, der Mann, den sie erwartet hatte. Ich erkannte die Stimme von der Schallplatte.

Neben ihm war ich ein alter Mann, und so fühlte ich mich auch: außerstande, ihn meinerseits Überlegenheit fühlen zu lassen; nur meinte ich, daß wir sachlich miteinander reden sollten.

»Sachlich?« Er höhnte wieder. »Nennen Sie das sachlich? Sich hier einnisten und an fremdem Glück schmarotzen? Hören Sie! Diese Wohnung habe ich für *sie* gebaut, ich! Ich habe mit ihr hier gewohnt, wenn ich in Deutschland war, ich war es, mit dem sie hier glücklich war, hören Sie! Mir haben Sie sie weggenommen. Wissen Sie überhaupt, was Sie getan haben? Und mir sagt kein Mensch etwas davon! Mir! Dem einzigen, den sie geliebt hat! Auf den sie gewartet hat – ich erfahre es erst, wenn sie seit Monaten auf dem Friedhof liegt. Und als ich hierher komme, weil ich denke, daß ich noch etwas von ihr finde, da – hören Sie –!«

Er hatte angefangen, in der Veranda im Kreise herumzurennen. Ich selbst ging in dem anderen Raum auf und ab, langsamer als er. Dazu sangen die Vögel. Eine lächerliche Situation.

»Sie meinen also, es genügt, wenn man jemanden anständig unter die Erde bringt, ein paar Briefe, ein paar Formalitäten, ein paar Hundertmarkscheine, damit sei es getan. Meinen Sie nur nicht –.«

Ich meinte das gar nicht. Wozu es ihm sagen. Vermutlich hatte er recht. Sie hatte ihm gehört. Dies alles hatte ihm gehört. Kein Stück von ihr, das nicht ihm gehört hätte. Mit jedem seiner Worte zog er mir ein Stück Boden unter den Füßen weg. So mochte einem Schiffbrüchigen zumute sein, der auf den letzten Planken eines Floßes treibt.

»... aber wenn Sie ihr einmal begegnet wären! Menschen wie Sie sind gar nicht fähig zu lieben!«

Damit brach er ab. Ich hörte nur noch seine und meine Schritte, bis er unter der Tür stehenblieb.

»Hören Sie –«

Dann nichts weiter. Nach einer Weile setzte er noch einmal an: »Haben Sie«, seine Stimme war jetzt anders, »Sie haben doch sicher gesehen, was sie in der Handtasche hatte, als – als das passierte? War da ein Brief? Oder hier zu Hause? Es könnte doch ein Brief hier gelegen haben, besinnen Sie sich doch! Ein ungeöffneter Brief!« Er sprach immer drängender –

»Alle Hinterlassenschaften liegen geordnet in dem Sekretär. Eine Aufstellung der Vermögensverhältnisse, soweit –«

»Geld! Sie immer mit Ihrem Geld! Darum geht es doch nicht. Es geht um den Brief. Meinen Brief!«

Ich verneinte. – Er ließ sich in den Sessel fallen, in dem ich zu sitzen pflegte.

»Mein Gott! Das muß doch festzustellen sein! Irgend jemand muß doch den Brief gefunden haben! Er muß mit der Morgenpost am – am –.«

»Am 8. August«, warf ich ein.

»Natürlich, am 8. August. – Halten Sie es für möglich«, er suchte noch immer meinen Augen auszuweichen, »glauben Sie – auf der Polizei haben sie mir die Akten gezeigt, es heißt, Sie seien langsam gefahren – ich meine, kann es sein, daß *sie* oder – ach was!«

Er schwieg wieder. Ich zog mir einen Stuhl herbei und setzte mich ebenfalls.

»Ich habe die Aufstellung der Sachen durchgesehen, die sie bei sich trug, eine Handtasche, ein Einkaufsnetz und Blumen. Meinen Sie, daß man daraus schließen könnte, daß sie jemanden erwartet hat, daß sie eingekauft hatte, vielleicht für ein Abendessen? Und auch die Blumen. Die ließen doch darauf schließen, daß sie mit Besuch gerechnet hat. Oder? Oder meinen Sie etwa auch, daß sie freiwillig –?«

Ich bemühte mich, ganz ruhig zu sein: »Ich halte es für möglich, ja.« Seinen Einwand konnte ich mit einer Handbewegung abtun. »Daraus mögen Sie meinetwegen schließen, daß ich die Schuld abladen will. Sicher ist, daß eine Unachtsamkeit vorlag, die durch eine Gemütserregung hervorgerufen sein wird. Selbstverständlich gebe ich zu, daß durch größere Achtsamkeit meinerseits der Unfall vielleicht, ich sage ausdrücklich vielleicht, hätte vermieden werden können.« – Ich sagte ihm nicht, daß die Augenzeugin ausgesagt hatte, daß Gabriele gesungen hat. So sicher war das auch nicht, wer vermochte sich im Ernstfall einer Unbekannten zu entsinnen! Ich sagte auch nicht, daß ein Lächeln auf ihrem Gesicht war. Es war ja auch verschwunden, als ich sie zum zweiten und letzten Male sah, als sie im Sarg lag.

»Dieser Brief«, er fing noch einmal davon an.

»Sie haben Gabriele nicht gekannt. Es macht nichts, wenn ich es Ihnen sage. Sie erwartete mich am achten. Wir hatten uns genau vor einem Jahr kennengelernt. Wir wollten diesen Tag ein wenig feiern. Sie wenigstens wollte es. Sie schien zu erwarten, daß ich ihr einen Antrag machte. Aber ich wollte mich nicht binden, selbst nicht um den Preis, sie zu verlieren. Ein Mensch wie ich taugt nicht zur Ehe. Nur wenn ich mich frei fühle, kann ich arbeiten. Ich wollte frei sein und doch einen Platz haben, der mir gehörte, wohin ich nach meinen Reisen zurückkehren konnte; ich wollte eine Frau haben, die schön und unabhängig war und die mich liebte. Ich meinte, sie in ihr gefunden zu haben, und darum baute ich uns diese Wohnung, die sie ihren goldenen Käfig nannte. – Ich hatte ihr das geschrieben. Sie mußte den Brief mit der Morgenpost bekommen haben; da war ich schon nicht mehr für sie erreichbar. Ich blieb über zwei Monate in Teheran. Zwar hatte ich ihr geschrieben, daß wir uns in der Zwischenzeit prüfen wollten und ich sie nach meiner Rückkehr aufsuchen würde, aber mein Entschluß stand fest, und der Brief war mein Abschiedsbrief an sie. – Verstehen Sie?«

Ich verstand. Seine Anklagen waren nichts als Selbstanklagen gewesen. Es rührte mich nicht. Wer hatte mir geholfen? Ich erkundigte mich höflich, zu welchem Entschlusse er gekommen sei.

Er sah mich zunächst verständnislos an. »Entschluß? – Natürlich wollte ich sie heiraten!«

»Wirklich?«

»Oder nein. Jetzt hätte ich es gewollt, nachdem ich weiß, daß es unmöglich ist. Vorher wußte ich nicht, wie es sein würde, wenn sie nicht mehr hier ist. Bevor ich zurückkam, stand mein Entschluß fest. –

Aber«, er sah mich dabei an, als ob es in meiner Macht stände, ihn davon freizusprechen, »aber ich muß wissen, ob sie den Brief bekommen hat, ich muß das wissen!« –

Schließlich händigte ich ihm den Wohnungsschlüssel aus, besprach die Abmachungen, die ich bezüglich der Hinterlassenschaft getroffen hatte, und stellte ihm anheim, sich mit dem Amtsgericht in Verbindung zu setzen. Ich trat mein Amt als »Geschäftsführer ohne Auftrag« nicht ohne Bitterkeit ab, packte die paar Dinge von mir, die ich damals mit hergebracht hatte, zusammen und verließ die Wohnung. – Trotzdem hätte ich nicht mit ihm tauschen mögen.

Die rothaarige Frau mochte hinter der Wohnungstür gelauert haben, denn kaum hatte ich den Fuß auf den Hausflur gesetzt, erschien sie, mit einem Brief in der Hand. – Wozu die Einzelheiten. – Bevor sie ihre Entschuldigungen vorbringen konnte, verwies ich sie nach oben: »Herr Sonnemann ist in der Wohnung, der Brief stammt von ihm. Klingeln Sie.«

Mir fiel die Geschichte aus meinem Lesebuch ein von der Sonne, die es an den Tag bringt; ich fand, daß es diesem Mann recht leicht gemacht wurde. Das Päckchen mit ihren Aufzeichnungen, das ich vorhin in die Jackentasche geschoben hatte, wurde fühlbar schwerer in meiner Tasche. Es hat nicht viel gefehlt, dann wäre ich zurückgekehrt und hätte sie ihm auf den Tisch geschleudert: »Da sehen Sie, niemals hätte sie Sie geheiratet. So stand es in Wahrheit um sie. Sie hat kein Vertrauen zu Ihnen gehabt, sie hat nicht an Ihre Liebe geglaubt – und recht hat sie gehabt!«

So hätte ich sagen wollen. Meine Gedanken kehrten um, nicht aber meine Füße. Die trugen mich immer weiter von ihrem Haus fort, zu dem ich niemals zurückgekehrt bin.

Sie hatte mich losgelassen. Sie ist aus meinem Leben so schroff gegangen, wie sie es bei all den anderen getan hat. Auch mir ist nicht mehr von ihr geblieben als ein Schmerz, eine Sehnsucht, Spuren, die ihr Tod in meinem Herzen hinterließ.

Ihre Aufzeichnungen habe ich am selben Abend noch vernichtet. Ich habe einen gewissen Trost darin gefunden, daß mir allein ihr Vertrauen gehört hat und daß ich der einzige unter denen war, die sie geliebt haben, der sie wirklich gekannt hat. Alle Dunkelheiten ihres Herzens und viele der Wege, die sie hat gehen müssen. –

Als ich in unsere Straße einbog, fühlte ich mich ganz frei. Ich mußte mich ein paar Minuten an den Zaun lehnen und diesem Gefühl, das nach mir griff, Zeit lassen. Es war mein Haus, vor dem ich stand. Mein Garten, dessen Dunkelheit mich umschloß. Meine Frau, meine Kinder – wie vieler Liebe bedurfte das.